キスの魔法で狼王子と恋始めます

雨月夜道

幻冬舎ルチル文庫

CONTENTS ✦目次✦

キスの魔法で狼王子と恋始めます

✦カバーデザイン＝久保宏夏（omochi design）
✦ブックデザイン＝まるか工房

イラスト・金ひかる✦

キスの魔法で狼王子と恋始めます

古びたアパートの一室に、五十嵐透俐《いがらしとうり》は白い包みを抱えて戻ってきた。着古したヨレヨレのパーカーを着た痩《や》せた体軀《たいく》を揺すり、昔負った怪我《けが》の後遺症で満足に動かない右足を引きずって、ほとんどものが置かれていない室内を進む。

部屋の奥に佇《たたず》む小さな仏壇の前までたどり着くと、抱えていた包みを開く。

母の位牌《いはい》を取り出し、父の位牌の横にそっと置いた。

並んだ二つの位牌を見て、頰のこけた細面《ほそおもて》、少々長めの前髪から覗《のぞ》く涼しげな目許に、引き結ばれた薄い唇など、全体的にシャープで禁欲的な印象を醸す青い顔をわずかに歪《ゆが》める。

唯一《ゆいいつ》の肉親にして、最愛の母が重病に侵されて三年。また元気になってほしくて、高校も辞め、必死に働いて治療費を稼ぎ続けてきたが、ついにこの日を迎えてしまった。しかも、

――もう十分だから、あなたはもう……お母さんのこと、何も考えなくていいわ。思い出さなくてもいい。

その言葉を実践するように、生前、自分が死んだら通夜も葬式もしない直葬にするよう業者に手配し、身の回りのものも全て処分していた母。

母は、生きることを諦めていた。そのことも悲しいが、思い出さなくてもいいだなんて。

あんまりだと腹が立ったが、母が死んだというのに、なぜか涙が一滴も出てこない自身を思うと、そう思われてもしかたがないのかもしれない。

「ごめん。母さん」

親の死に目に涙一つ添えられない息子なんて最低だ。

だが、その謝罪に返事はない。自分以外誰もいない部屋に、虚《むな》しく転がるばかり。

四十六億光年彼方《かなた》の、何もない真っ暗な宇宙空間にたった一人投げ出された気分だ。

何もない。どこまでも真っ暗。独りぼっち。

ただ一つ残ったのは、母が死ぬ直前まで描いていたという一冊の小さなスケッチブック。

——これからは、自分のことだけを考えて、自分のために生きて。母さんを想ってくれるなら、思い出して。あなたが好きなものは何だったか。

そう言って差し出してきたが、何を描いていたのだろう。

何の気なしに手に取って開く。刹那《せつな》、透俐は目を瞠《みは》った。

そのページには、レタリング風の文字で「すてきなともだち」と書かれていた。

昔、透俐が何度も母に話して聞かせた、大好きな「あの子」の話を元に、母が一生懸命手作りしてくれた絵本のタイトル。悲しみで麻痺していた心が、ざわざわと騒ぎ出す。

（また、この絵本、作ったのか？　あんな体で？　なんで……なんで、母さん……っ）

母はよく知っているはずだ。この絵本は、今の透俐にとって何の価値もないものだ。

なぜなら、この絵本は……「あの子」は、母のために捨てたのだ。

母は、涙を流して喜んでいた。だから、自分は正しいことをした。母のためになることをした。そう思っていたのに、なぜ今更、大切な命を削ってまでしてまた作った？　なぜっ？

思わず、スケッチブックを壁に向かって投げつけていた。

ずっと、母には幸せになってほしいと願っていた。父が生きていた頃のように、もう一度。

だから、必死に頑張ってきた。色んなことを我慢して、諦めて、母が望めば何だって……

それこそ、大好きな「あの子」だって捨てた。それなのに、どうしてこんな……！

意味が分からなくて、やり切れなくて、壁に叩きつけられ、ぐしゃりと変形する絵本を見つめて唇を嚙《か》み締めた、その時。

「……っ！」

壁に叩きつけられた絵本が床に落ち、ページが開いた刹那、ほの暗く淀《よど》んだ室内に、雷のような眩《まばゆ》い閃光《せんこう》が走った。

両腕で顔を覆い、目を閉じても瞼《まぶた》を貫いてくる強い光が、視界を真っ白に染め上げる。

何が起こった。この光は何だ。訳が分からず身を竦《すく》めることしかできない。

程なく、視界が暗闇に沈んだ。どうやら、あの閃光が収まったらしい。

ゆっくりと目を開き、透俐は限界まで目を見開いた。

六畳一間の寂れた和室が、ゴシック調の装飾で彩られた、豪華絢爛《けんらん》な西洋風の大広間に変わっている。

ここはどこだ。なぜ自分はこんなところに？　呆然《ぼうぜん》とあたりを見回し、はっとする。

眼前に人だかりが見える。立ち尽くす透俐を食い入るように見つめてくる、いかつい西洋の甲冑《かっちゅう》を身に纏《まと》った、十数人の屈強な男たち……いや。

骨格、手の形など、体つきは普通の人間だが、露出している肌は全てこげ茶の毛で覆われ、こちらに向けられるその顔は、狼《おおかみ》のそれだった。

(狼、人間？　……ばか。そんなわけあるか)

否定しようとした。だが、シャンデリアに照らされる、ぎょろぎょろと動く緑色の瞳はまさに獣のそれだし、鋭い牙《きば》がびっしりと生えた巨大な口も、自在に動く、唾《つば》が滴《したた》る長い舌も、到底特殊メイクでどうにかできる代物《しろもの》とは思えない。

(本、物？　でも、どうして、こんな……)

——じゃあ先生、透俐がいつも遊んでたって言っている「あの子」は、絵本を元に透俐の心が作り出した妄想だっていうんですか？

「……っ」

——そんな。絵本の世界に逃げ込むほど傷ついていたなんて。私が車で事故を起こさなければ……私のせいで、そんなに可笑《おか》しくなって……可哀想に。可哀想にっ。

突如フラッシュバックした母の啜《すす》り泣きに戦慄《せんりつ》する。

(まさか、俺……あの時みたいに現実逃避してる？　……違う！　そんなはずない。もう二度と、現実逃避しないって決めたじゃないか。だからっ)

と、懸命に自分に言い聞かせていると、

「▲○○×◇＊×！」

狼の顔をした男たちが一斉《いっせい》に、甲冑をガシャガシャと鳴らして怒鳴り始める。

何を言っているのか分からないが、鋭い牙を剝《む》き出した鬼のような形相や声の調子からして、激怒していることだけは分かった。

「な、何？　何、怒って……っ」

甲冑狼の一人が長い尻尾《しっぽ》を振り回し、こちらに近づいてくる。

百七十五センチの透俐でも見上げなければならないほどの長身に、いかつい甲冑を着込んだ屈強な体軀も相まって、さながら山が近づいてくるよう――。

「▲○○×◇＊×！」

「……むぐっ？」

突如、背後から羽《は》交《が》い絞《じ》めにされるとともに、口元を鷲掴《わしづか》みにされる。

いつの間にか、背後からも一人忍び寄ってきていたらしい。

背後から襲われた驚きで体がとっさに逃げを打つと、骨が軋《きし》むほどに体を締め上げられて、透俐は驚愕《きょうがく》した。この強い痛み、全身に感じる甲冑の硬い感触。

やはり、夢ではない。これは現実だ。

困惑しながらもそう認識した時、正面にいた甲冑狼が目の前に立った。

鼻先に、あるものを近づけられる。磨き上げられた、無色透明な宝石と黒い宝石だ。

これが一体何なのか。戸惑っていると、場がどよめき始める。その中の何人かは透俐を指差し、怒鳴りつける。

目の前にいる甲冑狼が宝石をしまい、また何やら取り出した。

革でできた耳当て帽子だ。それを透俐の頭に被《かぶ》せると、顔を近づけてきた。

「私の言葉が分かるか？　分かるなら、首を縦に振れ」

突然聞こえてきた日本語。目を丸くすると、甲冑狼は牙を剝き出し、ガルルと唸《うな》った。

「聞こえなかったのか？　私の言葉が分かるなら首を縦に振れ」

やはり日本語を話している。先ほどまで何を言っているのか分からなかったのに。

もしかして、今被せられたこの帽子のせい？　と、荒唐無稽なことを考えるも、「早くしろ」と怒鳴られ、慌てて頷《うなず》いてみせると、甲冑狼は大きな耳を二、三度動かした。

「よし。では、貴様はヒト型に化けた神獣様か？　それとも、大魔導師様か？」

とんでもなく現実離れした質問だった。当然首を横に振ったが、すぐに「嘘を吐《つ》くな」と、周囲から怒鳴り声が飛んできた。

「『守護神』様を呼び出す『召喚石《しょうかんせき》』が、神獣様でも大魔導師様でもない、何の力も持たぬ者を召喚するわけがない」

「神力と魔力に反応する『シンカンセキ』と『マカンセキ』が無反応だったのは、貴様が何かしたせいだ。そうに違いない」

何を言っているのか分からなかった。

「皆、静かにしろ！　ほう、違うと言うのか。では、貴様、『エヴァン』の仲間か」

エヴァン？　聞いたことがない。また首を左右に振った。

「違う？　では、エヴァンなどという人物は知らぬと」

今度は頷いてみせた。また「嘘つきめ」と罵声が飛ぶ。

「エヴァンと同じ『完全なヒト型』のくせに、知らぬわけがない」

「エヴァンの仇《かたき》を取りに来たのだろう。あやつと同じように我らを騙《だま》して切り刻む気だなっ」

どうやら彼らは、「エヴァン」なる人物と透俐が仲間で、エヴァンの敵討《かたきう》ちのために透俐はここへ来たと考えているらしい。

誤解だと弁明したかったが、口を塞がれているため叶《かな》わない。焦燥ばかりが募る。

「卑劣なエヴァンの同族め。その見え透いた演技、虫唾《むしず》が走る」

「ダグラス様、我が友の仇、エヴァンの同族に地獄の苦しみを。惨《むご》たらしい死を」

ひどく物騒な物言いに、透俐は息を詰めた。

（ま、まさかな）

いくら何でも、そんなこと……と、思った時、視界が翳《かげ》った。恐る恐る見上げてみると、

「エヴァンは我らを『脳みそ筋肉』と散々馬鹿にしてきたが、残念だったな。何度も同じ手を食うほど無能ではないわっ」

ダグラスと呼ばれた目の前に立つ甲冑狼が剣を鞘《さや》から引き抜くものだから絶句した。

あまりの状況に思考も体も硬直してしまい、どうすることもできない。

（……嘘、だろ）

「死ね、エヴァンの同族っ」

ダグラスが剣を振り上げる。その時、視界に大きな黒い影が横切った。

それはダグラスに直撃し、打撃音とともにダグラスの巨体を吹っ飛ばした。

さらに、影は勢いよく身を翻《ひるがえ》し、透俐を拘束する甲冑狼を長い足で蹴《け》り飛ばした。

また、大きな音があたりに響く。それから、カチャリという、かすかな金属音。

その音を聞きつつ、改めて黒い影を凝視してみると、それは黒ずくめの狼男だった。

巨体を姿勢よくスッと伸ばし、黒のスリーピーススーツに上等なコート、シルクハットをスマートに着こなした、いやに紳士然とした風情《ふぜい》。

表情も、顔は狼のそれではあるが、荒々しさも野性味も欠片《かけら》も感じられない。静謐《せいひつ》で、理知的で、他の甲冑狼たちとは何もかも違う。

まるで、牙を剥き出す猛獣の中に一匹だけ、優雅に泳ぐ魚がいる。それくらいの異質さだ。

この狼男は何なのか。戸惑っていると、狼男がこちらへと向き直り、しゃがみ込んで、「大丈夫かい」と、左手で透俐の二の腕を摑《つか》み、顔を覗き込んできた。

目が合った刹那、心臓がいやに大きく跳ねた。

間近で見る、エメラルドグリーンの瞳は見たことのない光を湛《たた》えていた。

どこまでも深く、鮮やかでありながら、一点の曇りも見えないほどに透き通って――。

こんなに綺麗《きれい》なものは見たことがない。と、思わず見惚《みと》れていると、

「クライドッ」

ダグラスの怒号に、肩が跳ねる。

「貴様、なぜここに……いや、それよりも、自分が何をしているのか分かっているのか。そいつはエヴァンの仲間だっ。早く口を塞げ。魔法攻撃を受けるぞ」

鼓膜を破らんばかりの大声と鳴き声に身を竦《すく》めると、二の腕を掴む手に力が籠《こも》った。

「心配しなくていい。大丈夫」

目許《めもと》だけで笑う。それだけで、瞳の色がずいぶんと優しい色味を帯びたものだからどきりとしていると、狼男……クライドはすくっと立ち上がった。

「兄さん。あなたこそ、ご自分が何をしているのか分かっているのですか？　国王陛下不在のこの時に召喚儀式を行うなど、次期メキアス国王といえど重罪ですよ」

どこかひんやりとした低音で厳《おごそ》かに言い放つクライドに、透俐は目を丸くする。

この二人、兄弟なのか？　それに、ダグラスが次期国王？

次期国王となれば相当偉いのではないか。そんな相手を蹴り飛ばしたのか？　赤の他人の透俐を庇《かば》うために？　まさか、そんな……。

「煩《うるさ》いっ。そのような身で私に楯突《たてつ》くな。とっとと消えろ」

今にも嚙みつかんばかりの勢いで命令する。だが、クライドは髭《ひげ》一本動かさない。

「そういうわけにはいきません。彼は、無実ですから」

きっぱりと言い切る。透俐をはじめ、その場にいた全員が目を剝く。

「無実だと？　何を根拠に、そんな」

「『召喚石』は、このメキアス王国に幸いをもたらす力を持った英傑の中より、無作為に選んで召喚します。その決定は、召喚される瞬間まで誰にも分からないし、操作もできない。歴代の守護神、そして、あのエヴァンも召喚当初の反応から考え、そうだった。それなのに、彼はその召喚石を操作してこの世界に来たと？　それほどの力があるのなら、彼にこんな無体を働いた僕たちは、彼に瞬殺されていたのでは？」

ダグラスの髭がびくりとひくつく。

「また、彼はエヴァンと同じ完全なるヒト型ですが、髪や目、肌の色が違う。服装も然《しか》り。それに、先ほど彼が呟《つぶや》いた言葉からして言語も違う。これでも、彼はエヴァンの仲間だと言って処刑すると？　もしそうなら唾棄《だき》すべき愚行と言うしかない」

低く、厳しい声音で切って捨てるクライドに、透俐はたじろいだ。

この短時間でここまで正確に物事を捉えて把握する洞察力も驚きだが、自分の判断を信じ、兄とはいえ次期国王に対して、ここまで言ってしまえる豪胆さ。

すごい神経だと呆気《あっけ》に取られていると、ダグラスが「黙れ！」と、窓ガラスが震えるほどの大声を上げた。

「貴様、忘れたのか。エヴァンという男を、その身にされたことを！　あいつは稀代《きたい》の悪党、大嘘つきだ。何もかも嘘だった。だから、そいつも何もかもが嘘だ。もう騙されん」

全身の毛を逆立ててダグラスが吠えると、他の狼たちも甲冑を打ち鳴らして吠える。

「そうだ、我らは忘れん。エヴァンもその仲間も嘘つきだっ」

「もう騙されん。大事な領民たちを殺されてなるものか」

そう叫ぶ目は完全に常軌を逸していて……駄目だ。まるで聞く耳を持たない――。

「『バークレイの男は、常に王道であれ』」

だが、ダグラスたちを静かに見据えるエメラルドグリーンの瞳は揺れない。それどころか、いよいよ鋭く、強く光った。

「この家訓のとおり、僕は王道を征《い》く。このような非道、誇り高きバークレイの名と、僕の中の正義にかけて絶対に許さない。彼には、指一本触れさせない」

堂々と言い放つその姿に息が止まる。

まるで、映画のワンシーンのように、ありえないほど格好良く決まって見えた。

これほどの大勢を相手にしても毅然《きぜん》と己を貫く存在も、ここまで自分を庇ってくれる存在も、透俐のこれまでの生涯において皆無だったから。

この男は本当に何なのだろう。またしても呆気に取られて見惚れていると、

「ガルル。黙れ黙れ！　皆、クライドはもうそのヒト型に恐ろしい魔法をかけられている。ヒト型と一緒にクライドも取り押さえろ。あんな体でも容赦するなっ」

その命令に、二人の甲冑狼が突っ込んでくる。そうなってようやく、透俐は我に返った。自分を庇ったせいで、この男がひどい目に遭う？

（そんな、そんなの駄目だっ）

慌てて立ち上がる。右足の古傷がずきりと痛んだが、構わずに足を踏み出す。

「待っ、て。待ってくださいっ。魔法なんかかけてない。この人は……っ」

弁明しようとする透俐を、クライドがやんわりと手で制する。

「無駄だ。何を言っても、頭に血が上った脳みそ筋肉たちには届かないよ」

「そんな……いえ！　聞いてもらえるまで何度でも言います。俺はあなたに魔法なんかかけてない。あなたを捕まえる必要なんかないって」

語勢を強め、もう一歩足を踏み出すと、

「君は、優しいね」

振り返らないまま、クライドはぽつりと呟いた。

「こんな状況で、僕の心配をするなんて。僕のこと……なのに」

「？　今、なんて……っ」

その問いは、大きな打撃音にかき消される。

クライドが突っ込んできた甲冑狼たちに、強烈な蹴りを見舞ったせいだ。

蹴られた二人の巨体は、ボールのように飛んでいった。それと同時に鳴る、かすかな金属音。

「来るなら全員でどうぞ。まあそれでも、そちらの勝算は限りなくゼロですけどね」

不遜《ふそん》に口角をつり上げ、洗練された所作で手招きするクライドにぎょっとする。

（どうして、こんな無茶なこと……っ）

毛を逆立て一斉に突っ込んでくる甲冑狼たちに透俐が慄《おのの》いていると、クライドがコートのポケットに手を突っ込んだ。

そこから、黒いボールのようなものを取り出し、火がついている暖炉へ放り投げる。瞬間、ボンッという破裂音とともに大量の白煙が巻き起こった。

ちょうど暖炉の前まで歩み出ていた甲冑狼たちが、盛大に咳《せ》き込み始める。

そうか。これを狙っていたのかと、無謀な挑発の意味を理解した時。

「少々、失礼をするよ」

突然、クライドが透俐の体を軽々と抱え上げた。

そのまま一番近いドアへと真《ま》っ直《す》ぐ歩いて行く。廊下に出ると、一目散に駆け出した。

豪華な調度品が並ぶ長い廊下を駆け抜け、階下に繋《つな》がる階段までたどり着くと、大理石の手すりに腰かけ、滑り台の要領で勢いよく滑降していった。

一番下の階まで着くと、とある部屋へ足を踏み入れる。

そこは物置のようで、埃《ほこり》を被った家具や鎧《よろい》が乱雑に置かれている。その合間を縫うように進み、家具の裏側にある四方が二メートルほどの空間にたどり着く。

そこでようやく、クライドは歩を止めた。

透俐はぽかんとしていたが、ふと我に返ってあたりを見回し、目をぱちぱちさせた。

すごい逃げ足の早さだ。あの広間からここに来るまで一分もかかっていない気がする。

ここへ来るまで誰とも鉢合わせなかったし、その足取りに迷いや無駄は一切なかった。煙幕のようなものまで持っていて、さらには。

「僕が愛用している隠れ場所の一つだ。見つかったことはないから心配はないよ」

（……この人、次期国王の弟、なんだよな？）

この建物に潜入した諜報部員か何かではなくて？　と、内心首を捻《ひね》っていると、いきなり床に下ろされた。

「い……っ」

右足に痛みが走る。体のバランスが崩れ、その場に倒れ込む。

クライドは耳と尻尾をピンッと立て、すぐさま駆け寄ってきた。

「すまないっ。そんなに痛むのか？　まさか、足に怪我を」

「！　違いますっ。怪我したわけじゃなくて……あ」

「……っ」

ズボンをめくり上げたクライドは、右膝に色濃く残る大きな裂傷の痕《あと》に息を詰めた。

そのまま食い入るように見つめてくるので、とっさにその手を払いのけてしまった。

「あ。すみません。元々、こんな足なんです。だから、大丈夫、です」

そそくさとズボンの裾を元に戻して傷痕を隠す。そんな自分に、透俐は内心舌打ちした。この傷痕を見られると、こんなふうに体が勝手に動いてしまう。

子どもの頃、この足を見た同級生たちから、気持ち悪いだ何だと散々馬鹿にされ、突き飛ばされたり殴られたりと酷い目に遭わされた、忌まわしい記憶がフラッシュバックして。

もう十年以上前のことなのに。なんと情けない……。

「綺麗な足だね」

ふと聞こえてきたその言葉。顔を上げ、びくりとした。

エメラルドグリーンの瞳が、光を浴びた宝石のように輝いている。

「色といい、模様といい『アリアメネジウム』の結晶そのものだ！」

「あ、あめりあ……？」

「アリアメネジウム。極寒地方でのみ採れる紫色の希少な鉱石でね。その結晶体にとてもよく似ている。見せてあげよう。確か部屋にあったはず」

「ちょ、ちょっと待ってください。今行くのは危険なんじゃ」

流れるようにまくし立て、弾《はじ》かれたように立ち上がるクライドを慌てて止めると、クライドは長い尻尾をぐるりと一回転させて、「ああ」と声を漏らした。

「そうだった。あまりに綺麗だったものだからつい。残念だな。見せられないなんて」

本当によく似ているのに。あっけらかんとそう言って、髭をひくつかせる。その、あまりの屈託のなさに、透俐は目を白黒させた。

（「つい」って、こんな状況で、そんな……暢気《のんき》過ぎるだろ）

呆《あき》れてしまった。というか、綺麗ってなんだ。

この足を見た者は皆、「可哀想に」と憐《あわ》れむか、「醜い」と蔑《さげす》むかの二つに一つしかなかった。それなのに、どういう感性をしているのか。

首を捻ることとしきりだ。とはいえ、嫌な感じはしない。「可哀想」と嘆かれるよりはずっといい。それに、

（こんな、子どもみたいな表情もするのか）

さっきまでの気高く、硬質な風情が嘘のようだと、しげしげとその顔を見上げていると、クライドが尻尾でぽんっと床を叩いた。

「さて、君に説明しなければならないことは山ほどあるが、とりあえず、以前君と同じようにこの世界に召喚され、悪事の限りを尽くしたエヴァンと君が仲間だと彼らは思い込んでいる。それだけ頭に入れておいてくれ。その他については、この城を脱出した後で話す」

続けて言われたその言葉に、透俐は息を詰めた。

「脱出、ですか」

「あんな血の気の多い筋肉だらけのこの城じゃ、ゆっくり話ができないからね。とりあえず、僕が今住んでいる秘密の別荘に行こう。郊外の森の中にある、静かでいいところだよ」

確かに、見つかったら殺されるこの状況では、ここを脱出するより他に道はないだろう。でも……と、透俐は自身の右足に目を落とす。

「とはいえ、自己紹介くらいはしておこうか。僕はクライド・ラドルファス・バークレイ。クライドとでも呼んでくれ。君は……うん？」

差し出された左手を無視して居住まいを正すと、透俐はクライドに深々と頭を下げた。

「危ないところを助けてくれて、ありがとうございました。でも……俺を連れて、ここを脱出するのは無理です」

そう言うと、クライドは不満げに、耳を前、後ろと動かした。

「どうして、そう思うんだい」

「俺は、あなたたちとは姿かたちが違うし、それに……俺、走れないんです。塀をよじ登ったり、梯子《はしご》を上り下りすることもできなくて」

そばの棚にしがみついて立ち上がると、体を揺すり、右足を引きずって歩いてみせる。

「こんな、不自然な歩き方しかできない。だから無理です」

説明する間、胸がズキズキと痛んだ。この男は自分の立場を悪くしてまで庇ってくれ、ここを脱出することまで考えてくれた。それなのに、自分はこの男に応えることができない。できることと言ったら、自分がいかに足手まといであるかをしっかりと教え、この男にこれ以上いらぬ面倒をかけさせないことだけ。

——そんなこともできないなら最初に言えよ。だったら絶対連れてなんか来なかったのに。

そのような後悔をさせないように。

そんな自分が申し訳なくて、歯がゆくて、たまらず俯《うつむ》いてしまう。

その時、妙な音が聞こえてきた。ぶんぶんという、これは風切り音？　顔を上げ、目を見開いた。クライドの長い尻尾が、ぶんぶんと音を立てて振れまくっている。

顔を見れば、先ほど透俐の足を見た時以上に生き生きと輝くエメラルドグリーンの瞳。

「なんで、笑うんです」

「ああ失敬。実はね。僕は、『そんなことできっこない』と頭ごなしに否定してくる輩《やから》の鼻を明かしてやるのが、たまらなく好きなんだ」

「……っ」

「君はどんな吠え面《づら》をかくかな？　実に楽しみだ」

高い鼻をつんと上げて笑ってみせるクライドに、透俐は口をあんぐりさせた。

これまで、この足のことを知った人間は、蔑《さげす》むか憐《あわ》れんで、やっぱりお前なんか連れていけないと置いていく。誰もがそうだった。

それなのになぜ、何でもないことのように軽やかに笑って、そんなことが言える？

当惑した。けれど、心臓がひとりでに高鳴り始める。

「脱出、できるんですか？　こんな足の、俺とでも」

気がつくと、掠《かす》れた声でそう訊《き》いていた。クライドが不遜に口角をつり上げる。

「そうだね。このバークレイ城は切り立った山と石造りの城壁に守られた堅固な要塞で、城中には数百人の兵士がいる。上手く城を脱出できても、城下町には城からの命《めい》を受けて僕たちを探す番兵で溢《あふ》れ、役人の厳しい目が光る関所もある。それらを突破して初めて、脱出成功となるわけだが」

と、何とも絶望的な状況を歌うように説明して、

「できるよ。君の力があれば訳ないさ」

さらりとそう結んでにっこりと笑う。

その口調も、向けてくる眼差《まなざ》しにも、不安や気後れは欠片《かけら》も見えない。

自分が考えた脱出計画は必ず成功する。そう確信している。十数人の甲冑狼に囲まれながら、透俐を連れてここまで逃げおおせた男がだ。そう思った瞬間心が激しく揺さぶられた。

(できる。こんな、俺とでも……！)

反芻《はんすう》させる。そんなふうに言ってもらえたことなど一度だってなかったから。

何度かその言葉を反芻させた時、揺れていた心がぴたりと止まった。

分からないことだらけだが、今はこの男を信じてみよう。というか、見てみたい。こんな自分を連れて、この場所からどう脱出するのか。

「分かり、ました。やります」

意を決してそう言うと、クライドは勢いよく尻尾を二回転させ、手袋を嵌《は》めた大きな左《ひだり》掌《てのひら》を、再度恭《うやうや》しく差し伸べてきた。

「ありがとう。では、君の名前を教えてくれるかな」

「……は、はい。五十嵐、透俐です。よろしくお願いします」

ドキドキする内心を抑えつつその手を取る。透俐の手の倍以上ある、大きな大きな手だ。

「よろしく、トーリ君。ついでに、もう一つ頼みたいんだが、そのかしこまった話し方はやめてくれ。僕は、君に敬語を使われるような歳《とし》じゃないよ」

「え。いや、俺まだ、十九なんで」

実年齢より老けて見られることが多いので、そう言ったのだが、

「僕も十九なんだが？」

「……は？」

間の抜けた声が漏れた。落ち着き払った風情から、二十代後半くらいだと思っていたから。

それが顔に出てしまったのか、クライドは鼻筋に皺《しわ》を寄せ、長い尻尾でぱんぱん床を叩く

と、右手で被っていたシルクハットの鍔《つば》を摘《つま》み、顔を隠すようにして俯いてしまった。

「ひどい。僕はとても傷ついた」

「すみ、ません。別に、老けてるとか爺臭《じじ》いとか、そういう意味じゃ……っ」

顔を青くして、クライドの顔を覗き込んだ透俐は目を剝いた。

シルクハットの鍔を上げ、再び晒《さら》したその顔が狼のそれではなく、高い鼻と大きくて鋭い二重の目が印象的な、秀麗で上品な顔立ちの美男子に変わっていたせいだ。

「誰っ？」と、思わず声を上げると、美男子は片方の口角を牙のような八重歯《やえば》が覗くほどにつり上げてみせた。この不遜な笑い方。それに、この美しいエメラルドグリーンの瞳。

「あなた、なんですか……？」

尋ねると、美男子……クライドはにこやかに笑って優雅に会釈してみせる。よく見ると、頭には見覚えのある大きく尖った狼の耳、尻には長くふさふさした尻尾がついている。

「どうだい。これでもまだ、僕が老けていると思うかい？」

「だから、そういうわけじゃ……でも、そんな姿にもなれるんですね。けど、どうして」

びっくりするほどの美男子ぶりに内心どぎまぎしつつも重ねて尋ねると、クライドは尻尾をぐるりと一回転させてこう言った。

「ねえ君、役者を目指したことはあるかい？」

＊＊＊

『すてきなともだち』


あるところに、小さな男の子がおりました。

男の子はひとりぼっちでした。

同じ年ごろの子どもたちに「なかまに入れて」と、何度声をかけても、「お前はよそからきたから」、「お前にはお父さんがいないから」、「ぼくたちがもってるゲームもおもちゃももってないから」。そう言って、だれもあそんでくれません。

男の子は首をかしげます。

たしかに、男の子はこの町に引っこしてきたばかりです。お父さんも、この前天国へ行ってしまいました。ゲームもおもちゃも、家がびんぼうなのでかってもらえません。

でも、姿かたち、かみや目やはだの色も同じ人間で、話している言葉だって同じ。それなのに、なにがちがうっていうの？　なにがダメなの？

いくら考えても、男の子には分かりませんでした。

それでも、ひとりぼっちはいやです。さびしくてかなしくてしかたありません。

だからある日、男の子は神さまにおねがいしました。

「ぼくにともだちをください。一人でいい。すてきなすてきなともだちをください」

すると、目の前にかみなりが落ちたような、白い光がぴかっとはじけました。

男の子は思わず目をとじました。

次に目をひらいたとき、そこにはりっぱなお洋服を着た、一人の男の子が立っていました。

けれど、その子は男の子とは何もかもがちがいました。

耳も目も鼻も口もかみの毛もぜんぶ、色、形さえもちがいます。しっぽまで生えています。

「○×▽＊×○▲」

ことばだって、何を言っているのか、ぜんぜん分かりません。

いつもだったら「おばけ！」とさけんでにげだしていたと思います。

でも、男の子はその子をこわいとは思いませんでした。

その子の目がとてもやさしげで、きれいだったからです。

まるで、みがきあげられた宝石のような、すみきったみずうみのような、きれいなきれいな、みどり色のひとみでした。

＊＊＊

それから一時間ほどが経《た》った頃、透俐はクライドに抱えられ、林の中にひっそりと流れる地下水道から出てきた。

「すみません。ここまで背負ってもらって」

地面にゆっくりと慎重に下ろしてもらいながら謝ると、クライドは鼻を鳴らした。

「そんなことを気にしたいならもっと太りたまえ。それより、同い年だと分かったのに、どうしてまだ僕に敬語を使うんだ。まさか、僕が年齢詐称しているとでも」

不貞腐《ふてくさ》れたように尻尾の先を小刻みに震わせるクライドに、透俐は視線を泳がせた。

「それは……会ったばかり、ですし」

六歳の時に事故に遭い、このような足になって以来、周囲は透俐のことをいじめるか、腫《は》れ物《もの》のように扱うかしかしなくなった。そのため、透俐にはタメ口で誰かと気さくに会話するという経験がほぼない。だから、こんな……悪意もなければ、気負いもしない、自然に接してくる相手と、どう話していいのか分からない。

「君は折り目正しいんだね。あ、見てごらん。僕たちはあそこから出てきたんだよ」

クライドが微笑しつつ、ある方向を指差す。

軽く流してもらえたことにほっとしつつ、その方向に目を向けると、今出てきた地下水道の向こう、山の上に聳《そび》え立つ、巨大な石造りの城塞が見えた。

あんなところから、誰一人鉢合わせることなく出てこられたなんて信じられない。

改めて感心していると、クライドが喉の奥で笑った。

「城の守りを堅固にするだけでは安心できなくて、秘密の抜け穴を数多く作った心配性のご先祖様には感謝に堪《た》えないよ。彼らのおかげで、僕は子どもの頃から自由に城を抜け出し、外でのびのびと過ごすことができたんだから」

「他の人は、さっき通ってきた抜け道を知らないんですか？」

「古い文献を読み解く暇があったら懸垂をしたいと思うような連中でね。知恵は腕力よりもずっと偉大だということを、ちっとも分かろうとしなくて……まあいい。さっさと街へ行って、ここを離れる馬車を探そう」

そう言うと、クライドの左手が透俐の右手を握ってきたので肩が跳ねた。

「あの、どうして……手」

「まだ君が歩く速度が分からないし、はぐれても困るから。すまないが、我慢してくれ」

「！　い、いえ、我慢なんて。俺のほうこそ……あ」

「じゃあ、行こうか」

透俐の手を引いて、クライドが歩き出す。

先ほど、狼男の時に握った大きな大きなそれは、自分より少しだけ大きいサイズに変わっていた。その手を覆っていた毛はなくなり、お互い手袋もしていない。

そのせいで、クライドの素肌の感触が鮮明に伝わってきて、先ほどよりもずっと緊張する。

（まずい。手汗が……。これじゃ、この人に気持ち悪い思い、させて……ああ）

あれこれ考えると居たたまれなくて、振り解《ほど》きたい衝動に駆られるが、これは無事脱出するために必要な行為だ。恥ずかしくても我慢しないと。

そう自分に言い聞かせ、透俐は先ほどクライドから受けた説明を思い返した。

この世界には本来、透俐のような「完全なヒト型」は存在しないこと。

この世界の住民は「獣人《じゅうじん》」と呼ばれる種族で、完全な獣の姿になる「獣型《けものがた》」、骨格は人間と同じだが、全身毛で覆われ、顔は獣の「獣人型」、獣の耳と尻尾が生えている以外は人間と同じ「ヒト型」の三段階変化することができると説明され、ウサギ耳の飾りを渡された。

——君にはウサギ族に化けてもらう。尻尾が短いウサギはズボンの中に尻尾をしまっている者が多いから、尻尾がなくても不審に思われない。

——なるほど。けど、顔は……。

——獣人は普段、「ヒト型」で生活している。

獣人型はヒト型時より身体能力が上がるが、体軀は一回り大きくなり、全身毛で覆われ爪《つめ》が伸びる。毛で覆われ爪が伸びた手は細かな作業に向かない。だから基本、力仕事の時以外では獣人型にはならない。

——ちなみに、子どもは獣人型だ。ヒト型は十五歳を過ぎないとなれないからね。あと、バークレイ家の連中も基本四六時中獣人型だ。戦闘時でも自在に獣人の体を動かせるように馴《な》らしているんだ。まあ、そういう例外もあるがつまり、獣の耳さえ用意すれば、君もこの世界に難なく溶け込める。

それが、クライドの見解だった。

――大丈夫。君はただ黙って、僕の後ろについて歩いてくればいい。

それだけ聞くと、とても簡単なことのように思えるが、奇異の目を向けられたら最後、甲冑狼たちに通報されてしまう。もし、失敗したら……いや、失敗するしない以前に、体を揺らし、足を引きずって歩くこの歩き方が滑稽過ぎて可笑しいと思われたりしたら。

――はは。何こいつ。すっげえ変な歩き方。ダッセー。

これまで散々、歩き方を馬鹿にされてきただけに、不安が込み上げてくる。だが、不意に握っていた掌にぎゅっと力を籠《こ》められてどきりとした。

顔を向けると、あの綺麗なエメラルドグリーンの瞳に優しく微笑《ほほえ》まれた。刹那、さざ波立っていた心に別の感情が湧き立った。

この男は、透俐ならちゃんとやれる。上手くいくと信じてくれている。

その期待に応えたい。だから、信じるのだ。自分はちゃんとやれると。

(大丈夫だ。俺はやれる。頭のいいこの人が、やれると思っているんだ。大丈夫だ)

懸命に自分に言い聞かせているうち、林の先に街が見えてきた。

石畳の道に、黄色やピンクなどカラフルな漆喰《しっくい》壁の木組み家が立ち並ぶ、まさにおとぎの国のような街並みだ。往来を行く人々の服装はゴシック調。自動車や電柱などは見えず、あるのは馬車やガス灯ばかり。

（ぱっと見、近世のヨーロッパ、みたいな感じだな。でも）

往来を行き交う人々は、全くもって異質だった。

一見普通の人間だが、よく見れば獣の耳と尻尾がついている。あれがヒト型だろう。

服を着て二足歩行する、狼、猫など様々な獣たち、獣人型の人々の姿も見える。そちらのほうがもっと異様で、歩き方や所作は何とも獣じみている。

そして、透俐が認識しているそれよりも一回り、いや二回り近く大きな狼や狐《きつね》たちが、四足歩行で歩きながら、人語を喋《しゃべ》って……これが獣型。

そんな獣人たちで溢れる街並みもすごいが、試しにレストランらしき店を覗いてみれば、席について上品にフォークやナイフを使って食べるヒト型、その横で、手を使わず、食器に顔を突っ込んで貪《むさぼ》り、ばりばりと骨を噛み砕く獣人型や獣型の姿が見え、その光景にまた面食らっていると、

「さあ、お立合い！　もうすぐ『魔道具楽器』の演奏会が始まるよ」

そんな声が聞こえてきた。目を向けてみると、立派な石造りの建物の前でタキシードを着たヒト型の紳士がバイオリンを構えているのが見えた。

紳士がバイオリンを弾き始める。すると、弓が弦を擦《こす》る箇所から、赤や黄色の煙のようなものが昇り、煙が音に合わせて踊るように揺らめき始める。

「さあ。この摩訶《まか》不思議な『魔道具楽器』をたくさん使った演奏会がもうすぐ始まるよ。チケット売り場はこちら！」

先ほど、ダグラスたちが魔導師だの魔法だのと口にしていたが、この世界には魔法が存在しているようだ。今自分が被っている帽子も、被った途端この世界の人たちと会話できるようになったし……などと、つらつら考えていると、繋《つな》いでいた手を引かれた。

「今度、街をエスコートしてあげるから、今は我慢してくれ」

「すみません」と、小声で謝っていると、雑踏に紛れて聞き覚えのある音が聞こえてきた。

顔を向け、息を呑《の》む。甲冑狼たちが複数人、甲冑を鳴らしてこちらに向かって走ってくる。

どうして、連中がここに？　もしかして、もうばれた……？

踵《きびす》を返し、逃げ出しそうになるが、ぐっと堪《こら》えてそのまま歩き続ける。

(怖がるな。俺は、「君ならできる」と言ってくれたこの人を信じると決めた。だったら、堂々としていろ。堂々と)

胸の内で必死に念じ、クライドの手を握っていた手に力を籠める。クライドもそれに応えるように握り返してくれた。ちらりと横を見ると、エメラルドグリーンの瞳が柔らかく細められる。大丈夫。何の心配もないよと。

その感触と眼差しに励まされ、止まりそうになる足を懸命に動かす。

甲冑狼たちがどんどん近づいてくる。心臓が口から飛び出しそうだ。

相手が目前に迫った時、力いっぱいクライドの手を握り締めてしまった。

それでも、相手は透俐たちには目もくれずにすれ違い、行ってしまった。

その後、別の番兵の集団にも何度か出くわしたが、彼らも透俐たちに気づくことなく、ことごとく通り過ぎていく。まるで、透俐たちの姿など見えていないように……いや。見えてはいる。だが、透俐たちだと分からない。なぜなら。

透俐は通りがかった店の窓ガラスに映る、自分の姿を見た。

煤《すす》けたボロボロの上着を着た、顔下半分が髭で覆われた髭面の老人が見える。

次に、反対側に振り返ると、同じくくたびれてボロボロの服を着た、腰の曲がった髭面でしわくちゃの老人の姿があった。

背中を丸め、覚束《おぼつか》ない足取りでとぼとぼと歩くさまは老爺《ろうや》そのもので、背筋をすっと伸ばし、上等のスリーピーススーツを着こなした、若い貴公子の面影《おもかげ》など微塵《みじん》もない。

城内に隠れ場所をいくつも確保していることも驚きだが、そこに変装用の衣装や化粧道具、付け髭まで完備しているとは。

――一国の王子がこっそり城を抜け出すには、色々準備が必要でね。面倒なことだよ。

言いたいことは分かるが、恐ろしく用意周到な男だ。だが、もっと恐ろしいと思うのが、付け髭の合間から見える形のよい唇が、愉悦の笑みを浮かべていることだ。

（この人、今の状況を楽しんでる……っ）

自分の作戦がまんまと上手くいったからか。それとも、この危機的状況を楽しんでいるのか。判然としないが、つくづくとんでもない神経だと呆れていると、

「トムじいさん、今日はいやに番兵さんが多いねえ。どうしたんじゃろう」

突如、クライドがしゃがれた声でそう訊いてくるものだから仰天した。

「は？　あ……あー。また、第二王子様が脱走されたんじゃ？」

何とか老人っぽい声を出して、とっさにそう返す。

「ああ、確かにねえ。クライド様は賢くて、何より美男子でらっしゃるから」

「び、美男子は脱走に関係ないと思うがねえ」

またそう言って返すと、クライドがこちらに一瞥《いちべつ》くれてきた。その瞳はいたずらっ子のようにきらきらと輝いていたものだから、思わず「意地悪だな！」と叫びそうになった。だが、話しかけられたら応えぬわけにもいかず、結局必死に老人声で会話し続けた。その横を、「じいさんたちは暢気でいいな」と愚痴《ぐち》りながら何度も通り過ぎていく甲冑狼たち。

（何なんだろう？　この状況）

最初は首を捻るばかりだったが、だんだんその珍妙さが可笑しくなってきて、最終的に笑いをこらえるのに苦労することとなった。

こんなに愉快なのは初めてかも。と思っているうち、幌《ほろ》馬車がたむろする広場に着いた。

クライドは広場の隅まで歩いて行くと、透俐の手を離した。

「御者《ぎょしゃ》に話をつけてくるから、ここで待っていてくれ。すぐ戻る」

そう言うと、一人歩き出す。二人で御者に話しかけたら、透俐に話が振られてしまうかもしれないと危惧《きぐ》してのことだ。とはいえ、一人きりになると、先ほどまでの浮き立った気持ちは雲散し、ひどく心細くなった。

誰にも話しかけられませんように。と、クライドの手の感触が残る右手を左手で握り締め、一人になった心細さに耐えていると、クライドが一人の御者に話しかけた。

粗末な上着を着た狼獣人で、運転席に座っているその御者は、寒そうに二の腕を摩《さす》りつつ話を聞いていたが、クライドが手渡した袋の中身を見た途端、尻尾を振りつつ頷いた。

クライドも親しげに御者の肩を叩く。交渉は成立したようだ。

よかった。これで脱出できる。と、胸を撫《な》で下ろしたが、クライドはその馬車に乗ることはなく、走り出す馬車に手を振って見送る。

あの馬車に乗るのではないのか？　内心首を傾《かし》げる透俐をよそに、クライドは馬車が走っていったのとは正反対の方向に歩き始める。その姿を目で追っていると、声が聞こえてきた。

「全く、このメキアス王国はどうなっちまうのかねえ」

横を向くと、タバコを吹かす獣人と、新聞を広げた獣人が立ち話をしていた。

「召喚儀式を失敗したなんて話、聞いたことがねえ。それだってのに、あんな極悪魔導師を呼んじまうなんて……しかも、裏で悪事を働いてることにも気づかず丁重に扱ってたってんだから、目も当てられねえ」

新聞の紙面に目を走らせる獣人が毒づくと、隣でタバコを吹かす獣人がふんと息を吐く。

「確か、召喚儀式も召喚後の接待もお世継ぎのダグラス様主導だったんだっけ？　そんな馬鹿、さっさと廃嫡にすればいいのに」

「馬鹿。後残ってるのは、毎日フラフラ遊び歩いてる変人で無能の弟だけじゃねえか。あれに継がせたら、それこそこの国は終わりだ。一番いいのは、次の召喚儀式を成功させることだ。前回の失敗を帳消しにしてしまえるほど立派ですごい守護神様を呼べりゃ、何もかも解決さ。その代わり、今度も失敗したら……」

それ以降は聞こえてこなかった。二人が連れ立って、歩き出してしまったから。

だが、透俐はその場に立ち尽くすばかりだ。

彼らの話が本当なら、ダグラスは今、相当な窮地に立たされた状態で、今回の儀式に全ての望みを懸けていたことになる。

それなのに、呼び出されたのはエヴァンと同じ完全なヒト型で、何の力もない透俐。

ダグラスにとって、あってはならないことだ。

言いがかりに近い理由で透俐を殺そうとしたのは、そういう事情があったのか。

合点《がてん》がいった気がする。だが、それなら……たとえ、透俐がエヴァンの仲間だという誤解が解けたとしても、類稀《たぐいまれ》なる力もなければ魔法も使えない自分は、この世界の人々に受け入れられることは決してない。むしろ、役立たずの厄介者と糾弾される――。

「トーリ君」

突然呼びかけられて、口から心臓が飛び出しそうになった。

「待たせてすまない。乗る馬車が見つかったよ。行こうか……？　何かあったのかい」

「え。いや」

「僕たち兄弟の醜聞でも聞いたのかい」

さらりと言われた問いにどきりとする。どうして分かったのか。

「簡単なことさ。君のそばで話していた連中が読んでいた新聞。あの新聞社は毎日うちの悪口を並べ立てているからね。まあ、そんなゴシップどうでもいいことだ。とにかく行こう」

「で、でも……」

「大丈夫。君は必ず、元の世界に戻す」

「……！」

「だから安心して。さあ、行こう」

薄く微笑んで立ち尽くす透俐の手を取ると、クライドが歩き出す。

それに大人《おとな》しく従ったが、透俐の胸中はざわついていた。

(元の世界に、戻れる？　本当に？)

できるのなら、ぜひそうしてほしい。

ただの人間、しかも人並み以下の駄目な自分に、守護神だの何だの言われても困る。一刻も早く……何もないが、一応ただの一般人として生きていける元の世界に戻りたい。

（この人に、これ以上迷惑をかけたくないし）

厄介者の自分を庇うことでクライドが被《こうむ》るだろう多大な迷惑を思うと、そう思わずにはいられない。自分は役に立たない人間だが、迷惑は誰にもかけたくない。

そう思う透俐をクライドが連れて行ったのは、二頭の馬が繋がれた大きな幌馬車だった。その馬車の御者に、「じゃあ頼むよ」と、しわがれた声で言い、後ろに回る。誰も見ていないことを確認してから透俐を抱き上げ、荷台へと素早く乗り込んだ。

所狭しと積まれた荷物の隙間に下ろしてもらうと同時に、馬車が動き始める。

「ありがとう、トーリ君。素晴らしい演技だったよ。君は役者になれる」

透俐の向かい側に腰を下ろしたクライドがそう言ってにっこり笑うので透俐は赤面した。

「い、いいえ。あなたのおかげです。それより、次はどうするんですか？」

手放しに褒められたことがないため、どうしていいか分からず、強引に話を変えると、クライドは大きな耳をぱたつかせた。

「うん？　まだ褒め足りないんだけどなあ。……分かった。照れ屋の君に免じてこのくらいで勘弁してあげよう。それに、もう問題ないよ。さっきの彼のおかげでね」

「さっきの？　そういえば、あの人に何をあげたんですか」

「僕のお気に入りのコートとシルクハットだよ」

透俐は首を捻った。そんなものをやってどうするのか。

「当ててごらん」

また先ほどと同じ、いたずらっ子のような目で訊いてくる。分かるわけがないという言葉が喉元まで出かかったが、何も考えず降参するのもどうかと思い、考えてみることにした。

あの御者で分かっていることと言えば、服装くらいだ。結構ボロボロな服を着て、寒そうに二の腕を摩って……と、そこまで考えてはっとした。

寒がっていたなら、とりあえずあのコートを着るだろう。それにあの御者、クライドと同じ狼族で、背丈も同じくらいだった。そんな人物がクライドのコートと、ついでにシルクハットを被ろうものなら——。

「あなたに化けさせたあの人を囮《おとり》にして、その隙に逃げると？　……うーん」

止まれと言われれば、あの御者は素直に止まるだろうし、コートを手に入れた経緯《いきさつ》も正直に話す。荷物の確認にも協力すれば、それで完全に無罪放免。

それまでにかかる時間も人員もごくわずかで、有効な時間稼ぎになるとは思えない……。

『クライド様が見つかったぞ！』

そんな叫び声が聞こえてきたものだから、飛び上がりそうになった。

（見つかった？　どうしよう。それじゃこの人が……っ）

慌てふためいていると、いきなり腕を取られ、深く抱き竦《すく》められた。

「しー。大丈夫。見てごらん」

宥《なだ》めるように透俐の背を摩りながら、そっと幌をめくる。その隙間からは、透俐たちが乗る幌馬車とは正反対の方向に、一目散に走って行く甲冑狼たちの姿が見えた。

『現在逃走中。死に物狂いで逃げてる。絶対に逃がすな』

『至急、援軍を』

あの御者、甲冑狼たちから逃げ回っているのか？　どうして。

「実はね、さっきの御者、このあたりでは有名な窃盗団の一味なんだ」

「……は？」

「城に行く途中偶然見つけてね。後で番兵に報せておこうと思っていたんだが、ふふん。悪党にしては、なかなかいい役に立ってくれたよ」

すまし顔で笑って、そんなことを言う。そのさまを、透俐は呆然と見つめていたが、

「は……はは。犯罪者まで使うとか、滅茶苦茶…すぎ……る」

思わず笑ってしまった時、急に視界が翳り、体がぐらりと揺れた。

それまで張り詰めていた緊張の糸がぷつんと切れたせいかと思ったが、

「トーリ君っ？　どうした……っ。すごい熱じゃないか」

透俐を抱き留め、首筋に触れてきたクライドが驚いたように声を上げた。

（熱？　そんな、わけ……）

そこまで考えたところで、透俐の意識は途切れた。


声が、聞こえる。

――じゃあ先生、透俐がいつも遊んでたって言っている「あの子」は、絵本を元に透俐の心が作り出した妄想だっていうんですか？

――はい。「イマジナリーフレンド」と呼ばれるもので、本来は発育過程における正常な現象ですが、透俐君の場合、生死を彷徨《さまよ》う事故に遭った恐怖や、足に後遺症が残ったショックで作り出したものです。しかも、記憶の改ざんも多く見られ、かなりの重度だと思われます。とりあえずは、本人に調子を合わせて様子を見ましょう。

――そんな。絵本の世界に逃げ込むほど傷ついていたなんて。私が車で事故を起こさなければ……私のせいで、そんなに可笑しくなって……可哀想に。可哀想にっ。

叱られた少女のように泣きじゃくる母の声。

――ねえ、聞いた？　五十嵐さん家《ち》の透俐君、外科だけじゃなくて精神科にも通ってるんですって。何でも、事故のショックで可笑しくなっちゃったそうで。

――あら、まともに歩けなくなった上に心まで？　可哀想に。五十嵐さんも大変ね。シングルマザーで、この先ずっとそんな子の面倒を見ていかなきゃいけないなんて。

近所のあちこちから聞こえてくるひそひそ声。

その声の次は、ある光景が浮かんできた。

母が、手作りの絵本を差し出してくる。

透俐が話した「あの子」の話を元にして描いた絵本『すてきなともだち』を。

――ほら。あなたの大好きな「あの子」がいる絵本よ？

そう言って泣き腫らした目で笑った顔はひどく引きつっていて、今にも泣き出しそうだった。だから、言ったのだ。

――お母さん、大丈夫。もうちゃんと分かってる。おれには、友だちなんかいない。「あの子」はいない。

すると、母は絵本を放り出し、透俐を抱き締めて「正気に戻ったのね。よかった」とわんわん泣いて喜んでくれた。

よかったのだと思った。これで、母はもう泣かない。息子をここまで追い込んでしまったと自分を責めない。よかったのだと、自分に言い聞かせるように、何度も何度も。

それなのに、その後も母は事あるごとに泣いた。

お父さんがいなくてごめんね。引っ越すことになってごめんね。帰りが遅くてごめんね。

うちが貧乏でごめんね。あなたの足を壊してしまってごめんね。

ごめんねごめんねごめんねごめんねごめんね……。

壊れたラジオのように繰り返す。だから、こちらも繰り返す。

母さんがいるから辛《つら》くない。うちが貧乏なことも気にしない。足のことだって何でもない。

辛くない。気にしない。何でもない、ないないないないない……。

そう言えば母は泣き止《や》むから。笑顔を見せてくれるから。何度も何度も繰り返した。

それから、色んなものを捨てた。

大好きな冒険物語も、近所の森や川を冒険することも、「こんな足じゃ前のように楽しめないでしょう?」と、母が泣くから、捨てたしやめた。

足のことや家が貧乏なことを馬鹿にしてくる連中を殴り飛ばしたら、母が皆に責められ、泣くから、抵抗することをやめ、されるがままになった。

母が病気になったら、足のリハビリをやめ、一生懸命勉強して入った高校もやめ、治療費を稼ぐため、朝から晩まで働いて、生活費も削って――。

その時の自分が母のためにできる最善を尽くしたつもりだ。しかし、ふと気がつくと、何もかもなくなっていた。何も見えない真っ暗闇で独りぼっち。

どんなに叫んでも、手を伸ばしても、誰も答えない、何もない……ないないないない。

――お母さんのこと、何も考えなくていいわ。思い出さなくてもいい。

最後にその言葉が脳裏に響いた時、手も足も体も全部、闇に溶けて、消えていく……。

――大丈夫。

感覚がなくなりかけていた右の掌に、温かな感触を覚えた。これは……誰かの、掌？

「……っ」

――あるよ。ちゃんとある。君はここにいる。独りじゃない。大丈夫。

深みのある、静謐《せいひつ》な低音が穏やかに言いながら、掌は透俐の痩せこけた手を包み込むように握り締め、あやすように揺すってくる。

その感触がたまらなく心地よくて、安心した。闇に溶けてなくなってしまいそうだった右手が今また、はっきりと形作られた気がしたから。

だから、もう片方の左手も伸ばす。もっと、この感触がほしかった。

しかし、左手のほうはいっこうに摑んでくれない。どうして？　もっとほしいのに……と、思った時、柔らかな温もりが全身を包み込んできた。

まるで、この世の哀《かな》しいこと、辛いこと全部から透俐を守ろうとするように、どこまでも優しく、温かく。

そうして、形作られていく。腕も体も足も全部、触れられた個所から、次々と。

すごく気持ちいい。このままずっと、こうしていてほしいと思いたくなるくらい。

頬を擦り寄せると、こめかみあたりに濡《ぬ》れた感触を覚えた。

それから、かちゃ、かちゃ……という、かすかな金属音。

この感触と音は？　不思議に思って目を瞬《しばたた》かせると、見覚えのない部屋が視界に広がった。石造りの壁。火が灯《とも》った暖炉。アンティーク調の質素な家具。全てにおいて見覚えがない洋室が、暖炉の温かな明かりで照らされている。

ここは？　と、寝惚《ぼ》け眼《まなこ》でぼんやりと思っていると、

「起きたのかい」

柔らかな声が耳に届き、またこめかみに濡れた感触がした。

何の気なしに顔を上げ、ぎょっとした。巨大な狼が透俐を包み込むように抱いて、体を丸めていたからだ。「わっ」と声を上げると、狼はぺたんと耳を下げた。

「ひどいな。僕のこと、もう忘れたのかい」

拗《す》ねたように言うエメラルドグリーンの瞳を見、透俐は唐突に全てを思い出し、狼狽《ろうばい》した。

「す、すみません。脱出している最中に倒れたりして。あの後は」

「うん？　特に問題なかったよ。追っ手には見つからなかったし、この別荘に君を運ぶにしても、君は軽いし。ただねえ。君は三日経っても起きないし、熱も下がらなくて」

「！　み、三日？　俺、三日も寝てたんですか」

驚愕のあまり声を上げると、クライドは得意げに鼻先を突き上げた。

「ああ。僕のお腹にずっと顔を埋めてね。ふふん。こんなに罪なお腹とは思わなかった」

絶句した。脱走途中で気を失った挙げ句、三日間もクライドの腹に顔を突っ込んで惰眠《だみん》を

貪《むさぼ》っていただなんて！

（じゃあ、夢の中で手を握ってくれたのも抱き締めてくれたのも、この人……！）

途方もない罪悪感と羞恥《しゅうち》に気が遠くなりそうだ。

「すみ、ません。俺、とんでもないこと……っ」

大きな舌で額《ひたい》をべろりと舐《な》め上げられて、息が止まった。

「……うん。熱、少しは下がったね。よかった」

心底安堵《あんど》した声を漏らし、濡れた鼻先でこめかみをあやすように突《つつ》いてくる。そして、蕩《とろ》けるように優しいエメラルドグリーンの瞳に見つめられ、顔が真っ赤になった。

（どうして、この人……まだ、こんな、馬鹿みたいに俺に優しいんだろう）

自分はたくさん失敗して、足を引っ張って、迷惑をかけまくったのに、今も……夢の中でも、どうして――。

訳が分からない。でも、この瞳にドキドキすればするほど、これまでかけた迷惑の数々が思い出されて、すごく落ち着かない。

早く、これ以上迷惑をかける前にいなくならなくてはと焦る。

――ただでさえ役立たずのくせに、せめてこれ以上迷惑をかけない努力しろよ。

学校やバイト先でそう言われ続け、唯一心を込めて尽くしてきた母にさえ、思い出さなくてもいいと言われる。自分はそういう人間だから。

「……あの、馬車に行く途中で話してくれた、元の世界に戻る方法ですけど」

焦燥に駆られるまま、おずおずと尋ねると、クライドは髭をひくつかせて苦笑した。

「起きたばかりなのに早速だねえ。……大丈夫だよ。この別荘に戻った日に手配したから。ただ、準備に少々時間がかかるようでね。連絡が来たらすぐに教えてあげるから、今はゆっくり養生しよう。医者の話によると、君の体は過労で疲れ切っているそうだから」

宥めるように言われたその言葉に、透俐は青ざめた。

すでに帰るための準備を始めてくれていたことはありがたく思う。だが、すぐには帰れない上に、まだ養生しなければならないだなんて。また迷惑をかける。居たたまれない。

「そう、ですか。ありがとうございます。でも、すみません、色々……」

「ああ！」

恐縮して謝っていると、突然声が聞こえてきた。愛らしい子どもの声だ。

顔を向けると、ドア口に二つの小さな影が見えた。シャツにベスト、蝶ネクタイを着けた、白と黒の小さな二匹の仔猫《こねこ》が、後ろ脚だけで立っている。しかも、

「ク、クライドさま、トーリさんが起きました」

「ど、ど、どうしましょう？　お食事の準備？　それとも、お着替え？　えっと」

人語を叫びながら、ちょろちょろと右往左往するものだから面食らう。ここは獣人の世界で、動物も普通に喋ると頭では分かっていても、どうしても一々驚いてしまう。

「ミア、テオ」

クライドが右前脚でシーツを叩いた。よく見ると、その前脚には黒革の手袋が嵌められている。完全な狼の姿の時まで手袋をするのかと、少し不思議に思っていると、

「君たち、初対面の人に会ったらまず、どうするんだったかな？」

クライドがそう呼びかけると、二人は立ち止まり、顔を見合わせた。それから、いそいそとこちらに駆け寄ってくると、恭しく会釈してきた。

「はじめまして。ぼくはミア・ハイアット。テオの双子の兄です。クライドさまの使用人で、あと、じじさまのような、立派な学者さまになるためにお勉強中の身です。それで」

白猫、ミアがそう挨拶すると、隣にいる黒猫をちょんちょん突いた。

「は、はじめまして。ぼく、テオ・ハイアット。ミア兄さんの双子の弟で、右に同じです」

黒猫、テオも上擦《うわず》った声で挨拶してきた。なので、透俐も挨拶するために上体を起こしたが、体が鉛のように重くて内心驚いた。自覚している以上に体が弱っているようだ。

「は、はじめまして。俺は」

「はい。イギャラチトーリさん。あれ？　イ、イギャ……可笑しいな。練習したのに」

テオが口元を両の前脚でムニムニさせながら首を傾げる。何とも無邪気で、愛らしい子だと口元を綻《ほころ》ばせていると、ミアが「はい」と声を出して手を挙げた。

「トーリさん。イガラチって、どういう意味の言葉なんですか」

「え。い、意味？」

「はい。トーリは何回か見たことあるんですけど、イガラチは見たことがありません」

好奇心に満ちた瞳で訊いてくる。学者志望だけあって、とても勉強熱心のようだ。

できれば、答えてやりたいが、意味と言われても。

「五十嵐は、五十の嵐って書くんだよ。後は、えっと」

「五十個の嵐っ？」

苦し紛れに漢字の意味を教えてみると、仔猫たちは素《す》っ頓狂《とんきょう》な声を上げた。

「すごい。そんなに嵐が来ちゃったら、バークレイ城だって吹き飛んじゃう」

「トーリさん、すっごく強いお名前なんですね。格好いい」

飛びついてきて、後ろ脚でぴょんぴょん飛び跳ねる。

たったこれだけのことで、こんなに喜んでくれるなんて。面食らっていると、クライドが喉の奥で笑った。

「あーあ。気に入られてしまったね。君、覚悟したまえよ。明日から質問攻めの嵐……」

言いかけ、クライドは弾かれたように顔を上げ、耳を前、上へと動かした。

「……来るな。ねえ、君。これから僕のコックを紹介するが、料理のことを訊かれたら『全くできない』と言ってくれ。命が惜しかったらね」

「は？　それって、どういう」

『失礼いたします』

ノック音とともに、落ち着いて渋みのある男の声が聞こえてきた。

クライドが「入れ」と声をかけると、男が一人部屋に入ってきた。

シャツとズボン、ベストをスマートに着こなす、スラリとした長身の体軀に、いやに毒々しい赤色の瞳が際立つ、白ウサギ顔。

何というか、そこはかとなく香ってくる不穏な空気に少々身構えていると、クライドが挨拶するよう促したので、ウサギ男が恭しく頭を下げてきた。

「私、クライド様の執事兼コック長を務めます、オズワルドと申します。御用がございましたら、何なりとお申し付けくださいませ」

無機質な口調と、髭一本動かない完全な真顔で言ってくるものだから、透俐はたじろいだ。

「あ、ありがとうございます。俺は、五十嵐透俐と言います。それで」

「時にトーリ様。ご職業は？」

透俐の言葉を遮り、オズワルドは突如そんな問いをぶつけてきた。

ずいぶん唐突だなと面食らい、言葉に窮する。実を言うと、透俐は今無職だ。

数日前までは、とある工場でライン作業員として働いていたが、辞めてしまった。

母が危篤だという報せを受けたので休みをもらいたいと工場長に言ったら、

――この忙しい時に馬鹿なこと言うな。こっちの迷惑を考えろ。というか、辛気臭いお前なんかいないほうが病人のためだ。分かったら持ち場に戻れ。じゃなきゃクビだ。

そう怒鳴ってきたものだから、「ならクビでいいです」とだけ返して工場を出た。

母はきっと、自分を待ってくれている。そう信じて疑わなかったから。でも結局、工場長の言うとおりだったわけで……と、内心溜息《ためいき》を吐きかけてぎょっとした。

いつの間にか、オズワルドの両手に包丁が握られている。

「その沈黙。もしや、ご職業はコック？」

「へ？　いや、違います。工場で働く作業員ですっ。料理もしたことありません」

包丁を握る手が震え出したので慌てて答えると、オズワルドは素早く包丁を収めた。

「でしたらどうぞ、料理については私にお任せくださいませ。こう見えても一時期、王宮でコック長を務めたことがございますので、腕には自信があります」

「そう、ですか。それで、その」

「ああ。なぜ、ウサギ族の私が獣人型でいるのか、ですか？　実は私、極度の敏感肌なのです。ヒト型になりますと、晒されたお肌が荒れて散々。ですので、いつもこの格好を……あ。ご心配なく。手だけはこのとおりヒト型ですから、毛が料理の中に入ることはありません」

と、突き出された両手は確かにヒトの手だった。すごいとは思うが、やはり先ほどの包丁が気になってしかたない。するとミアが説明してくれた。

「トーリさん、包丁はオズワルドさんの悪い癖です」

「は？　く、癖？」

「オズワルドさん、王様から『別のコックの味に一舌惚《ひとじたほ》れしたから』って、ある日突然コック長をクビにされちゃったんです。それが今でもトラウマで、クライドさまに料理が上手い人が近づくとつい、いつも持ち歩いてる包丁を出しちゃって」

「はは。つまりだね。オズワルドは不愛想で敏感肌で嫉妬《しっと》深くて、かっとなるとすぐに包丁を出して時には振り回して暴れることもあるが、基本悪い奴じゃないから安心してくれ」

（いや、安心できるか！）

腹の中で力いっぱい突っ込んでしまう。それが顔に出てしまったのか、クライドが声を上げて笑う。この男、また自分をからかったのか。

すごく優しいのかと思えば、時々ひどく意地が悪い。と、内心むっとしたが、ふと仔猫たちに目が行った。二人ともなぜか、にこにこ嬉《うれ》しそうに笑っている。どうかしたのかと何の気なしに尋ねると、

「へへへ。だって、クライドさまが前みたいに笑ってるから」

そう言って、ますます笑みを深めるものだから、透俐は「え」と声を漏らした。

「ミア、テオ」

オズワルドが咎《とが》めるように名を呼ぶと、仔猫たちの尻尾と髭がぴんっと立った。

「え？　あ、あ……えっと、クライドさま、トーリさんが起きて嬉しいんだな。よかったな

って喜んでるんです」

おろおろするばかりのテオに抱きつき、ミアがそう答えると、テオが慌てて頷く。

その表情は笑っているがかなり硬い。オズワルドが包丁を出してもけろっとしていたのに。前みたいに笑っているという発言といい、何かあるのだろうか？

この時、仔猫たちが何かをちらちら見ていることに気がついた。その視線の先に目を向けてみると、そこにあったのは黒革の手袋が嵌められた、クライドの右前脚。

そのことが何を意味しているのか測りかねていると、

「うん。トーリ君が目覚めてくれて、僕はとても嬉しい」

場に漂っていた微妙な空気を払拭《ふっしょく》するように、クライドが朗らかに言った。

「それにしても、看病って面白いね。今回初めてやってみたけど、とてもやり甲斐《がい》があったよ。君が目覚めてくれただけでもこんなに嬉しいんだから、このまま頑張って完治させたらどれくらい嬉しいのかな？　ふふん。楽しみだ」

続けてそんなことを言い出すものだから、透俐は思わず振り返った。

「た、楽しみって……わ」

尻尾で抱き寄せられる。

「そうだよ。元気になった君の頬はどんな色をしているのか。この濃いクマがなくなったらどんな男前になるのか。想像するだけでも楽しいよ」

透俐の頬を尻尾でぽんぽん叩きつつそう言われて、顔から火を噴きそうになった。

（ど、どうして、この人、そういうこと、平気で……っ！）

羞恥のあまり身じろいでいた透俐は息を詰めた。

背中にふわふわと柔らかい感触に混ざって、硬くてごつごつした感触を覚えるとともに、かちゃっと小さな金属音がしたのだ。

瞬間、透俐は唐突に理解した。

クライドが差し出してくるのはいつも左手だったこと。クライドが大きな動作をするたびに聞こえてきた、かちゃかちゃと鳴る金属音。狼の姿になっても外さない右手の手袋。

そして今、背中に感じる硬い、ごつごつとした感触。それらが示している意味。

（この人の右手、義手だ……！）

にわかには信じられなかった。

不自然さをほとんど感じなかったし、クライドはいつも朗らかだった。何の悩みも悲しみも知らないと言わんばかりに。それなのに。

あまりの衝撃に声も出ない。けれど、今笑っているのだろうクライドを見て、今にも泣き出しそうな顔で笑っている仔猫たちを見ていると、胸を掻《か》き毟《むし》られるような想いが込み上げてきた。

それからの数日間、透俐はクライドの別荘で静養して過ごした。

クライドは「君は僕の魅惑のお腹が大好きだからね」などと得意げに言って、狼姿で透俐の体を温め続けてくれる。時々、背中に乗せて近場を散歩してくれ、鳥や草木の名前を教えてくれて……どこまでも優しい。温かい。いつも楽しげに笑っている。でも、

「顔色、だいぶよくなったね。この頰、とても綺麗な色だ」

「！　き、綺麗って……また、そういうことっ」

「うん？　色が変わったね。はは、これも綺麗だけど、可愛い色だ」

時々、すごく意地が悪い。

使用人たちも優しい。仔猫たちは……透俐の世界についての質問攻めには参ったが、着替えなど身の回りの世話を一生懸命焼いてくれた。オズワルドは消化に良くて滋養のある、美味《おい》しい病人食を毎食作ってくれる。

誰からも蔑まれ、厄介者扱いされていたこれまでの生活が嘘のような至れり尽くせりの、穏やかで温かな日々。

本来なら、居心地の悪さを覚え、激しい焦燥に襲われたことだろう。

準備が終わらなければ元の世界に戻れないし、体調を崩したままでは何もできないと分かってはいても、これまでクライドにかけた多大な面倒事を思うと、これ以上迷惑をかけたく

ない。早く帰りたいと。

でも、そうはならなかった。まず一つめの要因は、クライドが透俐の置かれた現状やその対策についてきちんと毎日説明してくれたからだ。

「騎士団に潜ませている者の働きで、昨日も兄さんは僕らの居場所を突き止められなかったそうだ。それと、エヴァンの遺髪を手に入れたから、君の髪を送った研究所に回して成分を照合してもらう。上手くいけば、君とエヴァンは別々の世界の人間だと証明できるはず」

クライドの家来は、仔猫たちとオズワルドだけかと思っていたが、実際は大勢いて、方々に息のかかった者を潜ませているらしい。その者たちを使い、別荘にいながら、透俐が元の世界に戻る準備を進め、透俐追跡の手を妨害し、透俐とエヴァンが無関係である証拠まで集めて——。ここまですごいところを見せつけられたら、

「僕の手にかかれば、兄さんから君を守ることも、君の疑いを晴らすことも朝飯前さ。だから、何も心配はいらないよ」

問答無用でこの言葉を信じることができた。それに、

「大丈夫。必ず、兄さんに君が無実だと認めさせてみせる。君を無事に元の世界に戻す」

きっぱりとそう宣言するさまは、狼の姿でもとても格好良かった。

本当に、ありえないほど立派で格好いい男だと、毎日のようにしみじみ思っている。でも、だからこそ、この家の中にそこはかとなく漂っている不協和音がとても悲しい。

表面上、家の中は穏やかで、笑顔が溢れている。

しかし、それは透俐がクライドのそばにいる間だけのこと。

透俐が入浴や着替えなどでクライドから離れると、家の中の空気が重くなる。

仔猫たちは透俐がクライドから離れると、クライドに近づこうとしない。代わりに、鏡の前で顔を両手で触りながら、一生懸命笑顔の練習をしている。

オズワルドはその反対で、透俐がクライドから離れると入れ違いに部屋に入っていって、何やら二人で話しているのだが、出てくると、部屋の隅で壁に向かい、包丁を握り締めてわなわな震えていることが多く――。

その時の戸惑いと憐憫《れんびん》に満ちた表情には、覚えがあった。あれは、事故で足に後遺症が残ってからというもの、母が自分に向けてきたのと同種のものだ。

好きな人から、あの顔をされるのはきつい。自分は力を失っただけでなく、好きな人に憐れまれ、悲しませるばかりの存在になってしまったのかとやるせなくなる。

せめて、これ以上心配させないよう笑わなくてはと思うのに、ちゃんと笑えなくて。

あの苦しさを今、クライドも味わっているのかと思うと胸が詰まる。

だから、理由は分からないが、透俐を構うことで仔猫たち曰《いわ》くの「前みたいな笑み」を浮かべられて、仔猫たちと笑い合えるなら、好きなだけ構ってほしいと思った。

それで、クライドの苦しみが少しでも和らいでくれたらいいし、皆に気づいてほしかった。

右手がなくなっても、クライドは立派で優しく、強い男だ。

仔猫たちの反応から察するに、クライドが右手を失ったのは極々最近のこと。

その苦しみや喪失感は計り知れない。それでも己を見失わず、自分の正義を貫き、やるべきことをやり、自分のような赤の他人に対しても笑顔を絶やさず、礼を尽くす。

普通はできない。少なくとも自分にはできなかったから余計に、すごい。立派だと思う。

可哀想だなんて思ってほしくない。使用人たちにも、クライド自身にも。

そのために、自分にできることがあるなら何でもしたい。

クライドとともに過ごし、大事にされて、時々……ぺたんと耳を下げて遠くを見つめる悲しげな瞳を垣間見《かいまみ》るうち、強くそう思うようになった。

(俺がこの人の看病で元気になってみせたら、この人は俺がいなくなっても、こんなふうに笑えるようになるかな)

もしそうなら、頑張って良くなりたい。そう思いながら、クライドの看病を素直に受け入れ、身を寄せて、養生に専念していた。

そんなある夜のこと。トイレから寝室へと足を引きずり戻ってくると、こちらをしげしげと見つめるクライドの視線に気がついた。どうしたのかと尋ねるとクライドはこう答えた。

「驚いていたんだ。兄さんは、珍しくいいことを言っていたんだと」

「……いいこと?」

「昔、兄さんはこう教えてくれた。君の歩き方は『誰かのために頑張った人の歩き方』だと」

誰かのために頑張った？　不思議な言い回しに首を傾げると、クライドは説明してくれた。

「この国にも、君のような歩き方をする獣人がたくさんいる。戦って怪我をした兵士、鉱山で事故に遭った炭鉱夫。色々いるが皆、祖国のため、大事な家族を養うために頑張って、怪我をした。格別の敬意を払わなければならないと」

透俐は面食らった。仲が悪い兄弟だと思っていたが、そんな会話もするのか。という驚きもあったが、なぜ今そんなことを？

「それにね、こうも言っていた。天気や体調によっては歩くごとに傷が痛む日がある。それでも我慢して働く人はもっと頑張っている。偉くて、優しくて、立派だと。言われた時は分からなかったが、君を知った今ならよく分かる」

「……っ」

続けて言われた言葉に絶句する透俐の膝に、クライドはちょんと左前脚の先を置いた。

「頑張ったね」

全身な滑稽なほどに震えた。初めて言われた言葉だったから。でも。

「いつも、どうしたら相手のためになるだろうって、そればかり考えて、弱音も吐かず、誰も責めず、色んなことを耐え、体がこんなにボロボロになるまで、頑張ってきたんだね」

全てを知っているような口ぶりに瞳が揺れる。これまでのこと、言ったことはないはずなのに、どうして？　本来なら、そう考えただろう。だが、今は——。

（……頑張っ、た？　……ああ、そうだ）

自分は、頑張った。

六歳の時、亡き父と交わした「父さんに代わって母さんを守る」という約束を果たすため、大好きな母にもう一度幸せになってもらうため、できる限りのことをした。

母をこれ以上悲しませないために、色んなものを捨てて諦めた。辛くても寂しくても、泣き言は一切言わず、涙も噛み殺した。馬鹿にされても殴られても歯を食いしばって耐えた。

ひとり親でも、足が不自由でも、貧乏でも、自分は大丈夫だということを示すため、必死に勉強して、偏差値の高い公立の高校に入学した。

母が病気で倒れてからは高校を辞め、高額な治療費を稼ぐために、痛む足を引きずり、朝から晩まで働いて、生活費も削って。

思いついたことは全部やった。そう、断言できるほどに頑張った。

幸せにできないままに母を死なせ、「もう思い出さなくていい」と言われてしまうという惨憺《さんたん》たる結果となってしまったが、それでも……頑張ったのだ。本当にっ。

怒濤《どとう》のように押し寄せてくる感情の波に、呼吸もままならない。そんな透俐の鼻先を濡れた鼻先で突いてきて、

「大事な人のためにここまで頑張れる君に、僕は敬意を表する。そして、嬉しいよ。君のよ

うな立派な人から、可哀想じゃないと、思ってもらえて」

そう言って、エメラルドグリーンの瞳を柔らかく細める。心臓が、止まりそうになった。

本気で、言っている。世辞でも何でもなく、心から、透俐のことをよく頑張ったと称《たた》えてくれて……透俐が心の中で「クライドは可哀想じゃない」と励ましていたことに気づき、嬉しいと言ってくれた。自分よりも深い苦しみを抱え、自分よりもずっと立派なこの男が！

そう思った瞬間、視界がぐにゃりと歪んだものだから、透俐は瞬《まばた》きした。

「え。あ……あれ？　なんで……！」

目元に手をやり、濡れた指先を見て驚愕する。泣いているのか？　自分は。

「な、なんで？　どうして……」

母が死んだ時でさえ出なかったのに、どうして今更。

自分で自分が分からず乱暴に涙を擦《こす》りながら当惑していると、尻尾で抱き寄せられ、ふかふかの体で包み込まれる。

「大丈夫だよ。それはいい涙だ。頑張った人だけが流せる綺麗な涙。だから、大丈夫」

もう一度そう言って、透俐の背中を労《いた》わるように尻尾で摩ってくれる。

透俐が泣いても、母のように悲しんだりしない。「可哀想に」と憐れんだりしない。

ただ、温かく受け止めてくれる。そう思ったら、ますます涙が滲《にじ》んできて――。

その日を境に、透俐はよく泣くようになった。

母を悲しませてしまうからと、泣くことを捨てて以来、何があっても、母が死んだ時さえ一滴も零《こぼ》れなくなった涙が、クライドといると何の前触れもなく零れ落ちてしまう。

クライドはそんな透俐を咎めない。ふかふかの体で包み込み、「それは綺麗な涙だ。いっぱい流したまえ」と、好きなだけ泣かせてくれた。何度も、何度でも。

すると、今度は……ふとした瞬間、強烈な不安に襲われるようになった。

これまでひとり親で貧乏、おまけに足が悪い自分を誰もが疎《うと》んじ、蔑むばかりだった。

それなのに、こんな自分をこの上なく優しく受け止めてくれる人が現れた。母を喪って悲しみに打ちひしがれていた直後にだ。

こんなにも都合のいいことがあるだろうか。

もしかして、自分はまた、妄想の世界に逃げ込んでいるのではないか。

事故に遭ったショックで「あの子」に逃げたあの時のように、自分に都合のいい人物を頭の中で作り上げ、言ってほしい台詞《せりふ》を喋らせているだけでは？

本当は誰もいなくて、両親の仏壇以外何もないあの部屋に独り立ち尽くしているのでは？

そう思うとひどく怖くなって、左手を抓《つね》った。痛いと思っても、全然安心できなくて、ますます強く、何度も抓る。するとクライドは濡れた鼻先でこめかみを突いてきて、「嬉しいんだね」と囁《ささや》いてくる。「嬉しい？」と訊き返すと、

「人が夢じゃないかと疑うのは、信じられないほど嬉しいことがあった時だよ」

そう笑って、またふかふかの体で包み込んでくれる。

「ありがとう。僕たちといて、そんなふうに思ってくれて。……大丈夫。これは現実だ。僕も皆もちゃんといて、自分の意志で、君のことを想っているよ。大丈夫」

言い聞かせてくれた。呆れるほど辛抱強く。だから、また泣けてきて……ああ。

もう、ぐずぐずだった。みっともないったらない。

「こんなに俺を泣かせて、何が楽しいんだか」

情けないやら気恥ずかしいやらで、ある日つい、そんな憎まれ口を叩いてしまうと、クライドは「すまない」と、両の目を細めた。

「僕が何かしてあげるたび、泣いたり、夢なんじゃないかと疑うほど喜んでくれるとねえ。あの可愛い仔猫たちを悲しませて泣かせるばかりの今の僕でも、こんなことができるのかと嬉しくなって、つい、もっともっとと思ってしまって」

そう言って、黒革の手袋を嵌めた右の前脚、義手をかちゃかちゃと鳴らすので、透俐は目を白黒させた。

周囲が思うように、今の自分を可哀想だとクライドに思ってほしくない。自分を構うことで自然に笑えるのであれば、好きなだけ構えばいい。そう思ってはいた。

だが、ここまでぐずぐずにされるほど構い倒されるとは思いもしなかった。しかも、ここまで来てもまだ、もっともっとと思っているという。

どれだけ構いたがりなのだと、呆気に取られることしきりだが、今はそれよりも、

「ありがとう、ございます。俺に、右手のことを話してもいいと、思ってくれて」

そう言って、頭を下げる。

ずっと、クライドの右手が義手だと気づかない振りをしていた。

クライドは使用人たちに口止めをし、右手を使うことがない獣型で居続けて、何より、透俐が義手のことに気づいていると知りながら普通の振りを続けていたから。

けれど、本当は話してほしかった。経験上、普通の振りをするのは非常に疲れると知っていたから、そんな気苦労を自分に対して負ってほしくなかった。

自分はこんなにも、みっともない姿を晒して受け止めてもらったのだから、なおさら。

「これでもう、あなたにいらない気苦労をさせずにすむ。嬉しいです」

本当に嬉しくてそう告げると、クライドはパンパンと、少々乱暴にベッドを尻尾で叩いた。

「あー全く。君のそばは、居心地がよ過ぎて困る」

「……え。よ過ぎるって……わ」

「並大抵の居心地のよさじゃ、四六時中一緒にいられるわけないだろう?」

左前脚で抱き込み、鼻先でこめかみを突かれながら言われて、かあっと顔が熱くなった。

泣いてばかりいることを内心呆れられていると思っていたのに、そんなことを言ってくれるなんて。驚くやら、ほっとするやら、嬉しいやらと慌ただしく思っていると、

「君はどうだい？　僕のそばの居心地は」

さらにそんな問いを囁かれて、心臓が跳ねた。クライドのそばはどうかって？　そんなの。

「それは……はい。い、いいです。すごく」

こんなに居心地のいい場所がこの世に存在するのかと驚愕するほどいい。なんて、素直に答えるのは恥ずかし過ぎるので、おずおずとそう答えるとクライドは鼻を鳴らした。

「そうかい。なら、僕は君に大いなる不満がある」

「！　な、何ですか。直せることなら、すぐに」

「敬語」

「は？」と、間の抜けた声を漏らすと、クライドは不快げに耳を動かし、尻尾でぱんぱんベッドを叩いた。

「『は？』じゃない。当然だろう。ここまで来ても、他人行儀でかしこまった敬語。それじゃ、僕のそばは居心地がいいと言われても素直に喜べない。ひどい仕打ちだ！」

鼻筋に皺を寄せそっぽを向く。そのさまを透俐はぽかんと見ていたが思わず噴き出した。

「ははは。そんなことで怒るなんて、怒るツボが滅茶苦茶過ぎる……わっ。はは。分かった分かった。敬語はもうやめるから許してくれ。くすぐったい」

巨体でのしかかってきて、大きな舌で顔をべろべろ舐め回してくるクライドと取っ組み合いをしながら、そう言って笑った。

もう、クライドにタメ口を使うことに何の抵抗もなかった。それに、クライドが望んでいて、喜んでくれるなら、タメ口くらいお安い御用だ。

クライドの笑顔が見られるなら、何でもやってやる。

いつの間にか、そんなことを考えるくらい、クライドの笑顔が好きになっていた。

それから程なく、独りでに涙が出ることはなくなった。これまでずっと溜《た》めに溜め込んでいた涙を、全て流し尽くしたのかもしれない。

その涙の代わりに今、身の内を満たしているのは、クライドたちが詰め込んでくれた、どこまでも優しく柔らかい、言葉と温もり。

それらは胸の奥を温かく灯し、優しく揺さぶって、語りかけてくる。

もう、十分休んだろう？　そろそろ起きなさい。じゃないと。

——大丈夫。君は必ず、元の世界に戻す。

じゃないと……。


この別荘に連れて来られて十日目のこと。透俐はようやく、医者から床上げを許された。

クライドをはじめ使用人たちは大層喜んでくれて、快気祝いの宴を開いてくれた。

仔猫たちは摘んできた花で食卓を飾りつけ、オズワルドは腕によりをかけて豪華なフルコースを作ってくれた。

宴の席では、仔猫たちはお祝いだと歌を歌ってくれ、

「実は私、トーリ様に病人食しかお出しすることができず、ずっと口惜《くちお》しい思いをしていたのです。これからはより一層、腕によりをかけて料理を作らせていただきますね！」

普段寡黙なオズワルドもそう言って、シャンパンを開けてくれた。

久々にヒト型に変じて席に着いたクライドはというと、いつの間に用意したのか、山のようなプレゼント包みを持ち出してきた。中には、数枚のシャツとズボン、ベストにジャケットなど、たくさんの服が入っていた。

「これから普通に生活するわけだからね。せめてこれくらいはないと」

「それは、そうだけど、こんなにたくさん……わっ」

「さあ、早速着替えた姿を見せてくれ」

クライドがそう言うので、急遽ファッションショーをすることになった。

クライドが買ってくれたスーツを着た自身の姿を鏡で見ると、スーツが上等なせいか、はたまた、クライドたちの献身的な看病により、見違えるほど顔色も、肌や髪の艶《つや》も良くなったせいか。自分でもびっくりするほどの男前がいて驚愕し……。

どれもこれも初めての経験で、驚くやら恥ずかしいやらで大変だったが、こんなに祝ってもらえて、喜んでもらえて、すごく嬉しかった。

今日のことは絶対に忘れない。でも。

食後に淹《い》れてもらったミルクティーに口をつけ、改めてこれからのことを考える。

この別荘に来た直後の自分なら、どうすればできるだけ早く元の世界に戻れるか、その方法探しに躍起になったことだろう。守護神だなんて途方もない役割を求めてくるこんな世界からは、一刻も早く逃げ出したいと。だが、今は少し違う。

戻りたい気持ちは変わらない。けれど、このまま何もしないで戻りたくない。

クライドに何の恩返しもしないでなんて嫌だ……なんて。

自惚《うぬぼ》れているのかもしれない。クライドが「元気になってほしい」とか「タメ口で話してほしい」とか、自分に色々求めてくれて、叶えれば手放しで喜んでくれるから、こんな自分でもクライドのためにできることがあるのではないか？　なんて……と、思った時だ。

「クライドさま」と、ミアが改まったように挙手した。

「ぼく、召喚石が認めた、トーリさんの力が何なのか調べたいです」

真面目《まじめ》な声音で言われたその言葉に、透俐とクライドの顔色が変わった。

「ぼく、嫌です。トーリさんはこんなに優しくていい人なのに、ダグラスさまたちに目の敵《かたき》にされるなんて許せない」

「トーリさんにどんな力があるか、はっきりさせちゃえば、ダグラスさまたちはきっと謝ってくれるし、皆トーリさんを認めてくれます。やるべきです」

ミアに便乗して、テオも勢いよく手を挙げて発言する。そんな二人に、透俐はくしゃりと顔を歪めた。自分のことをこんなにも思ってくれる。なんと可愛い子たちだろう。

「二人とも、ありがとう。そんなふうに気遣ってくれて」

「違います」

ミアが力いっぱい透俐の言葉を遮った。

「気遣いで言ってるんじゃありません。トーリさんはこの世界に必要な人です。あの召喚石が呼んだ人なんだから、絶対にそう」

「それって」と、首を傾げる透俐に、仔猫たちはコホン、エヘンと咳《せき》払いした。

「お教えします。まずは、この世界の成り立ちから」

「……え」

そこから？　と、内心驚く透俐など気にも留めず、仔猫たちは話し始める。

「この世界は遥《はる》か昔、神さまより授けられた魔法の力で国を治める、魔法の国だったと言われています。文明も、魔法の力で今より遥かに進んでいたとも」

「しかし、カルメル暦三千五二年。世にいう『メルドキア魔法大戦争』が勃発しました。この戦争というのが……」

「つまりだね。その戦争がもとで、魔法はこの世界から完全に失われ、現在誰も使える者はいない。代わりに、魔法の力が籠った魔法石というものが、希少だが存在している……と、創世記物語では言われている」

クライドが強引に話を端折《はしょ》った。さらに、「せっかくぼくたちが説明していたのに」「ひどい」と抗議してくる仔猫たちを完全に無視して話を続ける。クライドも、仔猫たちとともに、透悧の力を調べるつもりなのだろうか？　しかし、それにしては表情が硬い。

「例えば、トーリ君が今被っている帽子。その帽子の中には、『翻訳石』と呼ばれる魔法石が埋め込まれている。その効能によって、その帽子を被っている間は、異世界人のトーリ君でも僕たちと普通に会話できるというわけだ」

「なるほど。じゃあ、俺を呼んだ召喚石っていうのも」

「そ、それはぼくたちが説明します！」

いつの間にか分厚い書物を抱えていた仔猫たちが挙手し、強引に説明し始める。

仔猫たち曰く、この世界にはメキアスのような王国がいくつか存在しており、その国を治める王族は召喚石を代々所有している。「守護神」を召喚するための魔法石だ。

守護神とはその名のとおり、その国を守護する存在で、一国につき一人だけ呼ぶことができる。これまでの守護神を訊いてみれば、大魔導師、ユニコーン、ケンタウロス。皆、人智を超えた力を有する……自分と比べるのもおこがましい、偉大な人たちばかり。

「あのエヴァンだって、悪い人でしたけど、すごい魔導師様でした。だから、召喚石が何の力もない人を呼ぶわけがないんです」

「トーリさんはすごい人です。きっとそう」

「……魔力や神力が、なくても？」

致命的な事項を口にしてみるが、仔猫たちは止まらない。

「『プップヤッタ国』の守護神さまも、最初、自分は何もできない一般人だって言ってました。でも、後で大きな岩も軽々持ち上げる怪力で、矢も銃弾も効かないことが分かったんです。その守護神様が元居た世界が、この世界よりずっと過酷な環境だったからだそうで」

「トーリさんもきっとそうです。元いた世界ではできて当たり前のことでも、この世界ではすごいことがあるはず。それが分かれば」

そう言って、ミアはいそいそとベストのポケットを探り、メモ帳と鉛筆を取り出した。

「トーリさん。何でもいいから、ここに字を書いてみてください」

「ここに、これまでこの世界に来た守護神さまが使っていた文字をまとめた本があります。その中に、トーリさんと同じものがあるか探してみましょう」

その言葉に、胸が高鳴った。仔猫たちの厚意に対してもそうだが、神力や魔力がなくても、何らかの力を有している場合があるという言葉は、自分は単なる手違いでこの世界に呼ばれてしまったと思っていた透俐には、心躍るものだった。

もし、召喚石が惹《ひ》かれるほどの力があるのなら、自分は……！

クライドへと目を向ける。相変わらず難しい顔をしている。しかも、何やら言いたげだ。

透俐はクライドが何か言うより早く目を逸《そ》らし、鉛筆を受け取ると、自分の名前を漢字、平仮名、片仮名でそれぞれ書いた。

「こんな感じかな。あんまり綺麗な字じゃなくて、申し訳ないんだけど……？」

内心ドキドキしながら尋ねた透俐は、目をぱちくりさせた。それまではしゃいでいた仔猫たちが、完全な無表情で透俐が書いた字を凝視していたから。

どうしたのかと首を傾げていると、仔猫たちは踵を返し、脱兎《だっと》のごとく部屋を出て行った。

それからすぐ、一冊の本を抱えて戻ってきた。色褪《いろあ》せ、ボロボロになった薄いハードカバーの表紙に書かれていたのは――。

「『みにくいアヒルの子』？」

「きゃああ」

透俐が表紙のタイトルを読んだ瞬間、二人は悲鳴を上げて飛び上がった。

「トーリさん、この絵本が読めるんですか？　本当に？」

一応全ページ確認してみる。絵本だから平仮名だらけで苦もなく読むことができた。そう伝えると、二人は抱き合った上に泣き出した。

「ううう。この絵本、死んだじじさまが僕たちにくれた古代の書物なんですぅ」

「『難し過ぎて、この世の誰にも読めない。その文字をこの世で最初に読めたらかっこいいと思って勉強してきたけど、わしにはできなかった。だから、お前たちがじじの夢を叶えてくれ』そう言って……わあああ。じじさまもここにいたら、どんなに喜んだか」

「この世の誰にもって……俺の世界でも日本語は難しいと言われているけど、でも……どうしてこの世界の古代文字が日本語？　しかも、『みにくいアヒルの子』って」

謎過ぎる。と、透俐は首を捻るが、仔猫たちはいよいよ興奮して飛び跳ねる。

「これで、今までずっと古代史で空白になっていた時代の解読ができます。創世記物語に書かれていた魔法を復活させることだってできるかもしれない」

「ホントすごいです。やっぱり、召喚石がトーリさんを呼んだのは間違ってなかった」

すごいすごいと連呼する。そんな二人に、透俐の心は沸き立った。

絵本が読めたくらいですごいと言われても、まるで実感が湧かない。だが、二人がこんなに喜んでくれるのなら、もしかしたら——。

「ミア、テオ」

ぴょんぴょん飛び跳ねてはしゃぎ回る二人の名をクライドが呼ぶ。いやに低い声だ。

「そろそろお開きにしようか。トーリ君は病み上がりだ。無理をさせてはいけない」

「ええ。でも」

「おしまい」

異議を唱えようとする二人に、クライドはにべもなく言った。

二人はまだ納得がいかないようで、その場でもじもじしていたが、オズワルドに「さあ、片づけを手伝ってくれ」と促されてようやく観念したのか、つまらなそうに尻尾を振った。

「分かりました。でも、トーリさん。明日、古代文字のこといっぱい教えてくださいね」

最後まで念を押す仔猫たちを連れてオズワルドが台所へと向かう。

透俐はクライドを見上げようとしたが、クライドはそれより早く踵を返して歩き出す。

足を引きずり後を追って部屋に入ると、クライドは背を向けたまま立ち尽くしていた。

透俐が近づいても、こちらを向こうとしない。何も言わない。

もしかして、透俐に告げることをためらっているのだろうか？

エヴァン事件で酷い目に遭ったこの国の人々は、これまで以上に立派で優秀な守護神を熱望している。古代の文字が読める程度では、誰も守護神とは認めないという事実を。

（言ったら、俺が傷つくと思ってるのかな？　まあ、あの子たちの言葉を聞いて、はしゃいでたしな。でも、違うのに）

嬉しかったのは、守護神になれるかもしれないと思ったからじゃない。そのことを最初に伝えたくて、こう声をかけた。

「俺が元の世界に戻るには、あとどれくらいかかる？」

クライドの顔がこちらを向く。何の感情も読み取れない、完全な無表情だ。常ならぬその表情に一瞬怯《ひる》んだが、懸命に口を動かす。

「悪い。連絡が来たらすぐに教えてくれると言ってくれたのに。でも、気になって」

「昨日、連絡が来たよ」

ひっそりと、クライドは言った。

「手筈《てはず》は整った。ただ、儀式に使う魔法石の力が貯《た》まるまで、三カ月ほど待たなければならないそうだ」

「！　三カ月……そう、か」

何とも複雑な気分だ。今すぐ帰れると言われなかったことにほっとして、これから三カ月も面倒をかけるのかと思うと申し訳なくて……でも。

「ごめん。俺がいると、色々面倒なのに三カ月も。けど……っ」

突然、左手で二の腕を掴まれて、びくりと肩が跳ねた。

「どうしてだ。どうして、ここまでされても君は怒らない」

「え。どうしてって」

「僕は、腸《はらわた》が煮えくり返っている」

いつもの張りのあるそれとは打って変わった掠れた声で告げられた言葉に、目を見開く。

「君を守護神にしたいわけじゃない。だが、問答無用で連れて来られて、酷い目に遭わされた挙げ句、皆が守護神だと認めないから帰れだなんて。こんな理不尽《りふじん》なことはない」

怒りで濡れたエメラルドグリーンの瞳に、胸がぎゅっと詰まる。

確かに、迷惑な話だ。勝手に連れてきて、勝手に誤解していたぶってきた挙げ句、やっぱりお前は使えないからいらないだなんて、ふざけているにも程がある。

バークレイの城下町で獣人たちの話を聞いて、類稀なる力もなければ魔法も使えない自分は、この世界で受け入れられることは決してないと悟った時はそう思った。でも、今は——。

「怒れないよ。だって……まずな。ちゃんと元の世界に戻れると分かってほっとしてる。帰りたかったんだ。元の世界には何もないが、それでも……誰にも面倒をかけず、自分の力で生きていけるから」

本心だった。クライドたちにはありえないほど良くしてもらったが、この世界はクライドの庇護がなければ生きていけないし、ここにいるだけでも迷惑がかかる。だったら、元の世界のほうがましだと、クライドたちに良くしてもらえばもらうほどに思った。

「……そうか。君は、悲しいほど優しくて、強い人だ。でも」

「でも、な。怒れない一番の理由は、その……お前に、逢えたからだ」

思い切って言った。

クライドの目が大きく見開かれる。それが何だか気恥ずかしくて目を逸らす。けれど、どうしてもこの気持ちを伝えたかったから、一生懸命口を動かす。

「お前が俺にしてくれたこと。全部初めてだったよ。色んなことが違っても自然に接してくれたこと。手を差し伸べて一緒に連れて行ってくれたこと。看病してくれたこと。『よく頑張った』『泣いてもいい』って言ってくれたこと。いつまでも敬語だって怒ってくれたこと。

それから今、俺のことでこんなに怒ってくれて。どれもこれもすごく嬉しかった」

「……っ」

「それに、な。住んでいる世界は違うけど、お前みたいな奴がこの世にいるんだって、知ることができた。それが、何より嬉しい」

この世には、綺麗で温かくて、優しい世界があることは知っている。けれど、それは自分とは無縁の世界だと思っていた。

でも、クライドのような、深い悲しみを抱えていても、真っ直ぐに己の正義を貫き、優しくて……こんな自分の涙を拭《ぬぐ》い、屈託なく笑いかけてくれる、夢のような男がこの世には存在する。

そう思ったら、これまで暗く淀んだ世界が鮮やかに色づいて、輝いていくように見えた。

元の世界に戻っても、それはきっと変わらない。この世のどこかにクライドがいる。そう思えば、きっと――。とても、幸せなことだ。

感謝に堪えない。怒るなんてとんでもない。けれど。

「ありがとう。お前には、本当に感謝してる。だから、な。だから、お前に恩返しがしたい。俺にできることなんてたかが知れているだろうけど、それでも、少しでもお前に返したい。どんな力だろうと認めてもらえないと分かってて、仔猫たちに俺の力を調べてもらったのもそのためで……あ。お前としては、俺の力って、その」

「僕は、とても偉大な力だと思うよ」

恐る恐る尋ねると、そんな答えが返ってきたものだから、透俐の表情は華やいだ。

「本当か！　だったら……っ」

息を詰める。突然、クライドに抱き竦められたから。

いきなりどうしたのだろう。予期せぬことにどぎまぎしていると、

「僕を助けたい。そう、思ってくれるのかい？」

耳元で、クライドが囁いてきた。その声は、何とも掠れている。

「それは……う、うん。そうだ。残りの三カ月、目一杯使ってお前に何かしたい」

深く頷いてみせると、クライドは透俐を離した。それから透俐の顔を覗き込み、破顔した。

「ありがとう。なら、早速頼みがある」

ちょっと待っててくれ。そう言って、クライドは部屋を出て行った。それからすぐ、仔猫たちが持ってきた絵本「みにくいアヒルの子」を手に戻ってきた。

「まずはこの本を読んでみてくれないか」

「これを？　なんで今？　というか、絵を見れば分かる内容だぞ」

「認識に齟齬《そご》があるか確認したいんだ。それに、確かめたいこともあって。頼むよ」

そう言われては断れない。透俐はおずおずと絵本を受け取り、ベッドに腰かけてページをめくり、ぎこちなく咳払いした。

「読み聞かせなんてしたことないから、下手でも我慢してくれ」

「うん？　大丈夫だよ。君は声がいい。高過ぎず低過ぎず、よく通るが耳触りがよくて、ずっと聴いていたくなる美声だ。だから、多少読み方が下手でも」

「そ、そういう言い方するな。余計読みづらくなる」

羞恥で声を荒らげると、「それは失礼」と澄まし顔で返し、透俐の隣に腰かける。本当に時々意地悪な奴だと眉を寄せて、透俐は絵本を読み始めた。

他の兄弟とは違う醜い姿に生まれたため、周囲に馬鹿にされて育つが、実は誰よりも美しい白鳥だった、みにくいアヒルの子。

今改めて読み返すと、色々と考えてしまう内容だが、今はきちんと読むことが最優先だと自分に言い聞かせ、できるだけ丁寧に、一生懸命読んだ。

クライドは黙って聴き続けてくれた。だが、透俐が読み終えて一息吐いていると、

「どうして、主人公の卵はアヒルの巣にあったんだろう」

ぽつりとそう言ってきた。

「は？　それは……白鳥の巣から転がってきた、とか？」

「そんなに至近距離に白鳥の巣があるなら、アヒルたちは主人公が白鳥のヒナだとすぐに分かって、『おたくのお子さんがこっちに紛れ込んでいましたよ』と親元に返すはずだ」

「ああ。言われてみれば……」

「誰も主人公の正体が分からなかったということは、白鳥は近辺にはいない。それなのに、主人公の卵はアヒルの巣にあった。なぜ？　誰がそんなことをした？　目的は？」

矢継ぎ早に言われ、透俐は目を白黒させた。確かにそうだ。誰が何の目的でそんなことをしたのだろう？　首を捻っていると、クライドは小さく息を吐いた。

「初めてこの絵本を見た時からずっと不思議だった。白鳥の卵をアヒルの巣に忍ばせて何の意味がある？　何の得もない。ただ主人公が不必要に苛《いじ》められ辛い思いをしただけだ。それなのに……文章が読めれば、その謎が解けると思っていたが、そうか。答えはないのか」

そう独りごちて、形の良い眉を寄せる。そんなクライドに、透俐はぽかんとした。

あの話を読んでそんなことを考えるなんて、つくづく不思議な男だ。

しかし、浮かべた表情が何やら苦しげに見えたものだからとっさにこう言った。

「答えが書いてないのは、そういうこと、この主人公にはどうでもよくなったからかも」

「……どうでもよくなった？」

「『素敵な仲間ができた。嬉しい！』って気持ちでいっぱいになって、それまでの辛いこととか、全部吹っ飛んじゃって……はは。これじゃ、卵をアヒルの巣に入れた奴は悔しいだろうな。もう、そのことを考えてもらえないんだから」

クライドの疑問に対して、何とも的外れな答えだと思う。でも、いつものクライドの澄まし顔が翳るのを見たくなくて、とにかく明るいことを言おうと思った。

クライドが目を見開いたままこちらを凝視してくる。……まずい。的外れ過ぎたかと眉を下げたが、突如クライドの瞳が少年のように輝き始めてはっとした。

「素晴らしい！　そんな素敵な回答は初めてだ」

「え。そ、そうか……？」

「ああ。君はやはり、僕が思ったとおりの逸材だ。……うん！　これで決まりだ」

「なんかよく分からないけど、気に入ってくれたなら……は？　決まり？　……あ」

「オズワルド、出かける。準備してくれ」

クライドはベッドから立ち上がり、カウチまでも軽やかに飛び越えて部屋を出て行った。

突然のことにぽかんとしていると、身支度を整えたクライドが颯爽《さっそう》と寝室に入ってきた。

「じゃあ、僕は準備があるから出かけてくる。明日には戻れると思うから、君はそれまで仔猫たちにニホン語の講義でもして待っていてくれ」

「え。あの……準備って、何の準備」

「それでは行ってくる。楽しみに待っていてくれ」

「は？　いや……ま、待ってくれ、クライド……ぃっ」

とっさに立ち上がったが、右足に痛みが走って体が竦む。

そして、次に目を上げた時にはもう、クライドの姿はどこにもなかった。

結局、翌朝になっても、クライドは戻って来なかった。

しかたなく、透俐はクライドが買ってきてくれた、上等な生地で作られたシャツにズボン、ネクタイとベストに着替えると、オズワルドに作ってもらった豪華な朝食を摂り、仔猫たちに日本語を教えて過ごした。

何から教えていいか分からなかったので、今日はひとまず皆の名前を日本語で書いて教える程度しかできなかったが、名前を紙に書いて教えるたび、仔猫たちは歓声を上げた。

「わあ。ぼくのお名前、古代文字で書くとこうなるんだあ。格好いい」

「あ。ぼくとオズワルドさんのお名前、お揃《そろ》いの字があります」

透俐が書いた文字を爪先《つめさき》で何度も何度もなぞる。だが、ふと首を傾げて、

「ねえ、トーリさん。ニホン語には、ヒラガナとカタカナとカンジがあるんですよね？　カンジだと、ぼくたちのお名前どう書くんですか？」

そんなことを訊いてきた。

「え。いや……悪いけど、ミアたちの名前に漢字はないんだ」

「え。ぼくたちにはない？　どうして？　ぼくたちもほしいです！」

「いや、そう言われても」

と、少々困ったこともあったが、二人とも終始楽しそうで、「ニホン語のお勉強ができる

なんて幸せ」と、ゴロゴロ喉を鳴らしていた。

たったこれだけのことで、こんなに喜んでもらえるなんて。

とても和やかで、温かなひととき。でも、頭の半分以上を占めるのはクライドのこと。

準備のことも気になるが、一番気になるのはクライドが抱えている暗い闇。

義手がその全ての原因だとずっと思っていたが、昨夜の憤《いきどお》りに満ちた表情を思い返すと、どうもそれだけではないような気がしてきた。

あれは、透俐のことだけではなく、他のことでも怒っていたのではないかと。

仔猫たちは何か知っているだろうか。訊くなら、クライド不在の今がチャンスだ。しかし……と、考えあぐねていると、ミアが控えめに袖を引っ張ってきた。

「ねえ、トーリさん。一つ、質問してもいいですか？　トーリさんはいつもどうやって、クライドさまをあんなにニコニコさせているんですか？」

突然の問いに目をぱちくりさせると、二人は小さな体をもじもじさせた。

「ぼくたち、クライドさまにはいつも笑っていてほしいです。クライドさまはぼくたちのご主人さまだけど、ぼくたちをあのムキムキのお城から連れ出してくれた恩人でもあるから」

「ム、ムキムキのお城？」

「バークレイ城です」と言って、二人は説明してくれた。

数年前、城でお抱えの学者として働いていた唯一の肉親である祖父が死に、二人はバークレイ城の使用人として引き取られたそうなのだが、学者肌の二人には、バークレイ家のノリがどうしても受けつけなかった。

「読書なんて軟弱者のすること！」と、毎日大嫌いな筋トレに励まされるのは勿論《もちろん》のこと。

「バークレイ家の人たち、皆自分の筋肉にお名前をつけて話しかけるんです」

「そ、それって、『ジョン。今日も元気か』って、体に向かって話しかけるとか？」

まさかな。そんな冗談……と、続けようとしたが、

「いえ、筋肉の一つ一つ、全部につけるんです。大腿四頭筋《だいたいしとうきん》にロドリゲス、大胸筋にジョージって感じで。それで、話しかけながら鍛錬に励むんです。『ロドリゲス、辛くても負けるな』『ジョージ、今のお前は最高に輝いている』って」

想像以上だった。さらには。

「ダグラス様なんて、なんでか女の人のお名前つけてるんです。『サーシャ、今日は辛い思いをさせたね。揉《も》んでやろう』『ああイザベラ。君はなんてしなやかで美しいんだ』って、毎晩叫ぶんです。ぼく、それが怖くて怖くて」

確かに、それは恐怖でしかない。というか、クライドからバークレイ家がいかに脳筋であるか聞いてはいたが、ここまで筋金入りだったとは。

「そのうち、筋肉に圧《お》し潰される夢まで見るようになっちゃって、すごく辛かった。そんなぼくたちを、クライドさまが助けてくれたんです」

父王に掛け合い、二人を自分専用の使用人にし、周囲から庇ってくれて、――勉強はとても大切なことだ。いっぱい勉強して、爺様のような立派な学者におなり。そう言って、静かに勉強できる環境も作ってくれた。

「これからは外で暮らすってお城を出た時も、一緒に連れて行ってくれました。お外で暮らすようになってもいっぱい優しくしてくれて、クライドさまのおかげでぼくたち幸せです」

小さな両手をきゅっと握り、噛みしめるように呟く二人に、透俐は微笑を浮かべて頷いてみせたが、内心は複雑だった。

クライドが仔猫たちに対してそこまで親身になったのは、彼本来の優しい心根ゆえとは思うが、もし昔の自分が思い出されて、放っておけなかったのだったとしたら。

家族の輪に入れず、独りぽつんと佇んでいる狼少年を想像し、眉を顰《ひそ》めていると、仔猫たちが両手を透俐の膝に添えてきた。

「だからね。ぼくたち、クライドさまもいっぱい幸せになってほしいんです。でも、このお家に引っ越してきてからはお部屋に籠りっぱなしで」

「！　あいつが……？」

訊き返すと、仔猫たちは耳をぺたんと下げた。

「はい。ご飯を召し上がらない日もありました。『今は脳細胞だけにエネルギーを使いたい。食物の消化に使いたくない』って言って……っ。あの人、エヴァンのせいです。あの人がクライドさまのおててを取っちゃったから、クライドさまはあんな！」

全身の毛を逆立てて唸るミアに、透俐は息を呑む。

――貴様、忘れたのか。エヴァンという男を、その身にされたことを！

ダグラスがそう叫んでいたので、もしやと思っていたが、クライドの右手を奪ったのはエヴァンだった。ということは、やはりクライドは右手を失ってまだ数カ月しか経っていない。

事故に遭って間もない頃の自分を思い返す。地獄の苦しみだった。

不自由になっただけでもあんなにも苦しい。では、完全に失ってしまったら、どれほど苦しいのか。想像もできない。それがほんの数カ月前の出来事。克服できているわけがない。

クライドは今、地獄の只中《ただなか》にいる。戦慄していると、隣にいたテオが乗り出してきた。

「トーリさん。本当にどうやって、クライドさまを笑顔にしているんですか？　やっぱり、トーリさんが『トーリくん』だから……」

「テオ」

鋭い声が怒りのあまり全身の毛を逆立てるテオの言葉を遮った。いつの間にか真後ろに立っていたオズワルドだ。

「旦那《だんな》様のお言いつけを忘れたのか」

赤目をぎらつかせ、地を這《は》うような声で問うオズワルドに、二人は抱き合い縮み上がった。

「す、すみません、オズワルドさん。えっと」

「それと、もう洗濯物を取り込む時間だったように思うが？」

震え声で謝ろうとする二人にさらにそう言うと、二人は飛び上がり、脱兎のごとく部屋を飛び出していった。オズワルドはふんっと鼻を鳴らすと、恭しく頭を下げてきた。

「申し訳ございません。お見苦しいところをお見せいたしました」

「いいえ。それより、クライドのこと、本当なんですか？」

尋ねると、オズワルドは顔を俯けた。そのまま黙っているので、透俐は身を乗り出した。

自分は赤の他人で聞く権利などないと分かっているが、どうしても知りたい。

「教えてください。クライドが塞ぎ込んでいる理由は何ですか？　やっぱり、右手のことで」

「いいえ。それだけではございません」

オズワルドは低い声で言った。それから少しの逡巡《しゅんじゅん》の後、ゆっくりと顔を上げ、エヴァン事件の仔細《しさい》について教えてくれた。

エヴァンが召喚儀式でこの世界に呼ばれたのは、今から一年ほど前。

透俐と同じ完全なヒト型。長身で均整の取れた体軀に上等なローブを纏った、品のいい貴公子のエヴァンは召喚された直後、状況が呑み込めず驚いた風情だったが、ダグラスが懇切丁寧に状況を説明し、この国の守護神になってくれるよう頼むと、

――私の魔力をお認めくださり光栄です。微力ながらこの国の繁栄の役に立てますよう、尽力させていただきます。

と、大変殊勝な物言いで、守護神を引き受けた。

その後、エヴァンは魔法の力を駆使し、難病を治したり、道を拓《ひら》いて交通の便を良くしたりと、国の発展に努めた。さらには、誰に対しても分け隔てなく礼節を持って接したため、皆エヴァンに心酔し、この上なく丁重に扱った。

「しかしその裏で、エヴァンは気に入った獣人を次々と誘拐し、解剖していたのです」

「！　それは、どうして」

「エヴァンは呪文を唱える魔法も使いますが、素材を用いて為《な》す魔法を特に好んでいました。そして、獣人の体のパーツはどれも、その素材にとても適していると」

「……っ」

「エヴァン曰く獣人は希少だそうで、この機会に多くの素材を集めておきたい。ゆえに、長く採取できるよう善人の皮を被り、時には犠牲者に化けて人前に出るなどして、悪事を隠ぺいしていたのです。それにいち早く気づいたのが、旦那様でした」

クライドはエヴァンの所業の確固たる証拠を用意し、父王たちに提出した。さらに、エヴァンを捕らえるにはどうしたよいか、計画を練ろうと提案したのだが、頭に血が上ったバークレイ家の面々は、それを聞き入れなかった。

「旦那様の制止も聞かず、ダグラス様たちは無策で突撃。結果、エヴァンを退治することはできたものの、戦死者五十名、旦那様も右手を失うという甚大な被害が出ました。そのことが、旦那様のお心をあらゆる意味で傷つけました」

利き手である大事な右手を失ったこと。大勢の犠牲者を出してしまったこと。それから。

「家族は結局、自分の言うことなど何一つ聞いてくれないという事実」

「……」

「この件の後、旦那様はご家族といまだかつてない大喧嘩《おおげんか》をなさったご様子。結果、城からより遠く離れたこの別荘に引っ越しました」

この家に来てからのクライドは、義手を見て仔猫たちが悲しそうな顔をするせいもあってか、ほとんど部屋に籠りきりなのだと言う。

本人曰く、後世のため、エヴァン事件の詳細をまとめるのだと言い張っているが――。

「私としましては、エヴァンのこともご家族のことも忘れて、別のことに関心を持っていただきたい。連中は旦那様にとって、害悪以外の何物でもない」

我慢できなかったのか、いつも所持している包丁を握り締めて身を打ち震わせる。そんなオズワルドに、透俐も震える唇を嚙みしめた。

何か辛い事情を抱えていると分かってはいたが、まさかここまでだったとは……！　でも。

――驚いていたんだ。兄さんは、珍しくいいことを言っていたんだと。

そう言っていた時の優しい眼差しを思い返し、胸を掻きむしられていると、にわかに外が騒がしくなった。

「おや、旦那様がお帰りになったようですね」

素早く包丁をしまいつつ、オズワルドがそう言ったと同時に、シルクハットとコートを纏い、左手にステッキを持ったクライドが大股で部屋に入ってきた。

「ただいま。二人とも、いい一日だったかい？」

相変わらずの颯爽とした足取り、秀麗な顔に貼りつく不遜な笑み。そこからは確固たる自信と眩《まぶ》しいほどの力強さ、明るさが漲《みなぎ》り、負の影など微塵も感じられない。

それが、あんな話を聞いた今だと何だか痛々しく見えてしまい、表情が引きつりそうになったが、すんでのところで耐える。

(駄目だっ。「可哀想だ」なんて、絶対に思うな)

知っているだろう。それが、誇り高いこの男にとって最も辛いことだと。

そう自分に言い聞かせる透俐の横で、オズワルドはいつもの真顔で頭を下げた。

「おかえなさいませ。旦那様こそ、よい一日を過ごされたようで、祝着至極に存じます」

「よい一日？　うーん。まだそうとは言えないな。なにせ、一日の大半を暑苦しい筋肉に囲まれて過ごしたからね」

「筋肉……！　お前、まさかバークレイ城に行ったのかっ」

声を上げる透俐に、クライドはにこやかに微笑んだ。

「僕はね、君にはできるだけ心安らかにこの三カ月を過ごしてほしい。でも、今のままでは無理だ。あの筋肉教たちに誤解され、追われている現状ではね。だから話をつけに……っ」

「お前、大丈夫なのかっ？」

慌てて近づき、クライドの体に怪我がないか確かめる。

彼らは完全に透俐をエヴァンの同類と思い込み、いきり立っていた。話し合いをしようと言っても、また頭に血が上って殴り合いになるに決まっている。

そう言うと、クライドは「素晴らしい」と尻尾を回し、近くのカウチに腰を下ろした。

「君の推理どおり、我が家の話し合いはいつもそれだ。『筋肉に愛されているほうが正しい』とね。僕たちには言語という文明の利器があるというのに。全く嫌になるよ」

「じゃあ、やっぱりどこか怪我して」

いよいよ顔を青ざめさせる透俐に、クライドは持っていたステッキで床を叩いてみせる。

「大丈夫だよ。話し合いにならなかったから」

「話し合いに、ならなかった……？」

「君とエヴァンが無関係である証拠を集めていただろう？　それを提出したんだよ。だから、僕が説得するまでもなく君の疑いは晴れた。そして、何の罪もない者に危害を加えるほど、兄さんは愚かではない。物騒なことは何もなかったよ」

その言葉に、透俐は二、三度目を瞬かせた後、近くの棚に凭《もた》れかかり盛大な溜息を吐いた。

「よかった。これでお前、俺のせいで家族と仲違《なかたが》いしたり、怪我したりせずに済むんだな」

「……え」

「よかった……本当に、よかった」

ずっと心配だった。自分を庇ったせいで、クライドがひどい目に遭ったり、家族との溝を広げたりしないかと。だから本当に嬉しい。

「君は、本当に暢気《のんき》だな。どんな状況でも僕の心配ばかり。ひどい悪癖だ。直したまえ」

「いや……それ、お前にだけは言われたくない」

「ああ。そういえば、ダグラスがぜひ、一族を挙げて君に贖罪《しょくざい》をしたいと言っていたよ」

思わず突っ込んでしまったその言葉を遮るように手を打ち、クライドがそう言った。

自分に都合の悪い話になるとすぐ話を逸らす。と、さらに指摘してやりたい気もしたが、クライドのその言葉に透俐は目を輝かせた。透俐への贖罪云々《うんぬん》まで話が出たということは、クライドとダグラスの確執がかなり和らいだのかもしれない。

「贖罪って、具体的に何をするんだ？」

自分が贖罪とやらを受け入れれば、兄弟仲がもっと良くなるかも。それを期待して訊いてみたのだが、なぜだろう。クライドはやたらとにこやかな笑みを浮かべ、人差し指を立てた左手を口元に当てた。

「そうだね。まずは、筋肉を総動員した謝罪」

「……は？　き、筋肉を総動員？」

「あと、自分たちとお揃いの甲冑を君に着てもらいたいそうだ。この世界のものを元の世界に持って帰ることはできないから、せめてバークレイ家の甲冑を与えられ、着られたという栄誉だけでもプレゼントしたいと……あ。バークレイ家の甲冑は特注だから、通常のそれの五倍の重さがある」

「五倍っ？　そんなの、着られるわけ」

「そうだね。君じゃあ圧死すると思う。だから、君が元の世界に戻るまでの三カ月間、城に招待して、甲冑が着こなせるようになるまで一族総出で鍛えてやるから安心してほしいとのことだ。まずは、君の筋肉一つ一つに名前をつける命名式から」

「いや、気持ちだけで十分だ」

それ以上聞いていられず声を上げると、クライドは「ええ」といやに大げさに驚いた。

「お城で王族の熱烈な歓待を三カ月も受けられるという僥倖《ぎょうこう》だよ？　こんな片田舎《かたいなか》で、僕なんかと過ごすより絶対いい」

「良くない！　お前がいい。ここにいさせてくれ。頼む」

膝をつき、クライドの腕まで摑んで懇願する。

クライドたちの兄弟仲がよくなればと願っているが、そんな暑苦しくておぞましい贖罪は勘弁してほしいし、大事な三カ月間をクライドと離れて過ごすなんて嫌だ。

そんな透俐をクライドは頰杖《ほおづえ》をついて眺めていたが、程なく満足そうに微笑んだ。

「そうか。君がそんなにも僕がいいと言うのなら仕方がないなあ」

風切り音が聞こえてきそうな勢いで尻尾を振りながら言う。まさか、またからかわれた？

こっちの気も知らないで！　と、思わなくはないが、こんな意地悪ができるほど元気なら心配ないか。と、口元を緩めていると、クライドが左手の指を鳴らした。

「さてと、話が少々脱線したが、これで君の冤罪《えんざい》は解消され、こそこそする必要はなくなった。しかし、まだだ。まだ一つ大きな問題が残っている。そこでね」

クライドは言葉を切ると、懐《ふところ》から金色の懐中時計を取り出し、時間を見た。

「そろそろだな。よし、行こうか」

「は？　行く？　今から？」

窓の外へと目を転じる。斜陽が差し、あたりをオレンジ色に染めている。

「もう一つの問題を解決しに行くのさ。それには、君の力がいる。どこかのお節介なコックに、気の滅入《めい》る話を散々聞かされたんだ。気晴らしにちょうどいいだろう？」

「！　いや、そんなこと……っ」

図星を指されて狼狽《うろた》えていると、背中に何か被せられた。振り返ると、コートを着せてくるオズワルドと目が合った。

「私のもので恐縮でございますが、お使いくださいませ。夜は冷えます」

「オズワルドさん、でも」

「どうか、旦那様をお助けくださいませ」

ひっそりと耳打ちされたその言葉。振り返ろうとしたが、

「さあ行こう」

クライドに抱き上げられてしまったので、叶わなかった。

外に出ると、箱馬車に繋がれていた馬と仔猫たちがじゃれていた。

「ほらほら。馬車が出るよ。御者、待たせたね。また頼む」

仔猫たちと御者、それぞれに声をかけ、透俐を担いだまま箱馬車に乗り込む。

「え。トーリさんもお出かけするんですか？」

「ああ。オズワルドとしっかり留守を守ってくれ。さあ出発」

口早に言って、箱馬車のドアを強めに閉める。すると、馬車が動き出して――。

あっという間。まるで風に攫《さら》われたみたいだ。

「せめて、行き先くらい教えてくれても」

目をパチパチさせていると、クライドは透俐の向かいの席に腰を下ろした。

「すまない。朝の段階では、可能かどうか分からなかったから。今は……あの場で話すと、オズワルドが余計な茶々を入れてくるから言えなかった」

「オズワルドさんが？　そんなこと、しないと思うが」

「この話ならする。エヴァンに右手を奪われた上に、家族は筋肉のことしか頭にない分から

ず屋で、旦那様は可哀想で不幸。と、僕を心底憐れんでいるあいつならね」

さらりと言われたその言葉に内心どきりとした。透俐が何も言えずにいると、クライドは小さく苦笑して視線を窓の外に投げると、こう言ってきた。

「昨夜、『みにくいアヒルの子』を読んでくれた君に、僕がした質問を覚えているかい」

「白鳥の卵がなんでアヒルの巣にあったのかって話か？」

予想外の問いに面食らいつつも訊き返すと、クライドは口元に手をやった。

「あの後も改めて考えてみたんだがね。答えはもう、一つしかないと思う」

「一つしかない？」

「『アヒルが白鳥の卵を産んだ』」

「……は？」と、思わず声を漏らしてしまった。

「なんだ、それ。そんな答えってあるか」

「では、神のご意志とでも言おうか。神様なら何でもありだし、意味不明な意地悪をよくなされるじゃないか。例えば、あのバークレイ家に、僕のような男を生まれてこさせたりね」

そろりと言われた言葉にどきりとした。

神様はよく、意味不明な意地悪をする。確かに、意味不明だ。

自分と母を残して父を急死させたこと。母が事故を起こし、自分の足が不自由になってしまったこと。母が重病にかかってしまったこと。望まれてもいない自分が、この世界に呼ばれてしまったこと。などなど。

それらの意味を何百、何千回と考えたものだ。だって、こんなに苦しくて悲しいのは、何か特別な意味があるからだと思いたいではないか。

でも、答えなんか出なくて、余計に苦しくなるばかりだった。

クライドが白鳥の卵がアヒルの巣にあった答えを、ずっと考え続けてきた理由も、それと同じなのかもしれない。

筋金入りの筋肉教の家で一人、古い書物を読み解くほど読書家であった少年はまさに、アヒルたちに囲まれた白鳥のヒナであったろう。どれほどの疎外感を覚え、寂しかったことか。

「勘違いしてほしくないんだが」

改まったように、クライドがこちらに顔を向けてきた。

「僕はあの家族の元に生まれて、不幸とは思っていないよ」

真剣な面持《おもも》ちで、クライドはそう言った。

「話は通じないし、僕のやることなすこと否定するし、筋肉に名前をつけるセンスには眩暈《めまい》がするが、それでも彼らなりに僕を慈《いつく》しんで、ここまで育ててくれた。それで十分だ」

いつもと同じ口調。それでも、目は切々と訴えてくる。どうか、オズワルドのように、自分の家族を悪く思わないでくれと。だから、

「俺も、よかったよ。俺の歩き方を『大事な人のために頑張った人の歩き方だ』って言える、

素敵な人がいる家にお前が生まれて」

透俐は笑ってそう返した。クライドが目を見開く。だが、ふと俯いたかと思うと、「ありがとう」と小さく言った。

こんな喜び方もするのかとしげしげ見ていると、クライドは居心地悪そうに咳払いした。

「さてと。で、まあ、家族の良しあしは置いておくとして、あの家にいたら夢を叶えられないから家を出て……ああ。言い忘れていたが、実は僕、作家なんだ」

「！　そう、なのか？」

意外な言葉にぎょっとする。普段の言動から、クライドは現実主義の理論派で、空想とは無縁だと思っていたから。そう思っていると、クライドは胸を張った。

「これでもかなりの売れっ子なんだよ？」

「へえ！　すごいな。どんな話を書いてるんだ？」

素直に感嘆の声を上げ、身を乗り出して尋ねると、クライドは上機嫌に答えてくれた。

「ミステリーだよ。想像で書くものもあるが、僕が解決した事件も時々本にしてる。ここ最近部屋に籠っていたのも、そのためでね。いつかエヴァンのことを本にするために、仔細をまとめていたんだ。それなのにオズワルドときたら。困ったものだよ。僕は少しも、傷ついてなんていないのに」

「……なるほど。そう、だったのか」

一応頷いてみせる……が、本心では欠片も信じてはいなかった。

確かに創作のためでもあるだろうが、あんなことがあって傷ついていないはずがない。クライドは頑《かたく》なに強がっていると。しかし、続けられた言葉に瞠目《どうもく》した。

「そうさ。なにせ、僕の意志でエヴァンに右手を差し出したんだから」

「っ……自分で？」

訊き返すと、クライドはあっさりと頷いた。

「ああ。そうすれば、エヴァンはいい気になって、必ず隙を見せるからね」

そう言って薄く嗤《わら》うクライドに、透俐は絶句した。

これまで、クライドが右手を奪われたのは無理矢理のことだと思っていた。それなのに、相手の隙を作るためだけに、大事な右手を自ら犠牲にしただと？

頭のいいクライドが、そこまでしなければならなかった。あの屈強な甲冑狼たちが五十人も犠牲になったというし、その時の状況を想像するだけでも恐ろしい。それなのに。

「僕は夢のために家を捨てた男だが、バークレイ家の誇りと愛国心までは捨てていないよ。祖国に仇《あだ》なす巨悪を討ち果たせるなら、右手くらい喜んで差し出すさ」

クライドは軽やかに笑って、また胸を張った。けれど。

「だからね、何てことはないんだよ。小説だって、タイプライターがあれば問題なく書けるし。ただ……恥ずかしながら、最近スランプ気味でね。全然書けない。そこが、辛いと言えば辛いかな」

苦笑交じりに言われたその言葉に、胸がぎゅっと詰まった。

自分は作家ではないから、スランプがどれほど辛いものか正確には分からない。しかし、小説が書けなくなったのは、それだけ心に深い疵《きず》を負っているせいだと思うとやるせない。

だから、オズワルドの言うとおり、クライドはいったんエヴァンのことは忘れて、別のことに目を向けるべきだと思った。

悲惨な目に遭い、傷つき止まってしまったクライドの感性を揺り動かす何かに。それが一体何なのかは分からないが……。

「さて、そこで本題だ」

突然、クライドがぽんっと手を叩いた。

「君、僕のフィールドワークを手伝ってくれないか」

「え。ふぃ……ふぃーるどわーく？」

「現地調査のことだよ。僕は五感で直接感じて脳を刺激しないと、何も湧いてこない性分でね。いつも色んな場所へ行くんだ。例えば、珍しい蝶が舞う野原。綺麗な羽の鳥が巣を作っている崖。荘厳な鍾乳洞《しょうにゅうどう》。そういうところに、僕と一緒に行ってほしい」

「……は？」

聞き間違いをしたと思った。野原はまだしも、崖だの鍾乳洞だの、そんなところに、こんな足の自分が行けるわけないではないか。だが、クライドは弾んだ声で話を続ける。

「どれも行ったことはあるんだけど、君と一緒だとどう見えるのか知りたい」

「お、俺とだと？　なんで……っ」

いきなり手を握られて、肩が跳ねる。

「君といると、何でも違って感じるからだよ」

「！　え……あ」

「慣れ切っていたことが、君とだと、城からの脱出は心が躍って、オズワルドの料理はひどく美味しく感じて、別荘の周りの景色は名画のように輝いて見えて……だからね、君と色んなものを見たり、感じたりしたいんだ」

わなわなと体が震え始める。あまりにも、信じられない言葉だった。なにせ、

（それって……俺と、一緒じゃないか）

自分も、思っていた。異世界に来たのだから当然と言えば当然だが、クライドといると何もかもが違って感じる。これまで無味乾燥で、灰色がかってくすんでいた世界が、クライドがいるだけでやたらときらきら輝いて、その声を聞けば心が柔らかく揺り動かされ、一緒に食べると頬が落ちそうなほど美味しくて。

だから、クライドともっと色々なことがしてみたいな……なんて。

クライドも、自分といると同じように感じてくれている？　どうしよう。

どうしたらいいか分からないくらい嬉しい。と、心を打ち震わせた時、

「君さえいれば、僕はきっと歴史に残る最高傑作を書ける」

きっぱりと言い切られた。何の淀みもないその声と、こちらを見つめてくる生き生きとした瞳に射貫《いぬ》かれた瞬間、全身に特大の雷が落ちたような衝撃が走った。

「そ、そんな……あ、あ……っ」

あまりの衝撃に言葉にならない呻《うめ》き声を漏らしていると、走っていた馬車が止まった。

「お客さん、着きましたよ」と、外から御者が声をかけてくる。

「よし。行こうか」

クライドがさっさと馬車を出て行く。そこでようやく我に返り、慌てて後を追うと、クライドは馬車の外で待っていて、降りるのを手伝ってくれた。

礼を言いつつ手を取り、馬車を降りたのだが、右足を石畳の地面に着地させた途端、ずきりと痛みが走り、透俐は思わず唇を噛んだ。

馬車から降りるのでさえ、手伝ってもらってこのありさま。

こんな足でどうやって、崖や洞窟《どうくつ》に行くと言うのか。

普通に考えれば無理だが、頭のいいこの男のこと、何か考えあってのことだろう。とはいえ、一体どうやって？

胸がドキドキしてきた。到底不可能だと思った、バークレイ城脱出を持ちかけられたあの

時のように……いや、それとは比べ物にならないくらいの激しさだ。

クライドと一緒に、珍しい蝶が舞う野原や綺麗な羽の鳥が巣を作っている崖、荘厳な鍾乳洞に行く。想像するだけでもワクワクする。しかも、そうすることでクライドの役に立てる。

夢のようだと、高鳴る胸を持て余しつつ、目の前に建つ建物へと目を向ける。

居並ぶ、立派な漆喰壁の木組み家の一番端にひっそりと佇む、石造りの小さな家。一見ただの民家にしか見えないが？　と、首を傾げつつ、クライドの後に続いてその建物に入る。

瞠目した。中には、木や鉄、革など様々なものを寄せ集めて作られた、奇怪な形のオブジェが所狭しと並べられていた。物珍しさでしきりにあたりを見回していると、奥のほうから
「おや」としわがれた声がした。

「バークレイの坊ちゃん、いらっしゃいませ。時間どおりですね」

瓶底眼鏡《びんぞこめがね》をかけた老人がオブジェの隙間から顔を出す。この建物の主《あるじ》だろうか。

「勿論だよ。できているかい？」

「ホッホ、できてますよ。こちらです」

老人があるものをテーブルの上に置く。瞬間、透俐の目が限界まで見開かれた。

鉄の棒と革のベルトで形作られた細長いそれ。この形、よく知っている。

「下肢装具です。しかも、『変形型魔法石』が埋め込まれた特注品！　魔法石の力で器具が装着者の足に絡《から》みつき、まるで足と一体化したような装着感が味わえ……」

クライドに顔を向ける。するとこちらに気がついて、にっこりと笑ってこう言った。

「つけてみたまえ。便利だよ」

狼狽した。透俐をフィールドワークに連れて行く上で、最大の問題は透俐の足だ。とはいえ、まさか下肢装具を用意するとは……。

――透俐、見て。『魔法の靴』よ。

突如、母の声が頭の中で響く。

――この靴を履いて練習したらね？　あなたは普通に歩けるようになるの。走ることだってできるかもしれなくて……だから、魔法の靴！

下肢装具のカタログを手にそう話した母は、透俐が記憶している中で一番明るく、嬉しそうだった。ひたすらに働き続けてようやく、透俐に下肢装具を用いたリハビリを受けさせるための金を貯めることができたのだから無理もない。

透俐もまた、母と同じくらい……いや、それ以上に嬉しかった。

普通に歩くことができて、走ることさえできる。なんと素敵なことだろう。

絶対、頑張って練習する。思うがままに広い世界を駆け、好きなところへ行く！

そう思った。しかし、それから程なく、母は無理が祟って倒れてしまい、魔法の靴を買うお金は全て、母の治療費に消えた。

母は泣き叫んだ。自分は大丈夫だから、装具のことを諦めないでくれと懇願してきた。

だから、透俐は下肢装具への想いを捨てた。そうしなければ、透俐から装具を奪ってしまったという罪悪感で、母の心が潰れてしまう。

母の命や心の前では、自分の足なんか何の価値もないと、必死に己に言い聞かせた。

おかげで、下肢装具のことは綺麗さっぱり自分の中から締め出すことができた。それなのに母は死んで、魔法の靴が今、目の前にある。滑稽なほどに体が震えた。

本当はずっと、ほしくてたまらなかったものが突如差し出されたから？　違う。

母の最期の姿が、脳裏で激しく明滅する。

そのせいで、その場に立ち尽くすことしかできなくて——。

「そういえば、坊ちゃん。新しい義手の使い心地はいかがですか？」

不意に耳に届いたその言葉。「え？」と、間の抜けた声を漏らして顔を上げると、

「勿論いいよ。君の作品だからね」

クライドが右手に嵌めていた黒手袋を外し、木製の義手を露《あら》わにさせる。

可笑しい。自分の記憶では、クライドの義手は鉄製だったはず。

「ははあ。そうは言ってもねえ。こちらの下肢装具に義手の魔法石を使ってしまったんだから、相当使いづらくなったでしょう？」

弾かれたように顔を上げる。

義手に使っていた魔法石を下肢装具に使った？　どうしてそんなこと……と、尋ねる前に、

「だって、そうすれば洞窟だろうが山奥だろうが、トーリ君とどこでも好きなところへ行けるんだろう？　その恩恵に与《あずか》れるなら、この程度の不自由訳ないよ」

実に楽しげな声で、歌うように言った。

瞬間、心臓を鷲掴まれ、握りつぶされる錯覚を覚えた。

大事な義手の魔法石を透俐の装具に使った。自分は必ずや次回作が書けるようになると。そう思ったら、それだけ、クライドは自分に期待を寄せてくれている。透俐がいてくれれば、

「さあ。僕のことはいいから、彼に装具をつけてみてくれ」

クライドにそう促されても、否とは言えなかった。

促されるまま椅子《いす》に座り、ズボンの裾をまくり上げて、右足に装具を取り付けられる。

変形の魔法石が組み込まれているというその装具は、透俐の足に装着されるなり、うねうねとタコの足のように柔らかくしなって、透俐の足に絡みつき、ぴったりと足に張り付いた。

装具は、感触さえ感じないほど足に馴染《なじ》んだ。まるで、右足と一体化したみたいなつけ心地に驚いていると、

「いいようだね。立ってごらん」

クライドが、恭しい所作で左手を差し出してきた。

その手を見ると、母の苦悶《くもん》に満ちた死に顔がまたもフラッシュバックし、体を硬直させた。

それでも、クライドの笑顔に促され、無理矢理動かして、差し出された左手を掴む。

手を引かれて立ち上がる。刹那、驚きで息が止まりそうになった。

これまで、何かに掴まらなければ決して立ち上がることができなかったのに、クライドの力を借りず、ほとんど自力で立ち上がることができた。そうするといつも感じていた右足の痛みもない。体が傾くこともない。真っ直ぐ立てる。

恐る恐る、二、三歩歩いてみる。

やはり、痛みは感じない。それどころか、いつも言うことを聞かない足が滑《なめ》らかに動く。引きずらなくていいから、体が不格好に揺れることもない。背筋だって伸ばせる。

歩いている。昔の、事故に遭う前のように！

感動で全身が震えた。しかし、初めて装着しただけでここまで足に馴染み、歩くことができる装具など、元の世界にはないだろう。

そう思った途端、また母の死に顔が激しく明滅し始める。

そこでようやく、透俐は理解した。

こんなにも母を思い出すのは、母をあんな形で死なせた分際で、いい思いをするなんて許されないという罪悪感の表れ？　……違う。

自分はただ、これ以上この世界で素晴らしい体験を得ることが怖いのだ。

三カ月経ったら、自分は元の世界へ戻らなければならない。

まともに歩けない出来損ない、無学な貧乏人と馬鹿にされるばかりの、惨《みじ》めで独りぼっちの暮らしへと……ここで得た、全てを失って。

その未来に、自分は今更慄《おのの》いている。だから、母の死に顔……失う辛さを見せつけ、警告してくる。すぐに失ってしまうものなど拒め。またあの苦しみを味わいたいのかと。

確かに、三カ月後のことを思うと身が竦む。けれど……っ。

透俐は顔を上げた。そこには窓があって、その先には薄闇に浮かぶ草原が見えた。この店が、町はずれにあるせいだろう。

果てが見えない草原。どこまでも続いているように見える、広い広い世界。

そして、自分には足がある。魔法の靴を履いた足が！　それから、自分の右手を握るクライドの左手の感触。それらを噛み締めて――。

「どうだい。装具のつけ心地は……？　トーリ君、どうかした……っ」

クライドの手を離し、透俐は駆け出した。

窓のそばにあったドアを開け、外に飛び出す。

そのまま、無我夢中で足を動かす。走り方などすっかり忘れていたが、それでも動かす。

透俐の意思に応えて動く右足。それが嬉しくてひた走る。後ろから誰かに呼ばれた気がしたが、構ってられない。

振り切って走る。母の死に顔も、そう遠くない独りぼっちの未来も、「自分なんか」という弱気も、何もかも。そして、最後に残ったのは、

――これからは、自分のことだけを考えて、自分のために生きて。母さんを想ってくれるなら、思い出して。あなたが好きなものは何だったか。

母のその言葉。それは追い風となって、透俐の背を押す。

いつもより速く通り過ぎていく景色。肌に感じる風。何もかもが爽快で気持ちがいい。

このままどこまでも走っていける。そんな気がした刹那、ぐらりと視界が揺れた。

足がもつれ、盛大に転ぶ。だが、転んだ先が草の上だったので痛みはほとんどなかった。

「はあ……はあ……」

息を乱しつつ寝返りを打つ。夜の帳《とばり》が降り始めた空には、星が瞬《またた》き始めていた。

そういえば、空を見上げたのは久しぶりだ。

「綺麗だな」と、溜息を吐くように呟いていると、視界上にぬっと影が入り込んできた。苦笑を浮かべたクライドだ。追いかけてきてくれた。しかも、

「君って人は。僕を置いていくなんてひどいじゃないか」

いつの間にか脱げていたらしい魔法石帽を透俐に被せ、そう言ってくれた。

その笑顔を見て、完全に心は決まった。

これからの三カ月間、クライドにとことん付き合う。クライドが再び作品が書けるよう、作ってもらったこの下肢装具も駆使して、自分のできる限りのことをする。

そんなことをしたら三カ月後、自分はとても辛い思いをする。分かっている。しかしその

ことを恐れて、クライドを拒んで元の世界に帰ったら絶対、一生後悔する。

断言できる。それほどまでに、こんな自分を選んでくれたクライドの期待に応えたい。役に立ちたい。一緒に色んなところへ行き、色んなことをしたいという衝動で全身が燃え上がり、わくわくしている。だから。

「はあ……はあ……なあ?」

「うん?　なんだい」

「少し、時間をくれ。すぐ、この装具、使いこなしてみせるから、その時は、俺のこと誘ってくれ。どこでも付き合う」

笑ってそう言うと、クライドの目が驚いたように見開かれる。

まじまじと透俐の顔を見つめ、耳をぱたぱたと忙《せわ》しなく動かした後、くしゃりと、顔を歪めるようにして微笑《わら》った。

いつもの自信満々な不遜な笑みとはかけ離れた、子どものように無防備な笑顔。

クライドが心の底から喜んでくれている。そう思ったら、こちらもひどく嬉しくなった。

＊＊＊

「ねえ君、なにもってるの?」

男の子は、神さまがつれてきた「ともだち」がもっている、二まいの板を指さしました。

ともだちは、ふさふさのしっぽをぱたぱたふって、もじもじしていましたが、しばらくして、そっと板をさし出してきました。

板と板のあいだには、なんまいかの紙がとじてあり、かわいらしいお花やおしろ、ちょうちょがかかれています。

「わあ、かわいい！　君、絵がじょうずなんだね！」

男の子はそう言って、はくしゅしました。

ともだちは両手で自分のほっぺをおさえました。

体中の茶色の毛が、ぽんっと音を立ててさか立ち、ふさふさのしっぽがぴんっと立ちました。でもすぐ、おしりがゆれるほど、しっぽをぶんぶんふりはじめました。

先がぴこぴこうごく耳の中もまっか。どうやら、とってもてれているようです。

男の子が思わず笑うと、ともだちも小さなきばをのぞかせて、にこっと笑いました。

すると、むねのあたりがぽかぽかしてきて、なんだかうれしくなりました。

おとうさんやおかあさんにかんじるのとはちがう。こんなきもちはじめてです。でも、とってもいいきもちです。

すがたかたちがちがうとか、ことばがわからないとか、ちっちゃなことなんだなあ。

男の子がそう思っていると、ともだちが男の子のそでをつまんで、つめの先でとおくを指さしました。

「どうしたの？」と、たずねると、ともだちはあたらしい紙とえんぴつをとり出し、絵をかきました。

ちょうちょやとんぼがたくさんとんでる、きれいなお花ばたけでした。それを、ピンクのにくきゅうでぽんぽんします。

「ここにつれてってくれるの？　わあ、いきたい」

男の子がそう言って両手を上げると、ともだちはしっぽをぶんぶんふり、おててをさし出してきました。

男の子はどきどきしながら、その小さなおててをきゅっとにぎりました。

そして、おててをつないだまま、二人はあるきはじめました。

＊＊＊

その後も、透俐の心は沸き立っていた。

馬車に揺られて帰る道すがらは、クライドからこれまでどんなところに行ったか話して聞かせてもらい、家に戻ると、仔猫たちからは「かっこいい」と装具を褒め称《たた》えられ、オズワルドはご馳走《ちそう》をたくさん作ってくれるものだから、やる気は漲っていく一方。

（よし。明日は一日中走り込みだ）

そう決意を固め、「もう寝ちゃうのかい」と不満げなクライドに、「明日が早く来てほしいから！」と簡潔に答えてベッドに潜り込んだ。すると、間髪入れず、獣型になったクライドもベッドに飛び込んできた。

「素晴らしいアイデアだ。よし。じゃあ寝よう。今すぐ寝よう」

興奮気味に言って、いつものように大きな体で透俐の体を包み込んでくれた。

ふかふかで柔らかな体に抱かれ、心地よい眠りについた翌朝。朝日に照らされて目を覚ました透俐は、窓越しに晴れ渡った青空を見て目を輝かせた。

やった。これなら外で思い切り走り込みができると、勢いよく飛び起きたが、瞬間ぐらりと体が傾き盛大に転んでしまった。

そういえば、装具を外して寝たんだった。恥ずかしさで顔を赤らめつつ、したたか打った膝を摩っていると、体に浮遊感が襲ってきた。クライドが抱き上げてくれたのだ。

「はは。寝起き直後にそのやる気。実に素晴らしい」

「ありがとう。でも、そんな笑わなくたって……あれ？」

深々被せられた魔法石帽に手をやりつつ赤くなった顔を上げた透俐は、目を丸くした。

座らせてもらったベッドから見上げるクライドは、頭のてっぺんからつま先まできっちりと身だしなみを整え、シルクハットを被り、ステッキまで持っている。

「いやあ、僕も今日が楽しみ過ぎて、こんなに早く起きてしまったよ」

「……そうか。いってらっしゃい」

胸を張るクライドにそう言ってやると、クライドの顔から瞬時に笑みが消えた。

「『いってらっしゃい』？　……僕を送り出して、君は何をする気だい」

「俺か？　勿論走り込みだ」

今度は透俐が胸を張って答える。クライドは「走り込み？」と思い切り首を捻った。

「そうだ。この家の周りを五十周くらいしたいと思ってる。で、調子がいいようだったら百周やるし、重い荷物を背負ったりとかして……？　どうした。装具を抱えたりして」

「これは没収だ」

突然の宣言。透俐が「なんでっ？」と声を上げると、クライドは乱暴に尻尾で床を叩いた。

「僕がこの装具を作らせたのは、君と気ままに出かけたいからだ。決して、君を忌々《いまいま》しい筋肉教に入信させるためじゃないっ」

尻尾の毛を逆立てて声を荒らげる。透俐はきょとんとしたが、すぐ噴き出した。

「何勘違いしてる。俺が走り込みしたいのは、早くその装具を使いこなすためだ。じゃなきゃ、お前にフィールドワークに誘ってもらえないだろう？」

宥めるように言ってやると、クライドは目をぱちくりさせた後、忙しなく耳をぱたぱたさせた。よく見ると中が赤くなっている。照れているようだ。可愛い。

「全く。君って人は、張り切るにも限度ってものがある。というか、道具屋の亭主が言ってたろう？　最初はあまり激しい運動はしないほうがいいと。今日はとりあえず、そのあたりを散歩してみようよ」

そう提案してくるクライドに、透俐は露骨に顔を顰《しか》めた。

「ええ？　昨日ちゃんと走れたのに……分かった。分かったからそんな怖い顔するな」

無言でしかめっ面を近づけてくるクライドに圧し負けてたまらず言うと、クライドの顔が瞬時に華やいだ。

「よろしい。というか、君こそそんな顔するなよ。僕たちの初！　フィールドワークだぞ」

「は？　フィールドワーク？　ただの散歩が？」

「そうさ。言っただろう？　君とだと、どんな見慣れた景色も新鮮に見えると」

言い切られて、透俐は目を白黒させた。

「そう言ってくれるのは嬉しいけど、近場の散歩ならもう何回も一緒に行ってるじゃないか。それなら……っ」

鼻先を尻尾でくすぐられて肩が跳ねる。

「下肢装具をつけた君とはまだだ。それに、覚えているかい？　僕が、『そんなことできっこない』と頭ごなしに否定してくる輩の鼻を明かしてやるのが、たまらなく好きだって話」

「そ、それは……わ」

言うより早く、抱き上げられてしまった。

「さあ。今日の君の吠え面はどんなかな？　楽しみだ」

また人の話を聞かない！　とはいえ、クライドがこんなにはしゃいでいるならまあいいかと、透俐は眦《まなじり》を下げた。

こうして、今日はクライドの提案どおり、家の近くを散歩することになった。

クライドの家は村から少し離れた森の中に位置しているため、周辺には建造物もなければ、人っ子一人見えない。

それでも、家をぐるりと取り囲む森は、木々の葉が赤や黄色に色づいて華やかだ。

森の中を突っ切る小道を抜けた先に広がる、野花が秋風にそよぐ草原の色は秋晴れの空によく映え、水底がはっきり見えるほど澄んだ水が流れる小川はきらきらと輝いている。

どの景色も、風景画のように綺麗だ。

狼姿のクライドの背に乗り、散歩に連れ出されるたび、そう思ったものだ。

しかし、今の透俐の目には、その何十倍、いや、何百倍も綺麗に見えた。

自分の思うがままに、右足を動かすことができたから。

丘の向こうにどんな景色が広がっているのか、待ち切れなくて駆け出すことも、低い塀や木によじ登ることも、土手を下ることも、しゃがみ込むことも、これまでしたくてもできなかったことが苦もなくできる。

すると、全身いっぱいでこの自然の美しさを味わっているような感覚に陥って——。

いまだかつて感じたことのない……いや、長らく忘れていた感覚だ。

足が自由に動いた頃は、こんなふうに体全部で自然と戯れていたから。

とても楽しかった。あの時の感覚がじわりじわりと戻ってきて、うっとりした。

けれど、ふと振り返った時、少し離れたところから笑顔でこちらを見遣るクライドと目が合った途端、全身が発火したように熱くなった。

「ご、ごめん。えっと……」

羞恥で頭をくらくらさせながら近づいて、消え入りそうな声で謝ると、クライドは笑顔のまま首を傾げる。

「うん？　どうして謝るんだい」

「だって、その……俺一人で、馬鹿みたいに、その」

ますます縮こまっていた透俐は、びくりとした。頬に長い指が触れてきたのだ。

「君一人で、じゃない。僕も楽しんでいるよ。子どものようにはしゃいで、この景色を堪能《たんのう》している君を見ていると、いつもとまるで違って見える。実に興味深い」

いつまで見てても飽きないよ。と、透俐の頰についた汚れを親指の腹で拭いつつ、満面の笑みを浮かべる。その笑みが何とも優しげで、蕩けるように甘やかだったものだから、余計に顔が熱くなって、思わず目を逸らした。

この笑みは性質《たち》が悪い。どんなに恥ずかしい台詞でも、心の底からの本心なのだと思わされて、どうしていいか分からなくなる。

「そ、そんなの見て、何が楽しいんだか。変な奴だ。でも……うん。やっぱり、ごめん。せっかく一緒に居るのに、こういうのは良くない」

再度頭を下げると、クライドはわずかに目を見開いた後、なぜか困ったように笑った。

「全く、君という人は……まあいい。ありがとう。そう思ってくれて嬉しいよ。じゃあ、二人でできることをしようか。何がしたい？」

「え。そりゃあ勿論、お前の脳みそが刺激されること」

そのためのフィールドワークじゃないか！　即座にそう返すと、喉の奥で笑われた。

「君は相当な刺激を求めているんだね。なら、そうだ。胸躍る宝探しなんてどうだろう」

「！　た、宝探し？　それはすごそうだけど、何か宛てがあるのか？」

目を丸くする透俐に、クライドはにっこり笑った。

「いや？　全然。でもね。冒険の階《きざはし》なんてものは、ちょっと注意を働かせればいくらでも見つけられるものだよ」

「こんな人っ子一人いない田舎道でも？　でも……うん。そうだな。確かに探してみなきゃ何も始まらない」

言いかけ、透俐は口を閉じた。かすかだが、声が聞こえる。

耳を澄ましてみると、途切れ途切れにだが歌が聞こえてきた。

『……こくも～り～……くらくら。くらくらい……さかさま池…隠してる……』

顔を向けてみると、歌いながら原っぱを突っ切っていく、ミアたちと同じくらいの年頃の、二匹の仔狐《こぎつね》たちの姿が見える。手には、釣り竿《ざお》とバケツが握られている。

釣りに行く途中だろうか。とりとめもなくそう思いながら視線を戻し、ぎょっとした。

突如クライドが獣人型に変化したかと思うと、大股で歩き出した。

慌てて追いかける。獣人型になったことで一回り大きくなり、歩く速度も増して、小走りにならないとついていけない。というか、いきなりどうしたのだろう。

もしかして、もう冒険の階とやらを見つけたのか？　と、考えている間に、クライドは仔狐たちに駆け寄り、声をかけた。

「こんにちは。ねえ君たち、今何を歌っていたのかな？」

「何を？　『しっこくも～り～、まっくらくら』ってやつ？」

「そう、それ。もう一度歌ってみてくれないかな」

クライドが促すと、相手は快く歌ってくれた。

しっこくも～り～、まっくらくら。くらくらくらい奥底に、さかさま池を隠してる
さかさま池は皆さかさま、真反対。魚は夜空へ、小鳥は水底へ舞い上がる

何とも現実離れした不思議な歌詞の歌だ。魚が空、小鳥が水中を泳ぐ池なんて。そんな池、到底あるとは思えないが、

「面白い歌だね」と、透俐が素直な感想を口にすると、仔狐たちはにっこり笑った。

「そうでしょ？　この前引っ越してきた子が歌ってたんだあ。それで」

「その子、プーリット村の出身だね？」

クライドがそろりと言うと、仔狐たちは「え！　どうして知ってるの？」と毛を逆立てた。

透俐も驚く。なぜ、先ほどの会話からそんなことが分かったのか。

「ふふん、さてね。それより、歌詞はそれで全部かい？　あと、作者は……」

「どっちも知らない」

「だよねえ。じゃあ、その子のところに案内してくれないか」

あっけらかんと答える仔狐たちにそう言い返すクライドに、透俐ははっとした。

「え。その子のところに行くのか？　今から？　歌詞を訊きに？」

そんなにこの歌が気に入ったのだろうか。不思議に思いながら尋ねると、クライドは顔を近づけてきて、こう耳打ちしてきた。

「『漆黒森』はね、実在するんだよ。プーリット地方の森に」

目を見開く。漆黒森が実在する？　だったらまさか、さかさま池も……！

そう思ったら、胸が高鳴り始めた。

「行くだろう？」

好奇の光で生き生きと輝くエメラルドグリーンの瞳に、透俐も目を輝かせる。

「ああ、行こう」

透俐が深く頷いてみせると、クライドは透俐の肩を叩き、仔狐たちへと向き直った。

「これでお願いできるかい？」

クライドがコートのポケットから取り出した飴玉を手渡すと、仔狐たちは「わあい。こっちだよ」と言って駆け出した。

クライドも駆け出し、透俐もその後を追う。難なく動いてくれる右足と、自力でクライドについて行けることに、喜びを噛みしめながら。

その後、仔狐たちの案内で歌を教えた友だちのウサギ族の子どもに会えたが、歌の歌詞全部は知らないし、作者も知らないと言われた。

すると、クライドはその子にも飴をやり、親の元へ案内してくれと言い始める。結局、その子の祖母のところまで赴くことになって……。

ふと聞こえてきた歌にここまでやるなんて。と、思わなくもない。それでも、透俐の心は沸き立っていた。

クライドに難なくついて行けることが嬉しいのは勿論のこと、「さかさま池」なるものへの興味が否応なしに高まっていく。

魚が空を飛び、鳥が水中を泳ぐ池なんて、もし存在するのならぜひ見てみたい。

「漆黒森というのはね。プーリット地方にある広大な森の一角で、その名のとおり、昼間だろうと、光が一切差さない暗黒の森だ」

「昼間でも？　どうして」

少し離れた場所に住んでいるという祖母の家に向かう途中、原っぱで座り、オズワルドに持たせてもらったサンドイッチを頬張《ほおば》りつつ尋ねると、クライドは透俐の横に置かれた水筒をちらりと見つつ、尻尾でぽんぽん地面を叩いた。

「漆黒森の土には、魔法がかかっていてね。その土で育った木はどんな小さな光でも吸い尽くしてしまうんだよ……」

「え？　魔法使いがいたのは、今よりずっと昔のことじゃ」

話を続けつつ、水筒の蓋《ふた》を開けて渡してやる。

クライドは透俐にそれまで義手に使っていた魔法石を貸したため、今は使い勝手の悪い義手を使っている。それによって起こる不便はできるだけ補いたい。

クライドは何か言いたげな顔をしたが、小さく「ありがとう」とだけ言って話を進める。

「確かに、この世界に魔法使いが存在していたのは数千年前の話だが大昔に魔法をかけられ、今でも特殊な現象を示す土地がいくつか存在している。ずっと星空が見える土地だとか、一年中春で花が咲き乱れている土地だとかね」

「へえ。この世界にはそんな不思議なところがあるのか。でも、そうなると」

「そう。魚が空を飛んで、鳥が水中を泳ぐ池があったって可笑しくはない」

再び、胸がどきどきしてきた。

昼間だろうと日の光を通さず、闇で塗り潰されてその姿が全く見えないという漆黒森も面白いが、全てが反対だというさかさま池も存在していたら！　想像するだけでわくわくする。

そして今、期待に顔を輝かせているクライドがさかさま池を見たら、どれほど喜ぶだろう。

エヴァン事件で傷ついた心が少しは癒えるだろうか？

（見せてやれたらいいなあ）

心からそう願いつつ、透俐たちは老婆の元を訪ねた。

老婆は歌のことをよく知っており、歌詞だけでなく歌の作者まで教えてくれた。

外に出ると、あたりはオレンジ色に染まっていた。一体いつの間に。と、透俐が夕日に目を眇《すが》めていると、クライドがまた大股で歩き出した。今度はどこへ行くのかと追いかけながら尋ねると、「我が家だよ」という返事。

「少々調べたいことがあってね」

その声は先ほどよりさらに生き生きとしている。何か収穫があったらしい。

「なあ。何か面白いことが分かったのか？　さかさま池が存在する決定的な証拠とか」

「間違っていたら恥ずかしいから、合っていたら教えるよ」

「間違ってても笑わないから教えてくれ」

食い下がってみる。だが、クライドは「あー。今日のディナーのメニューは何かなあ」だの何だの言うばかりで答えてくれず。しかたない。自分で考えてみよう。

しっこくも～り～、まっくらくら。くらくらくらい奥底に、さかさま池を隠してる
さかさま池は皆さかさま、真反対。魚は夜空へ、小鳥は水底へ舞い上がる

しっこくも～り～、まっくらくら。くらくらくらい奥底に、星屑《ほしくず》さんが隠れてる
星屑さんは恥ずかしがり。笑顔の灯《ともしび》見たければ、闇の中、長い矢が宙がえりするまで待っていて

しっこくも～り～、まっくらくら。くらくらくらい奥底で、さかさま池は今日も歌う
お客さまはまんまるお月さまに連れられた星屑さん。お歌に合わせて光って歌う
よかったら、今夜はあなたも一緒に歌いましょう

書き留めた歌詞を見、三回ほど歌ってみたが、よくある不思議な歌詞の童謡にしか思えない……いや。きっと何かヒントがあるはずだ。

「いい歌声だ」

「どうも」

いつもなら赤面してしまう褒め言葉も受け流してしまうほど考えているうちに家に着いた。

「クライドさま、トーリさん。おかえりなさいませ。お散歩はいかがでしたか」

「ただいま。時に君たち、ティモシー・バートンという名に覚えはあるかい」

笑顔で駆け寄ってくる仔猫たちへの挨拶もそこそこに、クライドが先ほど老婆から聞いた歌の作者の名を尋ねると、仔猫たちは顔を見合わせた。

「ティモシー・バートン？　はい、知ってます。昔、このあたりの地理を研究した偉い地質学者の先生ですよね？」

「え？　地質学者？」

音楽家や詩人ではなくて？　目を丸くする透俐をよそにクライドは口角をつり上げる。

「君たち自慢の書斎に、バートン先生の著書はあるかい？　ついでに、植物図鑑も持ってきてくれると助かる」

クライドのその言葉を受け、仔猫たちはすぐさま、分厚い革張りの本を二冊持ってきた。

「ねえ、トーリさん。バートン先生がどうかしたんですか」

クライドがカウチに腰かけ、バートンの著書を読み始めると、仔猫たちがそう訊いてきたので、透俐はそれまでのことを話して聞かせた。

「意外です。バートン先生がお歌を作ってたなんて」

「ぼくも聞いたことないです。漆黒森の論文にも、そんなこと書いてなかったし」

「バートン先生は、漆黒森のことも調べているんだね」

「はい。光を吸収する木が生えていて、中に入ると何も見えなくなっちゃう真っ暗な森でしょ？　ぼく絶対行きたくないです」

お互いに抱き合って、ふるふる震える仔猫たちの頭を撫でつつ、透俐は感嘆の息を吐いた。

あの歌、音楽家や詩人が作ったものならただの創作という可能性が高いが、実際に漆黒森を研究していた地質学者が作ったというのなら話は変わってくる。

本当に、さかさま池はあるのかもしれない。しかし。

「なあ。お前、いつからこの歌の作者が地質学者だって分かったんだ」

尋ねると、いつの間にかバートンの著書ではなく植物図鑑を読み耽《ふけ》っていたクライドは、にぃっと口角を上げた。

「最初から分かっていたわけじゃないよ。ただねえ。あの歌を初めて聴いた時、僕はこう思った。実に下手くそな歌詞だなと」

「……は？」

「韻も踏んでいない。ゴロも悪い。言葉選びも下手。で、なんというか、詩作をしたことがないずぶの素人《しろうと》が一生懸命頭を捻って作った健気《けなげ》さのようなものを感じてね。もしそうなら、その素人はなぜそんな慣れないことをしたのか。漆黒森が実在するだけに気になってね」

「なんか、ずいぶん失礼な理由だけど、なるほど」

透俐が頷いていると、ミアが「はい」と手を挙げた。

「クライドさま。ぼく、このお歌は、さかさま池への行き方が書かれた暗号だと思います」

「素晴らしい。ミア、僕もそう思うよ」

クライドが拍手すると、ミアは「わあ当たったあ」と無邪気に両手を上げて飛び跳ねた。その横で、テオが「すっごい」と肉球でぽむぽむ拍手する。実に微笑ましい光景だったが、

「では、さかさま池にはどうやって行くんだい？」

クライドが重ねてそう訊いた途端、ミアたちは固まってしまった。

それを見届けたクライドが、こちらに目を向けてくるので、透俐は身を強張《こわば》らせた。やはりだ。今度は自分の番な気がしていた。

「トーリ君、君はどう思う？」

「そ、そうだな。『星屑さん』ってのが気になる。最初はただの星かと思ったが、だったら『お月さま』と同じく『お星さま』って言えばいいし、漆黒森に隠れていることは地上にい

るってことだ。ならこれは、星屑さんって名前の何か」

家に帰るまでの間、一生懸命考えた推理を緊張しながらも披露すると、仔猫たちが「わあ」と歓声を上げて拍手した。

「トーリさん、すごい。ぼく、全然気づきませんでした」

「そ、そう？　ありがと……っ」

クライドも、かちゃかちゃと義手を打ち鳴らしながら拍手した。

「トーリ君、素晴らしい着眼点だ」

「え。ほ、本当か？」

「ああ。僕もその単語が一番の鍵《かぎ》になると思った。で、これを調べていた」

喜びで顔を上気させていると、とあるページが開かれた植物図鑑を差し出される。

字はこの国のものなので、なんと書いてあるのか分からないが、添えられていた挿絵には、小さな星形の花が集まった、紫陽花《あじさい》のような花が描かれている。

「これはね、『星あつめ』という花だ。花びらの色がくすんだ茶色をしていることから、別名『星屑』とも言われている」

「！　星屑……」

「しかもこの花、満月の夜だけ青白く発光するんだよ。『まんまるお月さまに連れられた星屑さん』『光って歌う』にも符合する。よって、この星あつめを星屑さんと仮定した場合、『満月の夜に漆黒森に入り、光る星あつめを目印にさかさま池を探せ』ということになる」

星あつめの挿絵を指差し、そう言い切るクライドを、透俐たちはぽかんと見ていたが、すぐさま「わあ」と歓声を上げて拍手した。

「すごい。それなら綺麗に話が繋がる。さかさま池に行ける……」

「だが、星あつめの『笑顔の灯』を見るためには、『長い矢が宙返り』しなくちゃならない」

「は？　長い矢……っ」

鼻先に、懐中時計を突きつけられた。

「長い矢とはおそらく時計の長針だ。で、星あつめが発光するには長針が宙返り、つまり一時間、闇の中で待たなければならないということだ」

クライドのその言葉に、仔猫たちは「ええっ」と声を上げ、互いに抱き合った。

「一時間も、待たなきゃいけないんですか？　真っ暗闇の中を？」

「そうだ。しかも、この歌が作られたのは三十年以上前の話だ。星あつめが今も咲いているかも分からない」

仔猫たちの尻尾どころか耳までぺたんと下がってしまった。

気持ちは分かる。真の暗闇の中一時間待たなければならないなんて恐ろしいにも程がある。

さらには、星あつめが今も咲いているのかも分からない。

普通の森でさえ迷子になったら大変なのに、全く光が差さない森で迷子になってしまったら？　二度と出て来られなくなったら。嫌な考えばかりが脳裏を過《よぎ》る。

本来なら、行きたくても怖くて行けない。けれど、さかさま池のことを楽しそうに話すクライドの顔を思い返すと、目は自然と窓の外に浮かぶ月へと向かう。

あの月の形、明日は満月か。と、思った時だ。

「ということで、僕は明日、漆黒森に行ってみようと思う」

突如、さらりと告げられたその言葉。透俐が向き直ると、クライドもこちらに向き直り、にこやかにこう訊いてきた。

「行くだろう？」

当然の決定事項を一応尋ねてくるような、実にぞんざいな訊き方だった。

透俐は必ずついて来る。そう、信じ切っている。そう思ったら、胸が打ち震えた。

「ああ。行くよ」

ここまで信じてもらえた喜びを噛み締め、透俐は深く頷いた。


翌日。夜空に浮かぶ美しい満月に照らされるプーリットの森を、ランタンを持った透俐が歩いていた。

街灯も家々の灯もない、月明かりのみの夜道は想像以上に暗く、遠くからかすかに聞こえてくるフクロウの鳴き声が不気味で、ランタンの明かりが何とも心許《こころもと》ない。

情けない話、この道を歩くだけでも怖くて足が竦む。でも……と、隣へ目を向ける。

そこには、同じくランタンを持った獣人型のクライドがいた。森に入る時はいつも、身体能力が向上する獣人型で行くのだと言う。

「プーリットは行商が盛んな土地でね。街までの道はいつも整備されているんだよ」

このような夜道でも、クライドは全く変わらない。いつもの調子で飄々《ひょうひょう》と歩き、朗々と話しかけてくる。相変わらず、呆れるぐらいの豪胆さだ。でも、その豪胆さが今はとても心強いと、普段より少し近寄って、フクロウの鳴き声が聞こえる人気《ひとけ》のない夜道を進む。

それから程なくして、道沿いに建つ大きな看板が見えてきた。

ランタンをかざしてみると、赤いインクで大きな字が書かれている。

「『この先、漆黒森。立入厳禁』。ここのようだね」

足許に気をつけて。そう言って、看板の先に何のためらいもなく歩いていくクライドの後をついて行くと、程なく奇妙な光景に出くわした。

森の中に突如、真っ黒な壁が立ちはだかった。

その壁は空高く聳え立っており、横にも、左右果てが見えないほどに続いている。

「これが漆黒森だよ」

「漆黒森？　この壁がか……っ」

息を呑む。クライドがランタンを持った手を壁に押し当てると、何の抵抗もなく壁の中に吸い込まれていく。

「こんなふうに、範囲内に入った光を全て吸収してしまう。だから、外側から見ると、巨大な黒い物体にしか見えない」

「……う、うん」

それしか言えなかった。想像以上に摩訶不思議な光景に面食らったこともあるが、これからこの壁の中に入るのかと思うと、背筋に悪寒が走った。

しかし、クライドは髭一本動かさない。コートの懐を探り、ガラスの小瓶を取り出す。

そこで透俐は我に返り、クライドの元に駆け寄ると、さりげなくその手から小瓶を抜き取り、蓋を開けた。途端、甘ったるい毒々しい香りに鼻腔《びこう》を打たれ、思わず咽《む》せた。

「ゴホッゴホッ！　なんだ、これ。強烈だな」

「そうだね。まさに、『真夜中の毒婦』という名に相応《ふさわ》しい香りだ」

そんな軽口を叩きつつ、クライドは透俐から香水の小瓶を受け取り、木の根元に置いた。

これで、光が全く差さない漆黒森に入っても、この匂《にお》いを頼りに戻って来られるとのこと。

何でも、狼獣人は他種族のそれよりも十数倍鼻が利き、これくらい強烈な匂いならば一キロ離れていても分かるのだそうで、まさに狼獣人ならではの方法だと感心していると、クライドがランタンの灯《ひ》を消した。

左手を差し出してくるので、透俐もランタンの灯を消し、差し出された大きな獣の手をぎゅっと握った。

この手を離したら暗闇に迷ってしまうから。それに、この手があるから竦んだ足が動く。

「では、行こうか」

いつもの調子で言って、クライドが壁の中へと消えていく。それに続いて透俐も、大きく息を吸い込んで黒い壁へと突っ込んだ。

瞬間、何も見えなくなった。完全な黒の世界が広がるばかり。

足許や周囲がどうなっているのか分からない。その中を歩く。それだけで、かなり怖い。

腰を下ろしてみても、がさがさと何やら物音が聞こえてくるだけで、何か得体の知れない化け物がすぐそばにいて、今にも襲いかかってくるのではないかという錯覚に見舞われる。

時間が経てば経つほど、その妄想は肥大し、恐怖が心を蝕《むしば》んでいく。

視界を奪われることがこんなにも恐ろしいことだなんて、思いもしなかった。

それでもその妄想に塗り潰されずにいるのはひとえに、右手を包み込む温もりのおかげだ。

見えなくても、クライドはちゃんとそばにいる。その事実をしっかりと伝えてくれる。

クライドがいるなら大丈夫。それに、クライドはさかさま池を見ることを今か今かと楽しみにしている。それを思えば、これくらい……と、クライドの手を握る手に力を籠めたところで、笑う気配がした。怖がっているのがばれて笑われたのかと思ったが、

「君、とうとうこんなところまでついてきたね」

聞こえてきたのはそんな言葉だった。一瞬意味が分からなかったが、

「俺がどこまでついてくるか、試してたのか？」

ふと思いついたことを訊いてみると、今度は困ったような笑い声。

「まあ、悪い言い方をすればそうだ。付き合ってほしいと言ったのは僕だが、君にとって興味のないもの、嫌なことに付き合わせるのは嫌なんだよ。僕自身、そういうことが大嫌いだから、余計にね」

透俐は「ああ」と合点がいったように声を漏らした。

気持ちは分かる。自分も、相手がどんなに好きで、「付き合ってあげる」と言われても、それが嫌々ならちっとも嬉しくないし、それならいっそ一人がいいと思う性質だ。

だからこれまで、一人でいることが常だった。こんな自分と一緒に居て楽しいと思ってくれる物好きなどいなかったから。それなのに。

「実を言うと、今回みたいなことに喜んで付き合ってくれる人って、なかなかいないんだ。『子どもの歌ってる歌になんでそこまで』とか、『漆黒森に入るなんて怖くて嫌だ』とか、さかさま池自体に興味が持てないとかね。だから、注意深く君を観察していたんだが」

クライドはまた笑った。今度は嬉しそうな声。

「君はずっと目を輝かせて楽しそうについてくる。星あつめが光るまで、暗闇で一時間待た

なければならないと聞いた時はさすがに嫌そうな顔をしたが、それでもすぐ月を見上げて、いつが満月なのか確認していて……はは」

繋いでいた手に力を籠められ、どきりとする。

「ありがとう。昨日今日と、君のおかげで本当に楽しかった。万が一このまま、星あつめが光らなくて、さかさま池に行けなかったとしても……いや、それじゃあ君をがっかりさせてしまうから、やっぱり駄目か。でも、とにかく僕は楽しかった。ありがとう」

かぁっと、顔が熱くなるのを感じた。

昨日今日と、クライドが楽しそうにしていると感じていたが、それはひとえにさかさま池への好奇心ゆえで、透俐のことはあまり関係ないのだと思っていた。でも、透俐のおかげで楽しかったと言ってもらえるなんて！

「そ、それは……あ」

思わぬ言葉にしどろもどろになっていた透俐は目を見開いた。

何も見えなかった暗闇に、青白い小さな光がぽっと一つ灯った。

それを合図に、他の小さな光がぽつりぽつりと灯り始め――。

「クライド！　見てみろっ。光だ。どんどん光って、天の川みたいになってくっ」

クライドの左手どころか、腕にしがみついて叫ぶと、クライドが立ち上がった。

「行ってみよう」と、透俐の手を握り直し、クライドが歩き出す。透俐もその手を握り返して足を踏み出す。

光り始めた星あつめはその名の通り、星の形をしていた。それらが暗闇の中で無数に光り輝くものだから、まるで星空の中を歩いているような心地がした。

この光景だけでも、ここへ来た価値があったと思った。けれど、星の道を進んで行って程なく見えてきた景色に、そんな考えは吹き飛んだ。

周囲を覆っていた暗闇が開けた先は、蒼《あお》く透き通った光で溢れていた。天上から降り注ぐ、満月の光だ。

その光の中を、色とりどりの魚が泳いでいる。

鈍く光る紫の小さな魚は群れを成して、一匹の竜《りゅう》のように空高く舞い上がる。孔雀《くじゃく》の羽のように大きく艶やかな尾びれをした赤い魚が、水のあぶくを振りまきながら舞を舞う。黄色い大きな魚が、水しぶきをあげて水の中へと飛び込む。

その先を目で追っていくと、水中では、白い鳥たちが輪を作り、大きく翼を広げてくるくると泳いでいる。これが、さかさま池か。

「すごいな」

溜息を吐くように呟いた。すると、隣から「ああ」という、同じく溜息を吐くような声がした。隣を向くと、目を輝かせてさかさま池に魅入る狼の横顔があって、胸が詰まった。

さかさま池を見て、クライドが喜んでいる。同じ景色を見て、自分と同じように「綺麗だ」

と感じている。とても嬉しかった。それに、これなら——。

「……な、なあ」

小さく息を吸い、透俐は少し上擦った声で呼びかけた。

「俺も、楽しかったよ。これはフィールドワークだから、お前にさかさま池を見せたいって気持ちが一番だったけど、それでも……自分の足でお前と一緒に走り回って、さかさま池のこと一緒に考えて、すごく楽しかった。お前が、俺と同じように楽しかったって思ってくれてたって分かったら、もっと」

「！　……トーリ君」

「それに、な？　今回のことでよく分かった。俺は、お前が一緒だとどこへだって行ける」

そう言って、透俐は繋いでいたクライドの手をぎゅっと握った。

「これまでもそうだった。城を抜け出す時も、この下肢装具をつける時も、俺一人だったらきっと、怖くて一歩も動けなかった。お前が差し伸べてくれた手を握ったら、何でか……『怖い』より、『大丈夫』『わくわくする』って思えて、竦んでいた足が動く。今回もそう。お前が一緒なら怖くたって平気。一緒にさかさま池が見たい。そう思った。だから、な」

ここで、透俐は顔を上げ、目を見開いたままこちらを凝視しているクライドを見つめ、思い切って言った。

「俺、合格だよな？　お前の創作活動に使えるよな？」

「っ……使う？」

それは、実に強張った声だった。それでも、気分が昂《たかぶ》った透俐は気づかず、大きく頷く。

とにもかくにも、クライドに楽しかったと言われたことが嬉しくてしかたなかったのだ。

「今回のことって、俺が使えるかどうかのテストだったんだろう？　……なあ、合格って言ってくれ。俺はお前の役にいっぱい立ちたいんだ。それで、次回作ができたら、すごく嬉しい……っ」

せっついていた透俐は息を呑んだ。突然手を引かれ、広い胸に抱き竦められたせいだ。

「クライド……？　どうかしたか……」

「すまない。君の気持ちが、嬉し過ぎて……夢じゃないかと」

尋ねてみると、そんな言葉が返ってきたものだから、顔がまた一気に熱くなった。

夢かと思うほど喜んでくれるなんて！

「お、大げさな奴だな。……夢じゃないぞ。現実だから」

喜びに心を打ち震わせながら、クライドが前にしてくれたように抱き締め返して、背中をぽんぽん叩いてやる。

だから、気がつかなかった。クライドが今、どんな顔をしているのかを。

さかさま池で過ごした夜は、まさに夢のようなひと時だった。

この世のものとは思えない幻想的で美しい景色をクライドと一緒に見ることができて、クライドのフィールドワークのお供として認めてもらえて、もっと役に立ちたいと頼んだら、夢じゃないかと思うほどに喜んでもらえた。

すごく嬉しかった。なにせ透俐には、こんなふうに喜んでもらえた経験がない。

母のためにどんなに頑張っても、苦労をかけてごめんなさいと泣かれるばかりだったから。

何かをして喜んでもらえることが、こんなに嬉しいことだとは思わなかった。

もっともっと、クライドの役に立ちたい。喜んでもらいたい。そう思った。

だから、早く明日が来てほしいとそわそわしながら、プーリットの森にほど近い宿屋のベッドで、クライドのふかふかな体に包まれて眠りについた。

だが、翌日。突如ぶるりと体が震えて、透俐は目を覚ました。

寝惚《ねぼ》け眼《まなこ》を擦り、あたりを見回すと、傍らにいるはずのクライドの姿がない。どこへ行ったのだろうと上体を起こすと、なぜか獣人型に変化したクライドが部屋に入ってきた。

すでに身支度は整っていて、スリーピーススーツをきっちりと着込んでいる。自分で着替えたのだろうか。あの義手ではさぞ大変だったろうに。

着替えくらい、いつでも手伝うのに。そんな言葉が喉元まで出かかったがやめた。

自分もそうだが、たとえどんなに不自由でも手伝われたくないこともある。そう思いつつ、ベッドサイドテーブルに置いていた魔法石帽を被ると、クライドがこう言ってきた。

「トーリ君、窓の外を見てごらん。雪が降ってる」

窓を見ると、どんよりとした暗い空からひらひらと舞い落ちてくる雪が目に入った。

「わあ。どうりで寒いわけだ。でも、昨日まではあんなに暖かかったのに……っ」

「今は晩秋で、季節的に雪が降っても可笑しくはないんだが、ずっと暖かかったから油断した。すまない。寒い思いをさせて」

大きな体に包み込まれ、背を摩られる。いつもしてくれていることだが、それは狼の姿でのこと。獣人型とはいえ、自分と同じ形をした体で抱き締められると、いつもと勝手が違って、何だかドキドキしてしまう。

「お、お前のせいじゃないんだから謝るな。それに……こんな、気を遣わなくても」

「よし。今日は君の冬服を買いに行こう」

透俐の言葉を遮り、クライドはそう宣言した。

「え。そんな、悪いよ。大丈夫だ。俺、寒さには強いから」

「この世界の冬を舐《な》めちゃいけない。今の僕みたいに獣人型になって服を着込んでも、まだ寒いと思うほど寒い日だってあるんだよ？　頭にしか毛がない君に耐えられるかな？」

そう言われては反論できない。

「分かった。じゃあ、お言葉に甘えて……悪いな。いつも色々金を使わせて……っ」

何の気なしに動かした右足にかすかな痛みが走り、透俐はどきりとした。

「トーリ君？　どうかしたかい」

「何でもない。待っててくれ。すぐ着替えるから」

素知らぬ顔で首を振って支度を始める。しかし内心、透俐は焦っていた。

この右足は、寒さで冷えると古傷が痛み出す。そのことを知ったら、クライドはどう思うだろう？　やたらと過保護で心配性なこの男のこと。冬の間は家の中で安静にしているのがいいと言い出すかもしれない。

（そんなの、絶対に嫌だ）

せっかく、クライドのフィールドワークについて行けることになって、少なからず役に立てると分かったのに。あと三カ月しかここにはいられないのに。

一日だって無駄にしたくない。この足のせいで、何かを諦めるのはもう嫌だ。

（ばれないようにしないと）

胸の内で固く思いつつ身支度を整え、一階のロビーへと向かう。

昨夜はヒト型の客ばかりだった食堂には、クライドと同じく、獣人型になった宿泊客が溢れている。どうやら、この世界の住民は獣人型になって寒さを凌《しの》ぐようだ。というか。

（皆、獣人型になって……外、そんなに寒いのかな）

今のところ足は痛んでいないし、時間ももう昼近くだから大丈夫だと思うが……いや！

大丈夫にしなければ。

そう自分に言い聞かせ、宿代を払ってくれたクライドに続いて外に出た。瞬間、身を切るような冷たい強風に全身を殴られた。ずきりと右足に痛みが走り、思わず足に手をやってしまった。

「今日は風も強いのか。これはさっさと服屋を探さないと……トーリ君」

「え。あ……そうだな。早く探そ……」

「足が痛いのかい」

いつもの笑顔が抜け落ちた真顔でそう訊かれて、全身の血の気が引いた。

「足？　別に？　何でもない……いっ」

ずきずき痛む足のことなどおくびにも出さず、澄まし顔で嘘を吐こうとしたが、突然クライドに腕を摑まれ引っ張られたせいで、鋭い痛みが走った。

「すまない。走ってくる通行人がいたものだからつい。だが、少し歩くだけでも痛いのか」

「それは、違うっ。俺は……クライドッ？」

透俐を横抱きに抱え上げ、クライドが歩き出す。

車道に出るなり一台の馬車を止《と》め、「診療所まで」と御者に手短に伝えると、さっさと馬車に乗り込むではないか。

たった一度、透俐が足を痛がる素振《そぶ》りを見せただけで、診療所に行くだけでなく、こんな街中で何の躊躇《ちゅうちょ》もなく透俐を抱え上げる過保護っぷり。透俐は顔面蒼白になった。

「待ってくれっ。医者に診せることなんてない。こんなの、大したことじゃ」

「それは専門家が判断することだ。君や僕じゃない」

懸命に訴えようとしても、ぴしゃりと撥《は》ねのけられる。その有無を言わせぬ態度に、透俐の心臓はぎしりと軋《きし》んだ。クライドにとって透俐とのフィールドワークは、こんな些細《ささい》なことでふいにしてしまえるほど取るに足らないものなのか。

そう思ったら、悲しくて、腹が立って、やるせなくて、つい、

「なんだ！　昨日は、俺とまたフィールドワークに行きたいって、あんなに言ってくれたくせに」

そう怒鳴ってしまった。瞬間、クライドが驚いたように顔を上げ、まじまじと見つめてきた。ここで、ようやく我に返った透俐は赤面した。自分は何を言っているのだろう。

絶対呆れられた。居たたまれなくて俯いていると、

「君は時々、どうしていいか分からなくなるほど可愛いことを言うね」

「……！」

「困るよ、本当に」

ぼそりと呟かれた言葉に、弾かれたように顔を上げた。

クライドはこちらを見てはいなかった。被ったシルクハットの鍔で顔を隠すようにして俯

いている。それでも、耳の中が赤いのは見えていて……。

（……なんだよ、可愛いって）

別に可愛くなんかない。そう言い返してやろうと思ったが、耳の中を赤くして俯くばかりのクライドを見ていると、なぜだかこちらも無性に気恥ずかしくなってきて、何も言えなくなってしまった。

結局、診療所に向かうまでの間、馬車の中は居たたまれない沈黙で満たされた。

「あれま、あんた」

狐獣人の医者は、透俐の足を診察し終えるなり呆れた声を上げげた。

「こんな大層な怪我しといて、ここまでほったらかしてまあ」

「先生、トーリ君の足はそんなに悪いんですか」

そわそわと尻尾を震わせながら尋ねるクライドに、医者は太い尻尾をぶるんぶるん振るい、透俐へとにじり寄った。

「いいかい、あんた。この怪我はまだ治ってない。寒さで痛むのがその証拠。縫い合わされてくっついた皮膚の下で、筋肉や骨はいまだに傷ついたままだ。だからよくよく労わってやらなきゃいけない。下肢装具をつけてだいぶ負担が減ったとはいえ、このまま放っておいたらまた歩けなくなるよ」

耳が痛かった。この言葉、昔の主治医からも耳にタコができるほど言われた。なのに、無視し続けて、最後には通院をやめてしまった。

そんな時間も金も、母の看病と治療費の工面に忙殺されていた透俐にはなかった。それに、日常生活に支障をきたさない程度に足は動き続けたから、いつしか主治医の言葉など忘却の彼方に忘れ去り、何もしないままに今日まで来てしまった。

「まさか、入院ですか」

押し黙る透俐に代わりクライドが尋ねると、医者は首を振った。

「いや、そこまでひどくはない。塗り薬と飲み薬を処方してやるから、毎日塗って飲みなさい。外と内から傷ついて疲弊した筋肉をよくするための薬だ。それと、これからマッサージの方法を教えるから、それも毎日やりなさい」

胸を撫で下ろす。ここにいられるのはごくわずかなのに、入院だなんて冗談じゃない。

ただ、薬代がかかることにはじくりと胸が痛んだ。全く、自分はどれだけクライドに散財させてしまうのだろう。本当に申し訳ない。

と、透俐が項垂《うなだ》れている間にも、医者は透俐の足に両手を伸ばしてきた。

「いいかい、まずはここを……なんだい、あんた」

「ねえ。僕にも教えてくれませんか？」

医者の手元に鼻先をぐいっと近づけたクライドがそんなことを言い出した。

「あんたにもかい？」

「ええ。彼が毎日、きちんとマッサージをすると思いますか？」

と、不躾《ぶしつけ》に指差してくるので、透俐は顔を顰めた。

失礼な。ちゃんとできる！　と、抗議しようとしたが、

「そうだねえ。この人、とんでもなく物臭《ものぐさ》そうだし、下手そうだ」

透俐が口を開くより早く、医者までもがそんなことを言う。

毎日欠かさずやるし、ちゃんとできる。クライドまで習う必要などない。そう主張したが、なぜか聞き入れてもらえず。非常に納得がいかなかった。

それは、夜になっても変わらなかった。

家に戻り、さかさま池の話題で夕食を楽しみ、クライドたちに日本語の講義をした後、処方された薬を飲み、寝室で下肢装具を外して薬を塗っていると、クライドがやって来た。

「おや、やっているんだね」

驚いた顔をしてそう言ってくるものだから、透俐は再びむっとした。

「俺は適当なことは言わない。やると言ったからにはやる」

「そうかい？　けど、ただやるだけじゃ駄目なんだよ？　ちゃんとやらないと」

などと言って、意地の悪い笑みを浮かべてくる。

なぜ、このことに関してだけ、やたらと突っかかってくるのか。

訳が分からないが、今はそのことよりも怒りのほうが上回って、つい、

「だったら見てろ。俺がちゃんとできることを証明してやる」

そう宣言してしまった。しかし、クライドの前で今日習ったばかりのマッサージを始めてすぐ、はたと気がついた。

醜い傷痕が残る汚い素足を晒し、その足を揉んでいる姿を見せつけているこの状況。とてつもなく恥ずかしい。今すぐやめたい。けれど、

「おや、手が止まっているよ？　君はやると言ったらやる男じゃなかったのかい」

そう言われてはもう後には引けない。

極力、クライドのほうは見ないようにして、マッサージに集中する。

昼間、医者に教えてもらったとおり、硬く張った筋に指の腹を当て、痛みを覚えない程度に圧して――。

「やっぱりね。君は、実に下手くそだ」

「！　何だよ。一体どこが悪い……っ」

あんまりな言葉に顔を上げかけ、透俐はぎょっとした。いつの間にか近づいてきたクライドが跪《ひざまず》いて、左掌で透俐の足に触れてきた。

「見ていたまえ。マッサージとはこうするものだ」

偉そうに言い放ち、足を揉み始めるものだから透俐は驚愕した。

「ば、馬鹿っ。何して」

「君が自分のどこが悪いのか訊いてきたんじゃないか。だから、見本を見せているんだ。で、どうかな？　僕のやり方は。君より全然上手いだろう？」

「え。そ、それは……っ」

言葉に詰まる。なにせ、すごく気持ちよかったから。

可笑しい。やっていることはそんなに変わらないはずで……いや、両手が使える透俐と違い、クライドは左手だけでマッサージしているというのに、どうしてこんなに違うのか。コツを教えてほしいと思わなくもない。だが、今はそれ以上に、クライドがこの醜い足を触れている事実が苦痛だった。

前に、裂傷の痕が鉱石の結晶のようで綺麗だと褒めてくれたことはあるが、触れてくるクライドの手が、男の自分から見ても実に形が良く、綺麗だから余計に、自分の足が醜く、みすぼらしく見えて居たたまれない。羞恥で神経が焼き切れそうだ。

「な、なあ。本当にやめてくれ。頼むから」

今すぐクライドの手を振りほどいて逃げ出したい衝動を懸命に抑えながら頼む。すると、クライドが顔を上げぬまま、「恥ずかしいのかい？」と端的に訊いてくるものだから、透俐はきっと唇を噛んだ。

「恥ずかしい？　当たり前だろうっ。こんな足……！」

おもむろに向けられたエメラルドグリーンの瞳に息が止まる。

「そんなことない。綺麗で、可愛い足だ」

そう言って柔らかく微笑んだかと思うと、その形の良い唇を傷痕に押し当てるではないか。

頭の中が、真っ白になった。


一気に下がった気温が元に戻ることはなく、メキアス国はそのまま冬の季節に入った。

冬の凍《い》てついた風が、鮮やかに色づいていた木々の葉を大急ぎで散らしていき、雪や霜《しも》が大地を白く染め上げていく。気温も下がっていく一方。

オズワルドと仔猫たちは、慌てて衣替えや薪《まき》割りなど冬支度に奔走し、主であるクライドさえ、何かできることはないかと申し出るほどで……クライドの言うとおり、この世界の冬は相当厳しいようだ。

こうなると、心配性のクライドは一切家から出してくれなくなるのでは？　と、心配になったが、それは杞憂《きゆう》に終わった。

右足は毎日薬を塗ってマッサージもしている上に、医者から教えてもらった寒さ対策をしているためか、痛むことはほとんどなかった。そのおかげで、吹雪《ふぶき》の日以外のほとんどは、透俐を外に連れ出してくれた。

山や森には雪が積もって遠方には行けなくなってしまったため、大体はオズワルドに頼まれた買い物がてら、図書館に行き、所蔵されている日本語の絵本を読み解くというコース。それはそれで楽しかったが、その帰りには大抵、

「トーリ君。これからお化け屋敷に行こう」

「え。お化け屋敷っ？」

「実はさっき、誰も住んでいない洋館から夜な夜なピアノの音が聞こえてくるという話を司書から聞いたんだ。勿論、行くだろう？」

そう言って、不可思議なところへ連れて行ってくれるので、一生懸命ついて行った。

そのどれもがわくわくするものばかりでとても楽しく、クライドが「すごいね」「楽しいね」と笑ってくれるから、すごく嬉しかった。

外出できない日も無駄にはしない。そういう日は、クライドたちに日本語を教えて過ごした。ただ文法を教えるのではなくて、いかにすればクライドの感性が少しでも刺激されるかに重点を置いて。

例えば、呼称。日本語では一つの事象にいくつもの呼び名がある。そのことを教えたら、クライドは興味津々《しんしん》に尻尾を振った。

「ニホン語というのは面白いね。一人称だけでも、こんなにたくさん言い方があるなんて。

他のものもそうなのかい？　例えば、雪も」

　窓ガラスを叩く吹雪を指差し尋ねてくるので、自分が知っている限りの言葉を教えた。吹雪。細雪《ささめゆき》。粉雪。凍雪《しみゆき》。泡雪。新雪。風花《かざばな》……。

「カザバナ？　どう書くんだい」

「風の花って書くんだ。風に乗って飛んでくる雪のことで、花弁に見えたのかもな」

「素晴らしい！　雪を風の花と名付けるなんて、ニホン語は本当に美しい」

と、何か言葉を教えるたびに感極まった声を上げ、透俐が書いた文字に目を輝かせてくれる。そのさまを見ると、クライドの感性を刺激しているのだと実感できて嬉しかった。

　こんなふうに、限られた時間を無駄にしないよう、少しでもクライドの役に立てるよう、一日一日大切に過ごしている。

　とても充実している。毎日が楽しい。

　けれど、一つだけ困ったことがあった。それは、夜寝る前のこと。

「だ、だから……もう、しなくていいって……あ」

「駄目。ほら、ズボンの裾を上げたまえ」

　あの日以来、クライドは毎夜、透俐の足をマッサージするようになった。

　どんなに嫌だ、やめてくれと言っても聞いてくれない。のらりくらりと聞き流され、気が付いたらベッドに座らされて、

「今日も、たくさん歩いてお疲れ様」

暴いた傷痕に恭しく口づけを一つ落とされる。そうされてしまうと、まるで魔法でもかけられたように口どころか指一本動かなくなってしまう。その後は、いいようにされるばかり。どうして、そうなってしまうのだろう。本来、右足を触られるのも、男に口づけられるのも、想像するのでさえ嫌なはずなのに。

しかし、もっと分からないというなら、目の前にいるこの男。

マッサージは勿論のこと、どうしてこんなキスをする？

この世界の風習は、ヨーロッパのそれに酷似しているから、キスは挨拶か何かなのかもしれない。だが、それにしたって……キスの経験一つない自分にはさっぱり分からない。

「こんなことして、何が楽しいんだ」

尋ねてみたことがある。すると、クライドは薄い笑みを浮かべて、こう言った。

「君は、本来物臭でも不器用でもない。仮に、君が僕や仔猫たちのマッサージを任されたら、毎日きちんと、しかも上手にマッサージできたろう。でも、この足にとなると全然駄目だ。すこぶる下手になって、平気でサボる」

「っ……そ、そんなこと」

「なぜなら、君はこの足が大嫌いだから」

「……！」

「大嫌いだから、労わることも大事にすることもできない。邪険にして、苛めるばかりだ。だから、僕がやる。僕はこの足が好きで、大事だからね」

真顔で言い放ち、恭しく右膝にキスを落とす。透俐は狼狽した。

訳の分からないことを言うな。それに、足が好きってなんだ。お前は変態か！

顔を真っ赤にして、思いつく限りの悪態をついた。それでも、クライドは涼しい笑みを浮かべたままで、「おや、足に妬《や》いたのかい？」だなんて、さらに意味不明なことをほざいてくる。

「だ、誰が妬くか……っ」

突然顔を近づけられ、息が止まる。

「なら、こう言おう。足だけじゃなくて、君自身も大事だ」

「！　ク、ライド……」

「信じられないかい？　なら、言葉だけじゃなくて、行為で示そう。君がさかさま池で僕に言った『使ってくれ』だなんて悲しい言葉、口にできなくなるほどにね」

もう、あんなことは二度と言わせない。

その言葉と、少々つり上がった眦に、透俐の瞳は揺れた。

（……クライド、怒ってるのか？）

どうして？　クライドは透俐に、次回作を書くための刺激になってほしいと望み、透俐は自分でよければいくらでも使ってほしいと快諾した。

それの何が間違っている？　意味が分からない。

しかし、強い視線で射貫かれながら膝に口づけられると、その箇所から強烈な痺《しび》れが全身を駆け抜け、眩暈がした。

その後、クライドは宣言通り、昼間は今まで以上に優しくしてくれるとともに、夜はより一層念入りに、透俐をマッサージするようになった。

そんなクライドを、透俐は相変わらず拒めなかった。

変態などと怒鳴ったが、クライドのキスにも手つきにも、いやらしさなど欠片もなく、ただただ優しかった。

まるで、この世で一番大事な宝物を愛《め》でているかのように、実に繊細で、労わりと慈愛に満ち満ちた手つきで撫でて、揉んでくる。毎夜毎夜、呆れるほど根気強く、丁寧に。

心身ともに弱り切った透俐に狼の姿でずっと寄り添い、ふかふかの体で透俐の強張った体を温め、好きなだけ涙を流させてくれた、あの時のように。

そして、あの時と同じで、クライドを拒むように硬く強張るばかりだった右足は、徐々に軟化していき、いつしか、クライドに触れられるだけで力を抜き、完全にされるがままになった。

そこまでされて、ようやく気づく。この右足がどれほど、優しさに餓《う》えていたか。

思えば、この足はこの世の全てから疎まれ続けていた。

誰からも「醜い」「まともに動けない役立たず」と忌み嫌われ、母を散々「可哀想に」と泣かせるばかりの大嫌いな足……そうだ。

クライドの指摘どおり、透俐はこの足が大嫌いだ。

こんな足になる原因を作った母を恨んでいるわけでは決してない。でも、この足のせいでどれだけ辛い思いをして、どれだけたくさんのことを諦めなければならなかったことか。

当然、マッサージするにしてもただの作業だ。労わるなんて感情、欠片もなかった。

悪いことをしているとは思わなかった。足に感情などないのだ。どう思おうが関係ない。

だが、今は……クライドに触れられて喜ぶ、足の意思をはっきりと感じる。

醜い、役立たずと言われて悲しかった。本当は大事にしてほしかった。だから今、嬉しくてしかたない！　と、細胞の一つ一つを沸き立たせ、もっともっとクライドに触れてほしいとばかりに身を委ねる。

そんな右足の深い苦しみと、痛々しいまでの歓《よろこ》びようを感じると胸が締めつけられた。

それと同時に、もう一つ思い知る。クライドが右足だけではなく透俐自身のことも大事に思ってくれている。それこそ……透俐を道具のように「使う」などもってのほかと怒り、自身の体を労わらない透俐に憤りを覚えるくらい。

そう思ったら、久しぶりに目頭が熱くなった。

「……うん？　久しぶりの涙だね。どうしたんだい」

「ごめん」

マッサージの手を止めて顔を覗き込んできたクライドに、透俐は小さく言った。

「嬉しかったんだ。役立たず。使ってもらえるだけありがたいと思えって、言われるばっかりだった俺が、お前の役に立てて、喜んでもらえて、すごく嬉しかった。だから、もっと使ってもらいたいって、そればっかりで、お前にひどいこと言ってるって気づかなかった」

「……」

「お前のこと、俺を道具として使う奴、みたいな言い方して、本当にごめん」

涙を零しつつ、頭を下げて謝る。クライドは、すぐには何も言わなかった。しかしふと心底困ったように笑い、左手を伸ばしてきた。

「ありがとう。そんなふうに思ってくれて。でも、二度とあんなこと言わないでくれ」

悲しいからね。そう言って、親指の腹で涙を拭ってくる。その感触に余計に涙が滲んだ。

ここまで大事に想ってもらえるなんて、もう二度とないかもしれない。そう思うくらい、クライドの気持ちがありがたかったし、嬉しかった。だから、

「僕の気持ちを分かってくれて嬉しいが、マッサージはこのまま続けさせてくれ。僕も限られた時間、できる限りのことを君にしたいんだ」

続けて言われたその言葉に、また心を打ち震わせて、透俐は頷いた。

クライドも自分と同じように、一緒に居られる限られた時を悔いなく過ごしたいと思ってくれているのなら、できる限り応えようと思ったのだ。

だがその日以降、クライドのマッサージ方法ががらりと変わった。

「実はもっと効果的なマッサージはないか調べていたんだ。医者にもちゃんと伺いを立ててきたから、試させてほしい」

そう言って、これまでの、ただ右足を揉みほぐすだけの方法から、関節を折り曲げて揉む方法へと変わった。つまり、ベッドに横たえられ、股を大きく開かされたり、右膝が腹につきそうなほどに折り曲げられたりと、何とも恥ずかしい格好をさせられるのだ。

羞恥で卒倒してしまいそうだった。しかし、もっと困るのは、そのやり方のほうがこれまでとは比べ物にならないほど気持ちいいという事実。

足を大きく折り曲げられて、露わになった太腿裏などに掌を這わされ、揉まれると、言いようもないほどに気持ちいい。それこそ、

「ぁ……っ」

良過ぎて、思わず変な声が出てしまうくらい。

その声が、自分でもびっくりするほどだらしのない声で、羞恥心がますます跳ね上がる。のしかかってくるクライドを突き飛ばして、逃げ出したい衝動に駆られる。けれど、懸命に堪《こら》える。

こんなに気持ちいいのは、クライドが一生懸命マッサージの勉強をしてくれた証《あかし》。その努力を踏みにじりたくないし、何より、クライドが与えてくれるものは何でも受け取りたい。刻一刻と近づいてくる別れの時のために、どんなものでも、一つでもいいから多く。

だから、マッサージの時はクライドの顔を見ず、終始固く目を瞑《つぶ》り、顔を隠して身悶《みもだ》えながらも耐えに耐えた。

すると、見えなくなったせいか、聴覚と触覚がいやに鋭敏になった。

ぎしぎしと軋むベッドの音。擦れるシーツの音。自身のかすかに乱れた息遣い。頰に感じるクライドの吐息。火照《ほて》った素肌を這う掌の動き。大きく開かされる足。揺さぶられる体。

何もかもがやたらと生々しくて、何やら変な錯覚に陥りそうになる。

これでは、まるで——。

それ以上は、考えないようにしている。

考えてしまったら最後、恐ろしいことが起こる。取り返しのつかない何かが。

日に日に、クライドに触れられるたびに熱くなっていく体。膝にキスをされると全身に走る、甘やかな痺れ。最近やたらと艶《なま》めかしく見えるようになった、クライドの指先や唇。嫌な予感を覚えながらも、毎夜右膝への口づけとクライドの掌を心待ちにしている自分。それらが警告してくるのだ。怖いくらいに。

だから、考えない。今の状態を壊したくない。クライドに嫌われなくない。クライドと一緒に居られる時は、もう一カ月とちょっとくらいしかないのだから。

そう思っていた、ある日のこと。

その日は、クライドとともにオズワルドに頼まれて街に買い出しに来ていた。

「オズワルドさんに頼まれたのは、あと何だったっけ？」

抱えた買い物袋の中身を覗き見て、隣を歩いていたクライドに尋ねると、

「それで全部だよ。ただ……あと、カーボン紙を買いたいな。原稿を書くために」

返ってきた言葉に立ち止まる。それから少し考えて、慌ててクライドに歩み寄った。

「閃《ひらめ》いたのか？　次回作……」

「うん。君のおかげでね。まあ、まだ構想段階ではあるんだけど……っ」

「おめでとう！」

クライドの手を摑み、透俐は声を上げた。

「いつ思い浮かんだっ？　何がきっかけで……あ」

こちらを奇異の目で見つめてくる通行人たちに気づき、頰を赤らめ肩を竦ませる。そんな透俐に、クライドは苦笑した。

「はは。すまない。そんなに喜んでくれるとは思わなくて」

「何言っている。こんなに嬉しいことがあるか。お前がまた小説を書けるんだから……あ。カーボン紙ってどこに売ってるんだっけ？」

「文具屋だ。ここから少々離れているんだが」

「じゃあ馬車で行こう」

馬車を捕まえるため、道路へと駆け出す。せっかく浮かんだ構想が消えては大変だ。

喜びで全身が震えていた。悲惨な目に遭い、大切な右手も喪《うしな》ったショックで止まっていた
クライドの感性が再び動き出したこと。そのことに、自分がちょっとでも役に立てたこと。

自分とのフィールドワークで生み出されたクライドの新作が、読めるかもしれないこと。

嬉しくてしかたない。

(どんな話を思いついたんだろう？　訊いて……いや、完成してからのほうが)

浮き立つ心であれこれ考えつつ、馬車を止める。

「クライド！　馬車が……っ」

振り返った透俐は固まった。

視線の先にクライドが立っていたが、一人ではなかった。

隣に、青色のドレスを着た女性がいた。

クライドと同じくらいの年頃の美しい女性で、クライドに何事か熱心に話しかけている。

それに対して、クライドも笑みを浮かべて親しげに接している。

知り合いだろうか。何の気なしにそう考えた時、透俐は目を見開いた。

女性が差し出した手を、クライドが自然な所作で手に取り、その手の甲に口づけた。

そして、女性の手の甲に唇を押しあてたまま、ひどく艶《つや》めいた笑みを浮かべる。

女性の白い頬が赤く染まり、蒼《あお》色の瞳が熱っぽく潤《うる》んで――。

瞬間、全身の血液が沸騰し、脳天で爆発した。

「……さん。お客さん」

「……っ！」

背後から怒鳴られた。振り返ると、先ほど呼び止めた馬車の御者がこちらを睨《にら》んでいる。

「乗るんなら早くしてくれませんか？　ずっとここに停まっていられないんで」

「す、すみません。でも」

「すみません、乗ります」

横から声がした。見ると、いつの間にかクライドが立っていて、目が合うなり笑いかけてきた。

「馬車、拾ってくれてありがとう。行こうか」

手を引かれ、一緒に馬車へと乗り込む。振り返ってみるが、先ほどの女性の姿は見えず。

「な、なあ。さっき話していた女の人は」

馬車が走り出しても気になって尋ねてみる。

「うん？　ああ、見ていたのかい。照れるな」

クライドが得意げに笑って、そんなことを言うものだから心臓がぎしりと軋んだ。

「それって、あの……やっぱり、恋人か、何か」

掠れた声で重ねて問うと、クライドの目が驚いたように見開かれた。

「え？　ははは。違うよ。さっき初めて会ったばかりのご婦人さ」

「は、初めて、会った……？」

「ああ。何でも、僕の作品の熱烈なファンだそうでね。次回作も楽しみにしていると、せっつかれて大変だった」

「初対面の相手に、あんなキスしたのか……」

自慢げに笑うクライドの話を聞きもせず、透俐は茫然《ぼうぜん》と独り言《ご》ちた。

クライドは目をぱちくりさせ、思い切り首を傾げる。

「あんなキス？　挨拶のことかい？」

「っ……あ、挨拶？　あのキスが？」

訊き返すと、平然と頷かれる。

「ああ。君の世界では、そういう儀礼は存在しないのかい？　本当に？」

逆に真顔で訊き返され、透俐は目を白黒させた。

「え。いや、ある。でも、俺の国ではそういう習慣がないから、その、びっくりして」

「……」

「そ、そうか。キスはただの挨拶。挨拶か……そうか、うん……っ」

必死で頷いていると、あの艶やかな唇が近づいてきたものだから、どきりとした。

「前から思っていたが、君の国の礼儀作法はこことはずいぶん違うようだ。実に興味深い。ぜひ講義してほしいところだが……今聞いたら、閃いたアイデアが消えてしまうかな」

クライドがそう言って人差し指でこめかみを突くものだからぎょっとした。

「！　そんなに簡単に消えてしまうものなのか？　あ……ご、ごめん。くだらない話して。もう黙るよ。せっかく閃いた大事なアイデアが消えたら大変だ」

「そうかい？　……では、申し訳ないが、お言葉に甘えて」

申し訳なさそうに言うと、被っていたシルクハットを傾けて顔を隠し、そのまま沈黙する。

そんなクライドに、透俐は内心驚いた。

透俐がこのように気を遣っても、「何の問題もない」と笑い飛ばして突っぱねるクライドが、こんなにも素直に言うことを聞いた。

それだけ、クライドは今必死なのだ。苦しいスランプから抜け出すチャンスを何が何でも摑もうとしている。

だったら、自分は全力でその応援をしなければ。

文化の違いを垣間見たくらいで心を乱すな。今はそれどころじゃない。

懸命に、自分に言い聞かせる。なので、気がつかなかった。

クライドの耳の中が赤くなっていたことも、エメラルドグリーンの瞳がシルクハットの鍔《つば》の下から、じっとこちらの様子を窺《うかが》っていたことも。

その後、二人はほとんど会話することなく買い物を終えて、家に帰った。

家に着くと、クライドは仔猫《こねこ》たちへの挨拶もそこそこに、買ってきたカーボン紙を片手に、書斎に入って行ってしまった。「今日のディナーはいらない」という言葉まで添えてだ。

「クライドさま、どうかしたんですか？　まさか、喧嘩《けんか》でも」

常ならぬクライドの様子に、仔猫たちが心配そうに駆け寄ってきた。クライドが次回作のアイデアを思いついた旨を伝えると、仔猫たちの全身の毛が逆立った。

「え、え……じ、次回作のアイデア、ですか？」

「そうだよ。ついに！　だから、忘れないうちに書き留めておこうと部屋に……どうしたんだ？　そんな顔して。嬉《うれ》しくないのか？」

「へ？　い、いえ、その」

仔猫たちがお互い抱き合って震えていると、オズワルドが歩み出てきた。

「二人は怯《おび》えているのです。前に一度、構想中の旦那《だんな》様に声をかけ、アイデアをかき消してしまったことがございましたので」

「！　そうなんですか」

「はい。書斎に籠《こも》られた旦那様にしつこく食事を摂るようお勧めしたせいで。なので、さようなお顔をなさらず。部屋に籠っていらっしゃる時にお声をかけなければ問題ありません」

「そうですか」と、透俐《とうり》は胸を撫《な》で下ろしたが、ふとこう思った。

クライドはこれから食事を摂る時間も惜しむほど書斎に籠って、執筆に励むのだろうか？

だったら、もうフィールドワークには……。

「あの、トーリ様？」

「っ……あ。はい、何でしょう」

不意の呼びかけに慌てて顔を上げると、無表情のウサギ顔が近づいてきた。

「旦那様は本当に、次回作のアイデアが浮かんだとおっしゃったのですか？」

頷《うなず》いてみせると、オズワルドは「そうですか」と低い声を出し、しばし考える素振《そぶ》りを見せた後、透俐に深々と頭を下げてきた。

「旦那様がさようなことをおっしゃるようになったのは、トーリ様のおかげです。ありがとうございます。どうぞ、これからも旦那様をよろしくお願いいたします」

オズワルドのその言葉は、透俐の心に重く響いた。

それは夕飯を済ませ、就寝時間を迎えても閉まったままの書斎のドアを見る頃には、ますます重みを増した。

（「これからも」……そうだ。次回作のアイデアが浮かんだら終わり、じゃないんだ）

クライドはこれから、頭の中に浮かんだものを文字にする作業に励まねばならない。

もう透俐と一緒にフィールドワークに行ったり、透俐のマッサージをしている暇などない。

……喜ばないといけない。エヴァンによって身も心も傷つき、止まっていたクライドの感性が動き出したのだ。

自分はクライドが復帰作を書き上げられるよう、全力で応援しなければ。

「君となら、最高傑作が書けるに違いない」というクライドの期待に応えたいから。

でも、クライドが小説を書き始めたら、自分に何ができる？

（もしかして、俺がクライドにしてやれることはもうない……いや！）

そんなことはない。まだ何かあるはずだ。例えば……と、一人きりの寝室を見回していた透俐は、右足に目を留めた。

（そうだ。足のマッサージ。今度から、一人でちゃんとできるようにしないと）

そうでないと、あの心配性の男の気を散らしてしまう。

そう思って、マッサージに励もうとするのだが、なぜか昼間の、クライドが女性に口づけをした光景が何度もフラッシュバックする。それから。

——あんなキス？　挨拶のことかい？

（この世界だと、キスなんて、ただの軽い挨拶なんだな。初対面の相手にだって、あんなに平気でできる……っ）

マッサージの手を止め、唇を噛《か》み締める。

自分以外の、しかも初対面の相手にでも平気で口づけられるクライドに、言いようのないショックを受けている自分に困惑する。これでは、まるで——。

「相変わらず、君はマッサージが下手だね」

弾《はじ》かれたように顔を上げる。すると、腕を組み、ドア枠にもたれかかってこちらを見遣るクライドが立っていたものだから、透俐は息を詰めた。

「原稿は……」

「おかげさまで捗《はかど》っているよ。ただ、だんだん気が散ってきてね。君はちゃんとマッサージできているのかと」

「……っ」

「で、来てみたら案の定。全く、いつになったら君は上手くなるんだろうね」

まるで手のかかる幼子を相手にしているような言い草。そして、浮かべられた笑みが昼間の女性に向けたそれと全く一緒であることに、全身の血液がぞわりとうねった。

これが何を意味しているのか分からない。だが今、無性にクライドに触られたくなくて、

「いい。自分でやる」

クライドの手を払いのけ、ぶっきらぼうに宣言する。

クライドの目が大きく見開かれる。最近言われるがままにマッサージを受けていた透俐が

どうしてそんなことを言うのか、全く分からないと言ったように。その態度にまた、いやに神経を逆撫《さかな》でされる。

「またそんなことを言って。そういうことは、マッサージが上手くなってから……」

「お前はもう執筆を始めたんだ。だったら、俺なんか構ってる暇ないだろ」

再度左手を払いのけてそっぽを向く。瞬間、クライドの顔色が変わった。

「俺……なんか？」

頬が強張《こわば》り、声音も急落する。だが、いきり立ってそっぽを向いた透俐は気づかない。

「そうだ。お前がこれまで俺と一緒に色々してきたのは何のためだ。次回作を書くためだろう。だったら、執筆に集中しないと……っ」

苛立《いらだ》ちのままにまくし立てていた透俐は息を詰めた。突然、二の腕を摑《つか》まれ、強引に体を向けさせられた。その先には、いつも笑みを湛《たた》えているエメラルドグリーンの目が眦《まなじり》をつり上げ、こちらを睨《にら》んでいた。

「君はこの期に及んで、どうしてそんなことを言うんだっ」

「っ……クライド？」

「前に、謝ってくれたじゃないか。僕のことを、君を道具として使うような奴だと言って悪かったと。あれは嘘だったのか？」

「……！」

「それとも、これまでの僕の言動からそう思ったのか？　だとしたら、君は何も分かってない。分かろうともしてくれないっ」

そう吐き捨てると、摑んでいた透俐の腕を打ち捨ててそっぽを向く。

その横顔はいまだに険しい。クライドが怒っていることが容易に知れた。

何が起ころうと飄々《ひょうひょう》としていたこの男が、こんなにも怒りを露《あら》わにするなんて。

信じられない光景に呆気《あっけ》に取られる。だが、ふと我に返った時、つい先ほどクライドに吐き捨てられた「お前は何も分かっていない」という言葉が、深々と透俐の心を抉《えぐ》った。

「分かってない……そうだよ。俺には、分からないよ」

「……トーリ君？」

「分かるもんか。男の俺にも、初対面の相手にも、平気でキスできるお前が何考えてるかなんて、俺に分かるかっ」

振り返り、不思議そうに見つめてくるクライドにそう怒鳴った。

だが、信じられないものを見るように見開かれたエメラルドグリーンの瞳を見た途端、はっと我に返り、愕然《がくぜん》とした。

自分は一体、何を言っているのだろう。

ここへ来てからどれだけ、クライドに大事にされてきた？　どれだけ、その優しさと温もりに触れ、心満たされてきたと思っている。

それなのに、どうしてあんなことを言った？

透俐の体の自由を一瞬にして奪い去る、魔法のようなあのキスが、クライドにとっては誰にでもできるただの挨拶だったとしても、クライドがこれまでくれた真心に嘘はないのに。

自分で自分が分からず、狼狽《うろた》えることしかできない。その時。

「君は、僕の特別だよ」

淡々と発せられた、その言葉。

目を向ける。そこには、何の表情も浮かべていない白い顔があったのだが、目だけは違っていた。

いつも透俐に向けられていた温かな眼差《まなざ》しは欠片《かけら》もなかった。あるのは……まるで獲物を見据える、獰猛《どうもう》な獣のそれのような、野蛮で不穏な光。

その異様な輝きにぞくりとしていると、

「君が嫌だというのなら、もう君以外とは誰ともキスしない。挨拶でもだ」

続けて言われた言葉に、耳を疑った。

クライドは今、何と言った？　自分が嫌だと言えば、自分以外とはキスしないと言ったのか？　まさか、そんなこと……と、そこまで考えたところで、

「言ってくれ。そしたら全部、君の思うとおりになるから」

綺麗《きれい》な顔を近づけられ、そんな言葉とともに濡《ぬ》れた瞳に射貫《いぬ》かれる。

瞬間、完全に理性が止まった。代わりに、激しい衝動が脳髄を焼く。

言えばそのとおりになる？　この艶《つや》めいた唇が、他の誰にもキスしなくなる？　されただけで全身に痺《しび》れが走る、あの魔法のようなキスが、自分だけのものにできる？　だったら。

「……する、な」

唇が、ひとりでに動き出す。

「もう、俺以外、誰とも……キス、するな」

震える声で、とんでもない言葉を口にしていた。

普通に考えたら可笑《おか》しな言葉。それでも、エメラルドグリーンの瞳はゆっくりと、愉悦に細められる。

「いいよ。君以外とはキスしない。だから……君に、キスしても？」

ほとんど吐息だけで囁《ささや》かれた。その息が唇にかかって、背筋がぞくりとした。

未知なる感覚に体が怯え、引きかけると、頬を温かいものが包み込んできた。

クライドの、左の掌《てのひら》だ。

怖がって立ち尽くす透俐が一歩踏み出す勇気を与えてくれるあの左手が、強張った頬を撫でてくる。蕩《とろ》けるように優しい所作で。

それとともに、このエメラルドグリーンの瞳に狂おしいほどに見つめられると、思考も過去も一般常識も何もかもが遠のいて、

「……うん」

気がつくと、ぎこちなくだが、頷いていた。

視界が、翳《かげ》り始める。濡れた瞳がこれ以上ないほど近づいてきて程なく、唇に柔らかい感触を覚えた。

瞬間、これまで感じたことのない衝撃が全身を駆け巡り、喉が鳴った。

「……嫌かい？」

すかさず尋ねられる。嫌か、だと？　そんなの――。

「あ……嫌じゃ、な……ん、ぅ」

最後まで言葉にならなかった。突然、口内に舌をねじ込まれたせいだ。

「ク、ライド……んぅっ。は、あ……ふ」

強引に押し入ってきた熱いそれに舌を搦《から》め捕られ、強く吸われた瞬間、背筋に走った、強烈な未知の痺れに、頭の中が一瞬で真っ白になる。

腰が砕け、崩れ落ちそうになる。クライドはその体を強く抱き竦《すく》め、いよいよ激しく口内を貪《むさぼ》ってくる。

その感触が、思い知らせてくる。

クライドにマッサージを受けるたびに考えそうになった妄想。

必死に考えないようにしていたつもりだが、実を言えば、考えてしまった。

毎夜、右膝に恭《うやうや》しくキスをしてくる、あの形の良い柔らかな唇が、この唇に触れたら。あの左手が右足以外に触れたら。どんな感じがするのか。自分はどうなってしまうのか。いけないと分かっていながら、何度も考えた。けれど実際は、どの想像よりも甘美で、気持ち良くて、体が溶けてしまいそう。

「ぁ、あ……クラ、イ……は、ぁ…ふ。……んんぅっ、クライ、ド……っ」

熱に浮かされたようにクライドの名を呼んでいた透俐は、我に返った。突如、ドアをノックされたのだ。クライドも、はっとしたように動きを止める。

『旦那様、夜分に申し訳ありません』

オズワルドの声が聞こえてきた。

『ただいま、バークレイ家の遣いの方が参られました。至急、旦那様に取り次いでほしいとおっしゃっておられます』

「ク、クライド。オズワルドさんが……ぁ、ん」

「……煩《うるさ》い」

止まっていたクライドの舌が、また動き始めるので透俐は目を瞠《みは》った。

無視なんてしたら、オズワルドが不審に思って部屋の中に入ってくるかもしれない。それなのに、キスをやめないなんて。こんなところ、オズワルドに見られたらどうする？

「ク、ライド。どう、して……ぃ、あっ。ふ、ぅ」

舌を強く吸い上げられたせいで、その問いは掻《か》き消えてしまった。だらしなく弛緩した痩身を、クライドがいよいよ強く掻き抱く。

「煩い、煩い……邪魔するな。もう、放っておいてくれ」

お気に入りの玩具《おもちゃ》を取られまいとする子どものように、透俐の痩身を抱き竦め、うわ言のように呻《うめ》く。だが、ノックの音もオズワルドの呼びかけも収まらない。

『ひどくお急ぎのご様子で、無理矢理踏み込んで来そうな勢いです。いかがいたしましょう？……旦那様？』

ついに、クライドは透俐から唇を離した。

「分かった。今、行く」

何かを必死で噛み殺すような、押し殺した声で言うと、緩慢な動きで立ち上がる。

色んなことが同時に起こり過ぎて思考がついて行かない透俐は呆然《ぼうぜん》としていたが、見上げたクライドの顔がひどく苦しげだったものだから、とっさにその右腕を摑んだ。

「君は、ここにいてくれ」

「でも……っ」

「すぐ、戻るから」

息が詰まるほどきつく透俐を抱き締めて、耳元で囁いてくる。その腕の感触と掠《かす》れた声音に、また全身が熱くなった。

「……うん」と、くらくらする頭で何とか頷くと、クライドは小さく礼を言い、そのままこちらを見ず、何かを振り切るように足早に部屋を出て行った。

それからもしばらく動けずにいたが、体から熱が引き、ようやく動き出した頭でこれまでのことを思い返して、再び顔から火を噴き、ベッドに突っ伏した。

(う、そ……。俺、クライドと……キス、したのかっ？)

信じられないことだった。なにせ、クライドはこれまで、ただの一度として、そういう素振りを見せたことがなかった。

マッサージの時も、右膝へのキスでさえも、過剰に意識して慌てふためくのは自分だけで、クライドはいつもけろっとしていたから、透俐に対して、そういう感情は一切ないのだと思っていた。それなのに、あんなキスをしてくるなんて……！

これまでのクライドとはあまりにもかけ離れていて混乱する。

(クライド、どうして……何、考えて……っ)

思考が止まる。「旦那様っ」という、オズワルドの鋭い声が聞こえてきた。

慌てて飛び起き、転がらんばかりの勢いで部屋を出た。

でも、そこにはもうクライドの姿はなく、開け放たれた玄関のドアの先に走り去っていく馬車だけが、かろうじて見えるばかりだった。

＊＊＊

ともだちは男の子をいろんなところへ連れて行ってくれました。

めずらしいちょうちょやとんぼがたくさんとんでいる花畑。きれいなお魚が泳いでいる小川。まっくらやみで光るキノコが生えたどうくつ。

本当に、いろんなところへ行きました。そして、どれもとてもおもしろくて楽しかった。

男の子は夕方、ともだちとバイバイしたあと、かならず、早く明日が来てほしいと思うようになりました。もっといっぱい、ともだちとあそびたかったからです。

だからその日も、早くともだちとあそびたくていっしょうけんめい走りました。

でも、いつもの場所でともだちと会ったとき、大つぶの雨が空からふってきました。

あわてて大きな木の下に走りましたが、たどりついたときには二人ともずぶぬれ。

男の子はさむくてふるえました。すると、ともだちは大きなわんこに変身して、男の子によりそってきました。

ともだちの体はしめっていたけれど、ふわふわであたたかく、きもちがよくて、男の子はすぐだきつきました。

そのまま雨がやむまでじっとしていました。何もしないし、言葉が分からないからおしゃべりもしません。ともだちがいつもかいてるお絵かきも、わんこのすがただからできません。

それでも、男の子はたいくつだとは思いませんでした。ともだちがそばにいて、いっしょに雨がやむのをまっている。それだけで、なんだか楽しくてうれしかったのです。

そこではじめて、自分はともだちとあそぶのが好きなんじゃなくて、ともだちといっしょにいるのが好きなのだと気がつきました。

男の子はともだちをぎゅっとだきしめました。そうしたら、もっとうれしい気持ちになれると思ったのです。

ともだちはしっぽをぴんっと立ててびっくりしていました。それから、大きな耳をパタパタさせたあと、男の子の口をもも色の小さな舌でぺろりとなめました。

男の子は真っ赤になったほっぺを両手で押さえてどきどきしました。

わんこが相手の顔をなめるのは、「大好きだよ」という意味だと知っていたからです。

この子はぼくのことが好きなんだ。そう思ったら、とってもはずかしかったけれど、とってもうれしいと思いました。

そして、また気がつきました。男の子がともだちといっしょにいるのが好きなのは、ともだちのことが大好きだからだと。

だから、男の子もともだちの口をぺろんとなめました。男の子も「大好きだよ」という気持ちを伝えたかったのです。

ともだちの体中の毛が、ぽんっと音を立てて逆立ちました。それでもすぐ、耳の中を真っ赤にして、うれしそうに笑ってくれました。

とってもとっても、幸せでした。それなのに。

＊＊＊

クライドがバークレイ家の遣いとともに馬車で走り去ってしまった後、透俐はオズワルドに尋ねた。

遣いの用向きは何だったのか。クライドはどこへ行ったのか。なぜ何も言わずに行ってしまったのか。クライドはバークレイ家と和解したと言っていたが本当は違うのか。

矢継ぎ早に質問した。だが、オズワルドは「存じ上げません」と言うばかり。

それでも諦め切れずに食い下がったのだが、ふと下を見ると、オズワルドの両手に包丁が握られていて、わなわなと震えているものだから目を剝《む》いた。

「本当に私は知らない……何も、知らされていないのです。それどころか、バークレイ家とは全て話がついている。もう何も心配するなと言われました。それだというのにいい！」

「オ、オズワルドさんっ？」

突如声を荒らげ、包丁を寝室の壁に向かって投げつけ始めるものだから、透俐は仰天した。

「いっつもそう！　普段無駄にペラペラくっちゃべるくせに大事なことは何一つ言わない！

それなのにある日突然、右手がなくなっただの、引き籠りになるだの。主《あるじ》がそれじゃやってられないってあれほど言ったのにまた……また！　何なのっ？　あれ？　隠し通せないなら言ってよ！　キエエエエ！　これだから男って嫌なのよおおおお！」

と、常ならぬ口調で奇声を発しながら、包丁を取り出しては投げ、取り出しては投げ……何本持っているのだ。

「オズワルドさん、落ち着いて！　こんなところ、仔猫たちに見せたらいけない。ね？」

飛びついて必死に宥《なだ》めた。それでも、オズワルドの怒りは収まらないようで、しばらくしがみつく透俐をものともせず、包丁を投げたり振り回したりして暴れていたが、突然ぴたりと動きを止め、

「失礼、取り乱しました。もう大丈夫です」

真顔で振り返ってくるなり、いつもの無感動な声で淡々とそう言ってきた。

「……は、はあ。落ち着いたのなら、何よりです」

前から思っていたが、オズワルドのことは絶対に怒らせないようにしよう。改めて心に誓う。だが、オズワルドが怒り狂いたくなる気持ちはよく分かった。

クライドが何も知らせてくれないままに、右手を失うような大事に巻き込まれただの、部屋に引き籠るだのされたら、自分だって……と、そこまで考えたところで、オズワルドに名を呼ばれた。

「もし、旦那様が朝になってもお戻りにならなかったら、私バークレイの城下町へ行ってみようと思います」

「城下町……バークレイ家が今どんな状況か調べに行くんですか」

「ご明察です。私もう、旦那様に期待するのはやめます。知りたいと思うなら、自分で調べる。そうすることにいたします」

「オズワルドさん……」

「トーリ様も、お好きになさいませ」

柱に突き刺さった包丁を引き抜きながら、オズワルドはひっそりと言う。

「今回のことで分かったと思いますが、旦那様は平気で嘘を吐《つ》きます」

「！　嘘……？」

「はい。頭がいいのでやり口は巧妙。おまけに、本人は良かれと思ってやっているので罪悪感も躊躇《ためら》いもない。なので、看破できないことがほとんど」

「そんな、こと……」

ない。と、言いたかった。なにせ、自分はこれまで、クライドの言葉を疑ったことなどほとんどない。

いつも呆《あき》れるくらい、この身も心も労《いた》わり、大事にしてくれるクライドが、自分を傷つけることなんてするはずない。嘘なんて吐くわけがないと信じ切っていた。

しかし、バークレイ家の件は円満に解決した。もう何の心配もないと言っていたのに、こんな真夜中に押しかけてきた遣いとともに、何も言わずに行ってしまった。それに、先ほどキスしてきたクライドは、まるで知らない男のようだった。

クライドは嘘を吐く。何かを隠している。もしそうなら、自分は――。

「ですから、旦那様のお気持ちよりもまず、自分のお気持ちを第一に考えてくださいませ。自分は旦那様をどう思っているのか。何を一番に望んでいるのか。それがきっと、トーリ様のためであり、旦那様のためです」

そろりと言われたその言葉に、透俐は顔を上げた。

「クライドの、ため……？」

「旦那様は嘘つきですが、トーリ様のお幸せを願う言葉には、一欠片《ひとかけら》の嘘もございません」

さらりと返されたその言葉に、透俐はどきりとした。

結局、クライドは朝になっても帰って来なかった。

なので、朝食を済ませて程なく、オズワルドは宣言どおり家を出た。クライドはどこへ行ったのか訊《き》いてこようとする仔猫たちに膨大な仕事を言いつけて。

おかげで、透俐は仔猫たちからの質問攻めに遭うことはなかった。ただ、あくせくと働く仔猫たちを尻目に自分だけ何もしないというのは気が引けたので、薪《まき》割りを申し出た。

仔猫たちは恐縮したが、薪割りは立派な右足のリハビリだと言ったら了承してくれた。

「じゃあトーリさん。ぼくたち、これからちょっと薪《たきぎ》を拾いに行ってきます」

「お留守番、よろしくお願いします」

丁寧に頭を下げて出かける仔猫たちを見送った後、家の裏手にある薪割り場に向かった。

今日は、それまでの寒さが嘘みたいな春のように暖かい日だった。

柔らかな日和《ひより》の中、斧《おの》を振るう。

ここに来た当初は全くできなかったが、下肢装具をつけたことで踏ん張りが利くようになり、オズワルドにコツを習ったことで最近はかなり様になってきた。

一撃で叩き割れるよう、薪へと意識を集中させるが、頭の中はクライドのことでいっぱいだった。

今どこにいるのか。バークレイ家との間にまだ何かあるのか。それに、あんなキスをしてきたクライドの気持ち。

よくよく思い返してみれば、あの時のクライドは色々可笑しかった。

キスのこともそうだが、オズワルドが呼びに来ているというのに、キスをやめようとせず、

——煩い、煩い……邪魔するな。もう、放っておいてくれ。

あの言葉は一体、どういう意味だったのだろう。

色んな疑問がぐるぐる回るが、いくら考えても分からない。

異様に頭が切れるあの男の嘘を、頭の悪い自分に看破できるわけがない。だったら、

――自分のお気持ちを第一に考えてくださいませ。

オズワルドのその言葉を思い出した時、立てた薪の芯を捉え損ね、薪が台から転がり落ちた。そのさまを見つめ、透俐は深い溜息《ためいき》を吐いた。

（自分の気持ちを考える……か。困ったな）

そんなこと、したことがない……いや、昔はしたことがあったが、やめたのだ。我を通そうとすると、ことごとく母を困らせ、悲しませるばかりだったから。

母をこれ以上悲しませないためにはどうしたらいいか、そればかり考えて生きてきた。

母が死に、クライドと出会ってからは、クライドの気持ちを考えるようになった。

クライドのことを考えるのは楽しかった。いかにすれば泣かせずにすむか考えるより、いかにすれば喜ばせられるか考えるほうがずっといいし、クライドは自分が何かするたび、嬉しそうに笑ってくれる。

楽しくて、嬉しくて、あっという間に日が暮れる。クライドがくれる何もかもがよかった。だから、もっとほしい。クライドがくれるものなら何でもほしい。そんな思いが募る一方だった。そして昨日、クライドにキスされたことで、思い知らされた。

白分は、クライドに自分でも戸惑うほどに強い執着を抱いている。

男同士なのに、クライドが自分以外の誰かに触れ、キスをするのが許せない。右足だけではなく、他の箇所も触ってほしい、キスをしてほしいと熱望していた。

実際にキスをされれば、心も体も喜びに打ち震え、それでもなお、クライドがほしい。誰にもやりたくない。自分だけのものにしたいなどと考えて……ああ。

こんなにも独りよがりで、尋常ではない感情、一番に考えるべきものなのか。

母のように、クライドのことも困らせて、傷つけるだけでは？

嫌だ。クライドだけには、そんなことしたくない。

クライドにはいつも笑っていてほしい。「君といると楽しい」と言われる男でいたい。

それだけ、自分はクライドが――。

「失礼」

割り損ねた薪を見つめ、溜息を吐いていた透俐は、不意に声をかけられ、我に返った。

顔を上げてみるとそこには、右目が切り傷で潰れた狼獣人が立っていた。しかも、見覚えのあるごつい甲冑《かっちゅう》を着込んでいるものだからどきりとした。

「あなたが異世界よりいらしたトーリさんですね？　私、バークレイ家に仕えるセドリック・ルーカスと申します。今日はクライド様の兄、ダグラス様の命《めい》で参りました」

「クライドの、兄さんから……ですか？」

確かに、セドリックが着ているいかつい甲冑はバークレイ家のものだ。だが、可笑しい。

「クライド様は昨夜、バークレイ家の遣いとともに出て行ったはずなのにと、思っていらっしゃるのですね。……はい。クライド様は確かに昨夜、当家にお越しになられました。しかし、クライド様はダグラス様のお話をいっこうに聞き入れず話は決裂。これはもう、直接あなたに話すよりないということになりまして」

「俺に？」と、透俐が首を傾《かし》げると、セドリックは一歩歩み寄ってきた。

「トーリさん、あなたを迎えに来ました」

「……え」

「元の世界に戻る準備ができたのです。トーリさんが一刻も早く、元の世界に戻れるようにと、我が国の研究所が総力を挙げて研究を重ね、この度《たび》ようやく」

全身が強張り、一歩後ずさる。戻る準備ができた？　一刻も早く帰れ？

「それは……すぐにでも新しい守護神を呼ばなければならないほど、ダグラスさんはまずい状況にあるということですか？」

一国につき守護神は一人だけという理《ことわり》と、エヴァン事件のせいでバークレイ家……特にダグラスは世間から非難されていることを思い返しつつ尋ねると、セドリックは眉を寄せた。

「ダグラス様というより、クライド様がです」

「クライド？」

思わぬ言葉に首を傾げると、セドリックは右手のことを聞いているか尋ねてきた。

「はい。エヴァンを倒すために、右手を犠牲にしたと」

「いえ、クライド様の右手は失われてはおりません。当家にて大事に保護されています」

「……は？」

奇妙な言葉に、透俐は戸惑いの声を漏らした。

「保護って、どういう意味です。それではまるで」

「クライド様の右手は、まだ生きているのです。肌は瑞々《みずみず》しく、血も通っている」

「……！」

「エヴァンの呪いです。クライド様から右手を切り離し、右手が腐るまでの四カ月間、己の無力と絶望を味わわせる、エヴァンがこの世界からいなくなっても消えない恐ろしい呪い」

悪寒が走った。ただ右手を奪うだけでも残酷極まりないのに、クライドを苦しめるためだけにそんなことをするなんて！　だが、今はそんなことよりも。

「自身の手が目の前にあるのにどうすることもできない。どれほどお辛《つら》いことか。しかし、ご存じのとおり、クライド様は気高い方です。自分の手はもうないときっぱりと諦め、『こうなったことを後悔はしない。こうしなければ、エヴァンを退治することはできなかったのだから』と、胸を張って言い放ちました」

あの男なら間違いなくそう言うだろう。けれど……っ。

「誰もが強がりだと分かっていました。そして、そのようなクライド様のお姿を見て、一番心を痛めたのがダグラス様でした」

クライドがこんなことになったのは、クライドの制止も聞かずエヴァンに突っ込んだ自分のせいだ。そう思ったダグラスは、クライドの呪いを解く術《すべ》を探し求めた。

――必要なら、私の右手を使ってもいい。とにかく、クライドを救う方法を探せ！

その姿は、まさに『狂乱』と言っていいありさまだったと言う。

「そんな兄君のお姿に、クライド様のお心は傷ついていくばかりでした。そんな矢先、魔導師の呪いを解くには、神獣様の神力か、魔導師の魔法以外にないという話を聞いたダグラス様は、国王陛下不在時にもかかわらず、新しい守護神様を呼ぶべく儀式を行ったのです」

全身の血の気が引く。もしそれが事実だというのなら、自分がこの世界に呼ばれたのは。

「つまり、クライド様を救うために、あなたはこの世界に呼び出されたのです。だが、あなたにはクライド様を救うための、神力も魔力もなかった」

胸に、鋭利な刃物を突き立てられたような激痛が走った。

この世界に召喚された直後のことが脳裏に蘇《よみがえ》る。透俐に神力も魔力もなかったと分かった時の、彼らの怒りよう。あれは単純に、役立たずの守護神が来たという落胆や、エヴァンの仲間なのだという勘違いによるものだと思っていた。でも、本当は――。

「実を言いますと、あなたをエヴァンの仲間だと糾弾した者の中には薄々、あなたが潔白であることを承知している者もいましたが、あなたをエヴァンの仲間と断じた。そうすれば、あなたを即刻亡き者にして、新しい守護神様を呼べる」

あの段階で、クライドの右手の寿命は二カ月と少し。だが、透俐を元の世界に戻すための儀式を整えるためには三カ月もかかる。

だったら、透俐に無実の罪を着せてでも亡き者にして、新しい守護神を呼ぶべきだと。

「本来、バークレイ家中の者は皆、真《ま》っ直《す》ぐで諸悪を憎む正義漢です。しかし、クライド様を救いたいという一念が、そんなことを思わせてしまった。ダグラス様もそうです。本来なら、そのような非道を憎む方なのに、彼らの言葉に流されかけてしまいました。それが、クライド様には耐え難い苦痛でした」

ダグラスのことを語るクライドを思い返す。

筋金入りの筋肉教だの何だの悪口を言っていたが、それでも、曲がったことは嫌いな真っ直ぐな性根を愛し、透俐の歩き方を「誰かのために頑張った人の歩き方」と称した感性を尊く思っていた。そんな兄が、弟のためだと悪行に手を染めようとしている。

どれほど辛かっただろう。と、身につまされていると、

「トーリさん。クライド様は、あなたが憐《あわ》れでならないともおっしゃっておられました」

続けて言われた言葉に、息が止まった。

「『僕のせいで、トーリ君は無理矢理この世界に連れて来られ、酷い目に遭わされて殺されかけた。トーリ君は何も悪くないのに、僕のせいで可哀想に。見るのも辛い』と」

――透俐は、私のせいでこんなに不幸になって。可哀想に……可哀想にっ。

ここ最近忘れていた母の泣き声が、耳鳴りのように頭の中で響き渡り、動揺がじわじわと

広がっていく。

（クライドが俺に良くしてくれたのは、俺が自分のせいで不幸になったと思ったから？……違う。クライドは母さんとは違う。違う違う……！）

込み上げてくる疑念を振り払うように、胸の内で必死に言い聞かせる。しかし。

「自身の右手のために、ダグラス様が無実のあなたを手にかけるなど、高潔なクライド様には耐えられない。分かってはいるのです。でも、幼少の頃より血の滲《にじ》むような修練を積まれ、念願の画家になったことを知っているダグラス様としましては、どうしても諦めきれず、クライド様と壮絶な喧嘩別れをした後も、このように手を尽くした次第で」

「……え」

耳に届いたその言葉に、間の抜けた声が漏れた。

「今、なんて」

「え？　ですから、画家になる夢を叶《かな》えられたばかりのクライド様が、利き手である右手を失うのは、あまりにもお労《いたわ》しいと……」

「嘘だ！」

今度は声に出して、叫んでいた。

「そんなはずない！　クライドは小説家です。昨日だって、新作のアイデアが浮かんだから、カーボン紙を買いたいって、執筆で忙しくなるって」

まくし立てていた透俐は息を詰めた。セドリックがこれ以上ないほど苦しげに、表情を歪《ゆが》ませたからだ。

「あの方は、そんな嘘まで吐いていたのですか。一番辛いのはご自分だというのに、あなたのことを気遣って、そのような」

「そんな……嘘だ。違う、違うっ」

それさえも嘘だったら、ここで過ごした、クライドとの日々はどうなる？

「君となら最高傑作が書ける」と、フィールドワークに誘われたことも、二人でフィールドワークに繰り出した日々も、「楽しいね」と言って笑い合ったことも、何もかも、憐れな透俐を労わるための嘘だった？　では、昨夜のあのキスも――。

狼狽《ろうばい》するばかりの透俐に、セドリックは憐れみに満ちた視線を送っていたが、ふと何かに気がついたように顔を上げ、透俐の肩を叩いた。

「信じられないのでしたら、彼らに訊いてみたらいかがですか」

彼ら？　振り返ってみると、仲良く手を繋《つな》いでこちらに歩いてくる仔猫たちの姿が見えた。薪拾いから戻ってきたのか。

「会ったばかりの私の言葉では信じられなくても、二カ月近くともに過ごした子たちなら」

「そ、それは、そうですけど……っ」

言い淀《よど》む透俐の手を、セドリックは強く摑んできた。

「私は今日、村に宿を取ります。私の話を信じることができたら、訪ねてきてください」

「セドリックさん、その……」

「本当はあなたを強引に攫《さら》うこともできます。ですが、それでは閉ざされたクライド様の心はますます固くなる。それは避けたい。ですからどうぞ、クライド様のことを少しでも大切に想う気持ちがあるならば、何卒《なにとぞ》っ」

痛いほど強く透俐の手を握り締め、切実な声で懇願すると、セドリックは踵《きびす》を返し、森の中へ消えて行った。仔猫たちに姿を見られないためだろう。

一人になると、先ほどまでのことは全部夢だったのではないかと思えた。

それだけ、セドリックが語った内容は透俐にとっては信じがたく、辛過ぎるものだった。

正直に言えば、このまま夢として片づけてしまいたい。けれど。

「あ。トーリさん」

歩いていた仔猫たちが透俐の姿を認めるなり、ちょろちょろと駆け寄ってきた。

「トーリさん、ただいま帰りました」

「見てください。薪、こんなにいっぱい拾えました」

「ミア、テオ。訊きたいことがある」

努めていつもどおりの声を出したつもりだったが、思った以上に低い声が出た。

「クライド、本当は画家だったんだな」

あえて、断定した言い方をした。もし違うなら、首を傾げられておしまい。だが、事実だったら、素直な仔猫たちは慌てふためくはず。

頼む。「クライドは小説家じゃないか」と笑ってくれ！

心の底から願ったが、返って来たのは、

「え、え……どうして、そのこと知ってるんですか？」

一番聞きたくない答えだった。

眩暈《めまい》がしたが、ここで取り乱すわけにはいかない。

「それは……クライドから、聞いたんだ」

より詳しいことを訊き出したくて、そんな嘘を吐いてみた。しかし、お互いの顔を見合わせ固まってしまった仔猫たちを見ると、罪悪感が込み上げてきた。

嘘まで吐いて、何の罪もないこの子たちに辛い思いをさせて、何を考えているのか。と、唇を噛み締めた時だ。

「や、やったあ」

突如、仔猫たちは歓喜の声を上げ、持っていた薪を放り出して抱き合った。

きょとんとしていると、仔猫たちは透俐へと向き直り、飛びついてきた。

「やっぱり、トーリさんはクライドさまを救ってくださる守護神さまだったんですね」

「え……」

「クライドさまが言ってたんです。魔法が使えないトーリさんにこんなこと、言えるわけないだろうって」

「クライドさまがお話ししたってことは、トーリさんはクライドさまのおてて、治せるってことですよね」

無邪気に告げられたその言葉に、全身の血の気が引いたがはしゃいでいる二人は、顔面蒼白になる透俐には気づきもせず、興奮気味に話を続ける。

「嬉しいなあ。ぼくずっと、トーリさんに嘘つくの嫌だったんです。それから、クライドさまの絵のお話も、いっぱいしたかった。ぼく、クライドさまの絵、大好きなんです。トーリさんもきっと大好きになります」

「トーリさん！　クライドさまのおてて、きれいに治してあげてくださいね。クライドさま、本当にお絵かきするのが大好きなんです。だから、おててがなくなった時は、すごく落ち込んで、ぼくたち、本当に悲しくて……」

「あ……そのっ」

満面の笑みでせっついてくる仔猫たちに、透俐は必死に笑みを形作り、言葉を遮った。

これ以上、聞いていられなかった。

「そろそろ、洗濯物を取り込む時間じゃないのか？」

そう言ってやると、二人は「あっ」と声を上げて飛び跳ねた。

「そうだった。早くお片づけしないと、オズワルドさんに怒られちゃう」

「お片づけしてきます。終わったら、クライドさまの絵のお話、いっぱいしましょうね」

そう言って慌てて駆けていく二人に、透俐は笑顔で手を振って見送ったが、二人が家の中に消えると同時に、その場から逃げ出した。

無我夢中で走る。どこをどう走っているのかも分からないが、どうでもいい。仔猫たちから……クライドが戻ってくるあの家から少しでも離れられるなら、行き先はどこでもいい。

それでも、クライドとのこれまでの思い出が、怒濤《どとう》のように押し寄せてくる。

一緒に城を脱出したこと。売れっ子小説家だと自慢げに話してきたこと。透俐と一緒なら最高傑作を書けると笑ったこと。

それから、フィールドワークだと言って色んなところに連れて行かれ、昨日は「君のおかげで新作が思いついた」と言ってもらえて……。

つい先ほどまで、これまでの生涯で……いや、きっと死ぬまで、一番楽しく輝き続けるだろう大事な大事な思い出だった。それなのに……それなのにっ。

――私のせいであの子は不幸になった。可哀想に……可哀想に。

――トーリ君は何も悪くないのに、僕のせいで可哀想に。見るのも辛い。

クライドはずっと、透俐への罪悪感に責め苛《さいな》まれていた。良くしてくれたのも何もかも、罪滅ぼしのためで、透俐といても楽しいわけじゃなかった。フィールドワークも、あの笑顔も、「楽しいね」という言葉も、あの情熱的なキスも、全部嘘——っ。

何もかもが嫌だった。

クライドの嘘と犠牲によって形作られた、本物なんて何もなかった日々。

耳触りのいい優しい嘘を鵜呑《うの》みにして、自分はクライドの役に立てていると喜んで、挙げ句の果てには、したくもないキスまでさせてしまった馬鹿な自分。

罪悪感から右手を諦め、嘘まで吐いて透俐に気を遣い、キスにまで応えた馬鹿なクライド。

「楽しいね」と口ずさむあの笑顔の奥ではいつも、「僕のせいで可哀想に」と、透俐への罪悪感と憐れみで苦しんでいたのかと思うと吐き気がする。これでは、母と全く同じ……と、そこまで考えて、透俐は瞠目《どうもく》した。

(同じ……そうか)

つまり、自分はそういう人間なのだ。

辛いことに直面すると都合のいい思い込みに逃げ、大事な相手を傷つけ不幸にしていることにも気づかない。それどころか、相手の役に立てていると自負し、もっと役に立たせてくれとせっつく。相手は「可哀想な」自分を見ることさえ苦痛に思っているというのに。

母が死んだ時、その愚かさを痛感したというのに、また繰り返して。

そんな害悪でしかない人間、この世界に……いや、元の世界にだっていていいのか？

いてはいけない気がする。けれど、それではどこへ行けばいい？

その時、あるものを目の端に捉えた透俐は立ち止まった。

その視線の先には、茂みからひっそりと覗《のぞ》く小さな池があった。あの池、覚えがある。

——あの池には近づいたらいけないよ。一度嵌《は》まると出てこられなくなるし、ここは滅多に人が通らないから、誰も助けてはくれないよ。

前にここを通った時、クライドはそう言っていた。

透俐はしばらくその池を見つめていたが、ゆっくりと池に向かって歩き出した。

嘘しか言わないクライドが「行くな」と言ったから？　よく分からないが、足は勝手に動き続ける。

池のそばに立ち、覗き込んでみる。底は見えない。何でも飲み込んで、跡形もなく消してしまいそうな色を湛えるばかりだ。

あそこに、自分が行くべき場所があるだろうか。

魅入られるように一歩踏み出す。また一歩。もう一歩。そのうち池の縁《ふち》にまで来たが、それでも歩を踏み出そうとした時だ。

「……っ」

突如、誰かに腕を掴まれ、後ろに引っ張られた。思わぬことに体勢を崩し、尻餅《しりもち》を突く。

そこでようやく、透俐は我に返った。

自分は今、何をしようとしていた。まさか、池に身投げしようとしたのか？

そんなことをしたら、クライドを想うバークレイ家の人々の心を踏みにじることになるし、仔猫たちやオズワルドも傷つけることになる。

少し考えれば分かること。それなのに！　と、つらつら考えていたが、またぐいっと腕を引っ張られた先に、今一番逢いたくないスーツ姿の狼獣人がいるのを認めた途端、全身の血液がうねった。

どうして、ここにクライドがいる。

透俐がここにいることなど分かるわけないのに。

――僕には嘘も隠し事もできないよ。素直で真っ直ぐな君のことなら何でも分かる。

かつて、クライドは自信満々に言ったことがあったが、本当にそのとおりということか。

何でも分かるから、透俐がどこで何をしているかすぐ分かるし、どんな嘘を吐いてやれば、透俐が信じ、喜ぶかも分かると？　ひどい悪寒が走った。

「○▲×■＊▽！」

クライドが全身の毛を逆立て、牙《きば》を剥き出して怒鳴ってきた。だが、聞こえてくるのはメキアス語。どうやら、魔法石帽が脱げてしまったらしい。

メキアス語は多少習ったが、こんなに早口でまくし立てられたら分からない。だが、好都合だ。また体《てい》のいい嘘を吐かれ、騙《だま》されてはたまったものではない。

今度はどんな嘘を吐いているのか。黙って白けた視線を送るばかりの透俐に、クライドは余計に苛立ったようで、毛が逆立った尻尾《しっぽ》をぶるぶると震わせた。しかし、ふと息を呑《の》んだかと思うと、慌てたように懐《ふところ》を探り、何かを取り出した。

魔法石帽だ。どこかで拾ったのだろうか。だが、そんなこと、今はどうでもいい。

透俐の頭に帽子を被《かぶ》せようとするクライドの手を、容赦なく叩き落とした。

呆気《あっけ》に取られるクライドから帽子を奪い取って被ると、

「黙れっ。お前の嘘なんか、もう二度と聞きたくない！」

そう怒鳴りつけた。「嘘？」と、瞳を揺らすクライドを透俐はいよいよ睨みつける。

「もう知ってるんだ。お前の右手のことも、お前が本当は画家だってことも全部」

クライドの表情が目に見えて強張った。

やはり、セドリックの言ったことは全部本当だった。クライドが言ったことは全部全部嘘だった。そう思ったら、ますます頭に血が上って。

「楽しかったか？　お前の嘘に騙されて、お前の思い通りに動いて一喜一憂する俺を見るのは楽しかったのかって訊いてるんだ！　……なんだ、その顔。ああ、楽しいわけないよな。罪悪感と憐れみだけで、俺の世話焼いてたんだからっ」

「！　違うっ。僕は……っ」

反論しようとするクライドを突き飛ばす。

「煩い！　もうたくさんだっ。俺は同情なんか、嘘なんかいらない。嘘じゃなくて……お前の、お前の本当の笑顔がほしかった……っ」

そう叫んで、透俐ははっとした。自分で自分が何を言ったのか分からなかったのだ。

だが、驚愕《きょうがく》の表情でこちらを見つめてくるクライドに、どうしようもなく居たたまれなくなって、その場から逃げ出そうとしたが、

「駄目だっ」

クライドが背後から透俐の体を抱き竦める。透俐は全力で暴れて抵抗したが、クライドは決して離そうとしない。きつくきつく、けれど、壊れ物を扱うように優しく抱き締めてくる。

その感触とクライドの温もりに、透俐は泣きたくなった。

考えてみれば、クライドはただ、透俐を庇《かば》い、優しく接してくれただけ。酷いことは何一つしていない。

自分がクライドに怒る道理など何もない。それなのに、こんなにも腹が立ってやり切れないのは、クライドにとって自分は、本音を何一つ言えない、そばにいるだけで害悪な存在でしかないという事実を突きつけられ、どうしようもなく悲しかったから。

自分はそれだけ、この男を求めていた。この男の、価値ある存在になりたかった。

背中に感じるクライドの感触に沸き立ち、どんどん熱くなっていく自身の体に、余計にそのことを思い知らされて……ああ、なんと惨《みじ》めなのだろう。

今すぐ、消えてなくなりたい。切実にそう思った。

暴れるのをやめ、この世の全てを拒むように身を硬くして震えるばかりの透俐に、クライドは何も言ってこないし、何もしてこなかった。ただただ、重い沈黙だけが落ちる。

どのくらい、そうしていただろう。クライドが透俐から身を離した。

それと同時に、透俐のズボンのポケットから、透俐がいつも携帯している手帳と鉛筆を抜き取ってきた。そんなもの、何に使う気だと視線だけ上げてみると、右手の義手に鉛筆を握らせ、手帳に何やら書こうとしているクライドの姿が見えたものだから、透俐は弾かれたように顔を上げた。

「お前、何やって……あ」

鉛筆がクライドの手から零《こぼ》れ落ちる。当然だ。あの義手は飾り程度のもので、複雑な動きができるようには作られていない。字など書けるわけがない。

クライドが一番よく分かっているはずだ。それでも、親指と人差し指の間に挟み、文字を書こうとする。何度も何度も、狼の顔でもはっきりと分かるほど表情を強張らせて。

そのさまに、透俐は狼狽した。弱みや格好悪いところを人に見せることを極端に嫌うクライドが、透俐の前でこんなことをするなんて。

呆気に取られていると、悔しそうに舌打ちしたクライドが、今度は左手で鉛筆を握り、手帳に何やら書き始めた。

気になって覗き込み、目を瞠った。

クライドが、絵を描いている。線は歪《いびつ》でとても拙《つたな》く、まるで幼子が描いたような……当たり前だ。利き手ではない左手で描いているのだから。

（なんで、こんな……まさか、俺が「お前の言葉なんかもう聞きたくない」って言ったから……いや）

すぐに首を振る。にわかには信じられない。これまで画家だったことさえひた隠してきたクライドが、そんなことをしてまで透俐に伝えたいことなんてあるわけが……と、そこまで考えたところで、透俐は息を止めた。

歪な線で描かれ、浮かび上がってきたのは、二人の人物。

一人は犬の顔をした男の子。蝶ネクタイとベストを着て、左手は画板を持っている。もう一人は人間の男の子。犬の男の子の右手を握りしめている。

二人とも楽しそうに笑っていて、仲良く手を繫ぎ、どこかに向かって歩いている。

その描くも微笑《ほほえ》ましい絵を見た瞬間、体に強烈な電流が走った。

それと同時に視界が明滅し、様々な光景が脳裏に浮かぶ。

珍しい蝶やとんぼがたくさん飛んでいる花畑。色とりどりの魚が泳いでいる小川。暗闇で光るキノコが生えた洞窟。

それらの光景を描いた、可愛らしいタッチの絵。その絵には必ず、今目の前にある絵と同じく、手を繫いだ犬の男の子と人間の男の子の絵が添えられていて——。

（この絵……この絵は……っ）

思い出そうとした。けれど、それを遮るように別の記憶が割って入ってくる。

――「あの子」は、絵本を元に透俐の心が作り出した妄想……。

――そんな。絵本の世界に逃げ込むほど傷ついていたなんて。私のせいで……可哀想にっ。

「妄想」という言葉と母の泣き声が、けたたましく鳴り響く。思い出してはいけないと、激しく警告してくる。

いつもならその警告に従い、ここで考えるのをやめる。だが、今はやめることができない。

……そうだ。自分は「あの子」と色んなところへ手を繋いで出かけて、「あの子」はその時の出来事を絵に描いていた。

「あの子」は、とても絵が上手かった。だから、自分はその絵を見るたびに、こうやって……と、震える手で拍手をしてみた。

途端、体中のこげ茶の毛が、ぼんっと音を立てて逆立った。

ピコピコと小刻みに動く耳の中は真っ赤になって――。

そんなクライドと、「あの子」が綺麗に重なって……ああ。

（そんな……まさか……っ）

わなわなと震えるばかりの透俐に何かを察したらしいクライドは、いつの間にか再び地面に落ちていた魔法石帽を拾い上げ、遠慮がちに透俐の頭に被せてきた。

されるがままに帽子を被る透俐に息を吐き、クライドは口を開いた。

「僕が六歳の時だ。周囲に馴染《なじ》めず、独りぼっちだった僕を不憫《ふびん》に思った先生……仔猫たちの祖父が、僕に一つの魔法石をくれた。この石に願えば、素敵な友だちができると言ってね。だから、石に頼んだ。最高の友だちをくださいって。そしたら、君が現れた」

透俐の目を見つめたまま、クライドが静かに語る。いつもの芝居がかったすかした言い回しではなく、訥々《とつとつ》とした口調で。

「僕は戸惑った。姿かたちが違う。言葉も通じない。そんな子と友だちになれるのかって。でも、君は僕の絵を見て拍手してくれた。僕が差し出した手を何のためらいもなく握って、どこまでもついて来てくれた。崖でも洞窟でも。君はいつも笑顔で、可愛くて……っ」

「本当に、お前なのか?」

クライドの肩を摑んで、透俐は声を震わせた。

「俺の手を引いて、色んなところに連れて行ってくれて、絵が上手くて、いつも笑って尻尾振ってた……」

その問いに、クライドは深く頷き、透俐の手を握った。

「ああ、僕だ。君のこの手を握って、色んなところへ行って、心の底から笑い合って……それまでの僕の生涯で一番楽しいひと時だった。ある日突然、君が来なくなって、魔法石の効果も消えて、二度と逢えなくなってしまった後も」

「……！」

「だから、十三年ぶりだろうと僕には君が一目で分かって、どうしても助けたいと思った」

目を限界まで見開く。

どうしてクライドは一目見て、透俐がエヴァンの仲間ではないと分かった上に、一緒に逃げようと即座に決断したのか。透俐はそれを、クライドの類稀《たぐいまれ》なる洞察力と、クライドの中で定められた正義と、溢《あふ》れるばかりの慈愛の精神によるものだと片づけていた。

クライドが「あの子」で、ずっと透俐のことを忘れずにいてくれたからとは、夢にも思わなかった。でも。

「ど、うして……そのこと、黙って」

震える声で尋ねると、クライドの大きな耳がぺたんと下がった。

「最初は、城を脱出するのが先だと思って言わなかった。その後は、寝込んでいた時の君の寝言で、知ってしまったからだ。僕との思い出が、君を辛い目に遭わせたと」

「……っ」

「僕が、君を散々苦しめた『あの子』だよ。だなんて、どうして言える。でも、君にとって害悪な存在で居続けることがどうしても嫌で、だから……一緒にいられるこの三カ月間、楽しい思い出だけを詰め込もうと思った。今度こそ、君にとっていい存在になりたかった。だから、作家だの、フィールドワークだの、嘘を重ねて」

「そ、それ……やっぱり、罪悪感」

「そうじゃないっ」

再び眉が下がり始める透俐に、クライドが語勢を強める。

「確かに、悪いと思う気持ちもあった。でも、そんなもの、すぐにどうでもよくなった。だって、君といると楽しいんだ。あの頃みたいに……いや、君と会話して、一緒に暮らして、君に触れて、君のことを知れば知るほど、もっと好きになっていくばかりで」

「！　……ぁ」

クライドの左手が、頬を包み込むようにして触れてきた。射貫くように透俐の視線を捕らえ、はっきりと言った。

「僕は、君を愛している」

「……！」

「幸せになってほしいと心から思う。それには、君を無事に元の世界に戻すのが一番で、だから……これ以上想いを募らせて、君を離せなくなる前に、次回作が浮かんだなんて嘘を吐いて、距離を置こうともしたが」

思わずと言ったように抱き締められて、心臓が跳ねる。

「つくづく思い知った。僕はもう、君を離せない。君を失うなんて耐えられない」

「ク、ライド……」

「いつまでも、一緒にいたい。僕だけのものになってほしい。それが、僕の本当の気持ちだ」

抱き竦められ、狂おしげに囁かれたその言葉に眩暈がした。

思ってもいなかった事実に、いまだ実感が湧かずにいる。それでも、クライドの今の言葉と抱き締めてくる感触。そして、何より……先ほどクライドが一生懸命に描いてくれた拙い絵が、切ないほどに透俐への恋情を訴えてくる。

その想いが心の奥底まで沁《し》み込んだ時、涙とともに言いようのない感情が溢れ出てきた。

「トーリ君。今度は君の、本当の気持ちを聞かせてくれ。……お願いだ。僕も君と同じように、君の本当がほしい」

身を離し、顔を覗き込んできたクライドに、強請《ねだ》るように左手で頬を撫でられる。その甘やかな感触だけで、背筋に甘美な痺れが走り、透俐は掠く息を吐いた。

「……好き、だ」

血を吐くような声だった。

「お前といると楽しいし、お前が笑うと嬉しい。お前に誘われたら、明日が来るのが楽しみでしかたなくて……帰りたくない。もっと……いや、ずっとずっと、お前と一緒にいたい……うぐっ？」

一生懸命正直な気持ちを口にしていたら突然、唇に鼻先を押しつけられて面食らった。

「あ……すまない。そういえば、この格好だった」

「ク、ライド……あの……んんぅ」

獣人型からヒト型に変化したクライドは、再度透俐に口づけてきた。透俐は驚いたが、すぐに唇を開いて、口づけを受け入れるとともに、クライドに手を伸ばした。

多分、クライドとこんなことができるのは、これが最初で最後。

ずっとずっと一緒にいたい。それが本音だったとしても、叶えられない願いだということは、自分もクライドもよく分かっている。

クライドの右手のため、この国のため、透俐は元の世界に帰らなくてはならない。

もう儀式の準備はできていると言っていたから、もしかしたら今日中にでも。

そう思ったから、クライドはこんな非常識で、らしくないことをしてくる。

だったら、今は自分の気持ちに正直でいたい。クライドの気持ち全てを受け取りたい。今この瞬間だけでも、クライドを……自分だけのものにしたい。

そんな焦燥に駆られてのことだった。ここが外であることも、色気の欠片もない容姿であることも、クライドと別れなければならない現実も、全部全部振り切って。

そう、思ったのだけれど。

「ぁ、んんっ……クラ、イ……ふ、ぁ……ぅ、んん」

クライドの熱い舌が、口内で無遠慮に暴れ回る。未知の刺激に縮こまるばかりの透俐の舌を、逃がさないとばかりに搦め捕り、甘く嚙んで、強く吸い上げる。

それと同時に、左手は貪欲に透俐の痩身を這《は》い回る。透俐のシャツをたくし上げ、暴いた肌に触れると、より大胆に、いやらしくなり、舐《な》めるようにまさぐってくる。

クライドの舌や左手が動くたび、透俐の内部には目の眩《くら》むような痺れが駆け巡り、脳髄を焼く。

やはり、クライドとのキスや触れ合いは、どんなに激しくても甘美で気持ちいい。

けれど、それだけではなかった。

「んっ……あ？　ク、ライド？　右手、震えてる。この体勢、辛いんだったら変えたほうが」

組み敷いた透俐に覆い被さり、地面に突いていたクライドの右手が、かちゃかちゃと音を立てて震えているのが見えたので、透俐がそう訊くと、クライドは眉間に皺《しわ》を寄せた。

「気にしなくていい。これはただ、押さえつけているだけだ。気を抜くと、君に触ろうとする不埒《ふらち》な奴だから」

「ふ、不埒？　別に、いいぞ？　触っても。義手でも、俺は構わない」

「僕は構う。どうして、僕じゃない奴に君を触らせなきゃならない！」

怒ったように言い返してくるクライドに、透俐はきょとんとした。

そういえばこれまで、クライドの義手に触られたことも、触ったこともない。それは、透俐が右膝に触られたくないと思う気持ちと同じものだと思っていた。

まさか、義手に透俐を触らせたくないからだったとは。

「あ……は、はは。なんだ、それ。義手はお前の一部なのに……ぁっ」

笑っていたら、咎《とが》めるように乳首を抓《つね》られた。

「君はまだ、僕がどれだけ君を愛しているか、全然分かっていないんだね。憎らしい」

拗《す》ねた声で告げられたその言葉に、透俐の胸はぎゅっと詰まった。

そして、いまだかつてないほど忙《せわ》しなく動く、ふさふさの尻尾と、真っ赤になった耳を見て、十三年前のクライドとの思い出が、鮮やかに蘇ってきた。

いつも透俐より先に待ち合わせ場所に来ていて、そわそわと尻尾を振りながら待っていた小さな後ろ姿。当然のように差し伸べてくる、ピンクの肉球が可愛い小さな獣の手。透俐に気持ちを伝えてこようと、一生懸命絵を描く姿。

次から次へと思い出していく。そのどれもが、透俐が好きだという気持ちで溢れていた。

その姿が今目の前にいるクライドと綺麗に重なって、こう訴えてくる。

君のことがずっと好きだった。今はもっともっと好きだと。

この男はずっと、自分を想ってくれていた。自分は、独りじゃなかった。

そう思ったら、快感で打ち震える体よりも心が熱くなり、自分もこの男がたまらなく好きなのだと思い知る。だから……少し考えて、透俐はクライドを制し、上体を起こした。

「ちょ、ちょっと、待ってくれ。今……脱ぐ、から」

上擦《うわず》った声で言うと、クライドの目がこれ以上ないほどに見開かれた。まじまじと見つめてくるクライドから逃げるように目を逸《そ》らすと、透俐は自ら服を脱ぎ始めた。

右手も使って、もっとたくさん透俐に触れたいと思っているクライド。それなのに左手だけしか使えず、歯がゆい思いをしているに違いない。

だったら、自分ができることをしてクライドの願いを叶えたい。もっと触れたいと想ってくれるクライドと、もっと深く繋がりたい。そう思った。

とはいえ、肌に突き刺さる、クライドの視線に体中が羞恥《しゅうち》で燃えるように熱くなり、ボタンを外す指先は震えて、上手く外すことができなかった。

上を全部脱いで、ズボンと一緒にパンツを脱ぐなり、勃起した自身が勢いよく飛び出してきた時は、死ぬほど恥ずかしかった。それでも、ここでやめるわけにはいかない。

「じゃ、じゃあ、今度は……お前を、脱がせるから」

そう言って、今度はクライドの服に手をかける。

自分が脱ぐ時も恥ずかしかったが、クライドを脱がせる行為はそれ以上に羞恥を煽《あお》った。人気《ひとけ》がないとはいえ屋外……しかも全裸で跨《また》がり、クライドの服を脱がせるという異常で倒錯的な状況。

きっちりと着込まれたスーツの中から露わになっていく、彫刻のようにしなやかで美しい、白く滑《なめ》らかな肌が放つ壮絶な色香。

それらに当てられたのか、心臓は異様なほどに高鳴り、濁流のように荒れ狂う血液は下肢に集中し、張り詰めた自身はますます大きくなり、だらだらとだらしなく蜜を垂れ流す。

自分がとんでもない変態に思えて、神経が焼き切れそうだった。

けれど、そんな自分をクライドは愛《いと》おしげに抱き寄せ、自身の肌を擦《こす》りつけてきて、

「ああ、トーリ。僕の可愛い、愛しいトーリ」

熱烈に囁いてくるので、透俐は目を見開いた。

「こんな、恥ずかしい俺でも……そう、想ってくれるのか？」

「何を言うんだい。僕のために、こんなに頑張ってくれるなんて思わなかった。君のことは、どんどん好きになるばかりだよ」

そんな言葉とともに嬉しそうに口づけられる。そんなものだから、透俐はきつく、クライドにしがみついた。

自分の気持ちを分かってくれたこと。クライドのためにしたことを喜んでくれたこと。何もかもが嬉しかった。

「クライド……クライドッ。ありが、とう。好きだ……お前のこと、すごく好き……んぅっ」

顎を取られて口づけられる。

そこからは、二人とも言葉を捨てた。

生まれたままの姿で抱き合い、舐め合い、互いの肌を擦りつけ合って、お互いの感触を確かめ合ったのだが、いつの間にか——。

「ぁ、あっ……クラ…イド。そ、こ……だ…め……ゃ…あぁっ」

クライドに、一方的に体を貪られていた。

普段、狼の獣人でありながら紳士然としていて、野生の欠片一つ感じられないクライド。しかし、今は別人だ。透俐の体を貪欲《どんよく》に撫で回し、むしゃぶりつくさまは、獰猛な獣そのもの。

喰《く》われる。本能がそう感じ取り、悪寒が走った。

でも、その本能的な恐怖さえ、今の透俐には悦楽でしかなかった。

喰われてもいい……いや。いっそ、喰らってほしい。

頭のてっぺんから爪《つめ》の先まで、全部残さず味わい、喰らい尽くしてほしい。

そうすれば、ここで終わりにできる。クライドと離れて独りで生きていく未来など歩まずに、クライドにこの上なく愛されているこの瞬間を永遠にしてしまえる。ずっと一緒にいられる。なんと素敵で、幸福なことだろう。

……なんて、思ってはいけないことを本気で思って、クライドの肌を涙で濡らした。

次に気がついた時、晴れ渡った夕暮れが視界いっぱいに広がった。

雲一つない赤く燃える空がひどく綺麗に見えて、一瞬あの世なのかと思ったが、

「気がついたかい？」

視界が翳り、クライドの顔が入り込んできた。

あたりを見回してみると、あの池のほとりで、クライドに膝枕されていた。

二人ともきちんと服を着ていて、クライドのジャケットは透俐の胸にかけてある。

（……クライド。俺を、食べなかったんだ）

とりとめもなくそんなことを考えていると、頬に左手を添えられた。

「大丈夫かい？　すまなかったね。気を失うまで、無理をさせて」

その言葉と頬を撫でてくる所作で先ほどのことが思い出されて、顔が一気に熱くなった。

「い、いいよ。俺もしたかったんだから。それより」

透俐ははっとした。クライドが見覚えのあるスケッチブックを手に持っていたから。

「それ、まさか、母さんが描いた……」

起き上がって指差すと、クライドは少しばつが悪そうに耳をパタパタさせた。

「兄さんから預かったんだ。君を召喚した広間に落ちていたと。それで……すまないが、中身を見せてもらった。確認してほしいと言われたのでね」

「それは……うん。謝らなくていい。ただ」

言い淀む透俐に、クライドはスケッチブックを差し出してきた。

震える手で受け取り、開かれたページを見た。

包帯をぐるぐる巻きにされて、ベッドに横たわる男の子の絵。それには、こんな文章が添えられていた。

『すてきなともだちができて、毎日がたのしかった男の子は、お母さんのせいでじこにあいました。ひどいけがで、おいしゃさんからはもう走れないだろうと言われてしまいました。お母さんは声を上げて泣きました。「ごめんなさい」となんどもなんども、あやまりました。そんなお母さんに、男の子は笑って言いました。「大丈夫だよ、お母さん。ぼくにはあの子がいるからね」』

「……あ」

声が漏れる。思い出したのだ。

事故に遭い、もう以前のように走ることはできないと言われたあの時、とても辛かったし、悲しかったが、怖くはなかった。だって。

『「あの子はね。ぼくが走れなくなっても、ぼくをきらいになったりしない。きっと、今までのように笑ってぼくと手をつないで、いっしょにあそんでくれる。だから大丈夫だよ」そう言って、男の子はむねをはりました』

……そうだ。クライドなら、こんな足になった自分でも嫌いになったりしない。今までのように笑って自分を出迎えてくれて、一緒に遊んでくれる。

「お前はよそ者だから」「ひとり親だから」と遊んでくれない近所の子たちとは違う。

父が死んで以来、自分を見るたびに「可哀想に可哀想に」と嘆く母とも違う。

だから大丈夫。何も怖くない。ただただ、早く会いたい。そう思った。

でもその後、クライドとは二度と逢えなかった。その上、母はクライドのことを話すたび、

「自分のせいで透俐は可笑しくなった」と泣き続ける。

だから、自分は母の望みどおり、自分は絵本の登場人物を実在する親友だと思い込んでいたのだと認めた。

母は泣き止《や》んで、「透俐が正気に戻った」と喜んでくれた。でも。

「実はね。この絵本、続きがあるみたいなんだ」

「……続き？　けど、もう何も」

「見てごらん。ページを破り取られた跡がある。それに、この白紙のページ。よく見ると、何やら無数の跡が見える」

クライドは透俐が手帳に挟んでいた鉛筆をまた取り出し、紙面を塗りたくった。

みるみる文字が浮かび上がってきた。おそらく、母が破り取ったページに書かれていた文字。

『きっと、これが一番、あなたに捨てさせちゃいけなかったもの』

その言葉に、より一層鮮やかに、当時の記憶が蘇る。

クライドは自分が絵本を元に作り出した妄想だと認めたあの日、透俐は絶望した。

自分は辛いことがあったら妄想に逃げ込む、弱くて駄目な人間だと認めたから？　そうで

はない。

クライドが絵本の登場人物だったということは、クライドが自分に向けてくれていると思っていた笑顔も、友愛も何もかも、自分ではない誰かに向けられたものだったことになる。

本当のクライドは透俐ではない誰かが大好きで、透俐のことなど知りもしない。

クライドに愛情を注がれた自分などいない。それはつまり、透俐自身も愛していた「自分」の喪失でもあった。

後に残ったのは……母が思う、ただただ憐れで可哀想な子どもと、周囲が言う貧乏人で役立たずの厄介者だけ。

そんな自分が、透俐は大嫌いになった。だから、大事にしようとは思えなかったし、皆からひどいことを言われたりされたりしても、「こんな駄目な奴、そういう扱いを受けて当然だ」としか思えず、されるがままだった。

けれど今、こうしてクライドと再会できた。ちゃんと透俐のことが好きで、逢えなくなってもずっと好きでいてくれた。

そして、今はもっともっと好きだと、信じさせてくれた。だったら、自分は。

『どうかどうか、透俐があの子と再会できますように。そしてもし、もう一度会えたなら、今度こそ、その手を離さないで。自分を、取り戻して』

自分は……。

「ありがとう。ここまで、僕のことを想っていてくれて。それに、すまない。あの時、突然逢いに来なくなった君を、僕は悪く思った。ひどいだの、薄情だの、君がこんなに想ってくれていたのに、僕は……っ」

居ても立っても居られず、透俐はクライドに抱きついた。

「ごめん」

「……トーリ君？」

「もう、お前のこと切り捨てたりしない。誰に何を言われても、この先一生逢えなくて、苦しくても寂しくても、絶対。……好き。好きだ、クライド」

噛み締めるようにその言葉を繰り返していると、きつく抱き締められた。

「ありがとう。僕もずっと、君だけが好きだよ」

掠れた声で囁かれて、鼻の奥がつんと痛んだ。

幸せだ。死ぬほど切ないが、それでも……クライドにそう言ってもらえて、自分はこの上なく幸せだ。でも。

「ありがとう。それで……あの、一つ訊きたいんだけど、俺たち、最後までしたのか？」

おずおずと尋ねる。

先ほどの行為はクライドとできる最初で最後のものだから、痛くても最後までしたかった。

しかし、クライドの手で一回、口で一回、素股で一回されたところまでは覚えているが、その先はあやふやだ。

「最後まで？　いや？　するわけがない」

「そうか……は？　する、わけがない？」

目をぱちくりさせる透俐に、クライドは深く頷いた。

「そうさ。何の訓練もなく、利き手ではない左手だけで、君の繊細な内部をほぐして挿入するなんて無謀なこと、できるわけがない。君が怪我《けが》をしたら大変……なんだい、その顔は」

「いや、気遣ってくれるのは嬉しいけど、意外だなと思って」

クライドはこの国の第二王子で、美男子で、社交的で、優しくて、これまでさぞかしモテたことだろう。それに、キスも愛撫《あいぶ》も上手いから、経験も豊富なはず。だったら、利き手ではない左手だけでも何の問題もないのでは？　と、思った時だ。

「僕は君以外と、性行為などしたことはないよ」

「そうなのか？　それは本当に意外……はあっ？」

真顔で告げられた言葉に、透俐は仰天した。

「お前童貞なのかっ？　初対面の女に平気でキスできるような奴なのに？」

詰め寄ると、クライドは不快げに眉を寄せて、こう訊いてきた。

「君、二人で雨宿りをした時のことを覚えているかい？」

覚えている。突然雨が降ってきて、慌てて近くの木の下に逃げ込んだ。寒かったから二人で寄り添って、それから――。

「君があまりにも可愛すぎて、ついキスしてしまった僕に、君は微笑んでキスしてくれた」

確かにした。犬が口を舐めるのは「好きだよ」という証《あかし》だと知っていたから、自分も大好きだよと伝えたくて、口を舐め返したのだ。

「あのキスをされた瞬間だよ。僕の中の全部が変わったんだ。世界は君を中心に回り始めて、君以外目に入らなくなって。まさに魔法にかけられたようで……はは」

クライドは喉の奥で笑った。

「そう考えると、兄さんが言ったとおり、僕はすでに、君に恐ろしい魔法をかけられていたわけだ。決して解けない、キスの魔法をね。はは」

悪い魔法使いさん。と、こめかみに口づけてくるクライドに、透俐は口をパクパクさせた。

元々、恥ずかしい台詞《せりふ》を平気で口にする男だと思っていたが、透俐のことが好きだという本音を晒《さら》したせいか、いよいよすごくなった気がする。

心臓が痛くてしかたない。でも、心地よい痛みだと、高鳴り過ぎて痛い胸を摩《さす》っていると、

「とにかく、上手いやり方を考えないとね。まあ、時間はたっぷりあるし、気長にやろうよ」

続けられたその言葉に、透俐は胸を摩っていた手を止め、まじまじとクライドを見た。

「時間が、たっぷり……?」

訊き返すと、クライドはにっこりと微笑《わら》った。

「君は元の世界には戻らず、僕たちとずっと一緒に暮らすんだから、間違っていないよ」

平然とそう返されて、透俐は瞳を揺らした。

「ずっと、一緒にって……でも、俺がここにいる限り、新しい守護神を呼べないだろう？　お前の右手はそのままだし、この国の人たちも困って」

「なら、僕がこの国の守護神様になろう」

「……。……は？」

最高に間の抜けた声が出た。

「僕が守護神並みの活躍をして、ついでに、左手でこれまで以上の名画を描けるようになれば何の問題もない。そうだろう？」

「は？　いや、そうだけど、そんなこと、できるのか」

「できるのか？　じゃない。やる」

きっぱりと言い切り、呆気に取られている透俐に、得意げに口角をつり上げた。

「トーリ君。僕は今、最高に浮かれているんだよ。君にまた、キスしてもらえて……君という人を手に入れたことができた僕なら、何でもやれる。守護神様になるくらい訳ないって程にね」

「……っ」

「この僕にそこまで想わせる。それだけ、君はすごくて、いい男だよ」

そう言って、透俐の肩を摑む。そんなクライドを、透俐は呆然と見つめていたが、しばらくして噴き出した。

「お前って奴は。浮かれるにしても限度ってものがあるだろう。ははは」

「ははは。どうだい？　ますます好きになってくれたかい？」

「うん？　……そうだな。確かに、惚《ほ》れ直した。でも」

「でも？」

「それ以上に、お前ほどいい男にそこまで言わせた俺に惚れ直した」

本心だった。自分はこれほどまでにクライドに想われている。そう思うだけで、心は浮き立ち、かつてないほど自信が湧き起こってくる。

だから……と、透俐は笑いながら、目を見開くクライドの左手を握った。

「お前のことだ。そこまで言うってことは、立派な守護神になれる勝算があってのことなんだろう？　なら、手伝わせてくれ。お前とずっと一緒にいられるように、なりふり構わず頑張るから」

そうだ。すこぶる頭がよく、祖国のためなら大事な右手も差し出す愛国心溢れるこの男が、家族や国民への迷惑も顧みず、透俐をこの世界に留《とど》まらせると言い出すわけがない。

何か考えがあるのだ。凡人の自分では到底思いつけない、奇想天外で素晴らしい考えが。

ならば、全力で手伝いたい。世界中の獣人たちからできっこないと言われても、クライドができると信じているのなら、自分も信じてともに生きたい。

そんな透俐に、クライドは目をますます見開く。だが、すぐに何とも言えぬ苦笑いを浮かべた。

「君、だんだん僕の腹の中が読めるようになってきたね。嬉しいような、困るような……まあいい。とにかく、ありがとう。では早速、一つお願いしてもいいだろうか？」

そう言ってくれたものだから、透俐は目を輝かせた。

「ありがとう！　何するんだ？」

勢いよくせっつくと、クライドはこちらに顔を近づけてきた。

「君が、僕が画家だと知った経緯《いきさつ》を知りたい。仔猫たちには僕から聞いたと言ったそうだが」

「あ、ああ。そのことか」

少し考えて、透俐はセドリックのことを包み隠さず話すことにした。

クライドと一緒にいたいとは思うが、ダグラスをはじめとするバークレイ家の人々がどれだけクライドのことを案じているかは知っていてほしい。

「実は、セドリック・ルーカスっていう人が訪ねてきたんだ。お前、知ってるかな……」

「セドリッ クッ？」

クライドが声を上げるものだから、肩が跳ねた。その肩をクライドが摑み、詰め寄ってきた。顔はいやに強張っている。

「その男はセドリック・ルーカスと名乗ったのか？　本当に？」

「っ……ああ。そう、だけど、それが」

「容姿を、詳しく聞かせてくれないか。右目は切り傷で潰れていたかい」

矢継《やつ》ぎ早に尋ねられる。一体どうしたのか。疑問に思いつつも、透俐はセドリックの容姿は勿論《もちろん》、聞いた話をできるだけ詳しく話して聞かせた。

クライドはその話を黙って聞いていたが、話し終わる頃には、顔面は紙のように白くなっていて、左手で拳《こぶし》を作り、額《ひたい》に押し付け、歯を食いしばっていた。

「そうか。そういう、ことだったのかっ」

「クライド？　本当にどうした……あ」

「家に戻ろう」

獣人型に変じて立ち上がり、大股で歩き出したクライドを、透俐は慌てて追いかけた。

「なんで家に戻る？　セドリックさんに会いに行かないと……」

「ではまず、セドリック氏が君に話した内容の正否を整理しよう」

振り返りもせず、クライドは透俐の言葉を遮って話し始める。

「僕と兄さんが仲違《なかたが》いした件、僕が本当は画家だった件。これは本当だが、僕の右手の件、兄さんが君が元の世界に戻るための儀式を整えた件については真っ赤な嘘だ」

「！　じゃあ、お前の右手は」

「エヴァンが僕の目の前で切り刻んだよ。だから、腐るも何もない」

言い切られたその言葉に、透俐は唇を震わせた。

右手がまだ生きた状態でいるなら、必ず元の状態に戻してみせる！　と、思っていたのに、やっぱり手遅れだった。ということもあるが、

「なんで、そんなひどい嘘を吐くんだっ。なんで」

憤《いきどお》りで拳を震わせる透俐には答えず、クライドは先を続ける。

「そして、セドリック氏が伏せていたこと。確かに、セドリック・ルーカスは当家に長年仕えてくれた騎士団員だが、彼はエヴァン討伐時に戦死している」

そろりと付け加えられた事実に悪寒が走った。戦死している？　では、セドリックと名乗ったあの獣人はどこの誰で、何をしに透俐を訪ねてきた？

「とにかく急ごう。賊は君が外で薪割りをしていた間に我が家に忍び込み、何かしていた可能性が高い。それを見れば、僕の推理が正しいかどうか分かるはずだ。ただ、今回ばかりは外れることを切に願う」

最後の言葉は、ほとんど祈るような口調だった。

家に戻ると、庭先で忙しなく歩き回っていたオズワルドが、透俐たちの姿を見るなり駆け

寄ってきた。

「トーリ様、ご無事でございましたか。申し訳ありません。私のせいでこのようなことに」

「そんな、俺のほうこそすみません。勝手にいなくなったりして」

「オズワルド。我が家に賊が入った可能性がある」

謝り合う二人の間に割って入ったクライドが早口に言うと、オズワルドの髭《ひげ》が立った。

「仔猫たちはどこにいる？　室内にいるならすぐに連れ出し、ここで待機してくれ。僕はこれから室内を調べる」

「承知いたしました」

オズワルドが駆け出していく。それを見届けると、クライドは透俐へと目を転じてきた。

「トーリ君、君はここで待機しておいてくれ」

「！　どうしてだ。二人で探したほうが」

「捜索は鼻を使う。そうなるとフェロモンがまだ色濃く漂う君がそばにいるとちょっとね」

「……っ」

「ということで申し訳ないが、ここで待っていてくれ」

顔を真っ赤にして口をぱくぱくさせることしかできない透俐の肩を叩いて、クライドが家の中に入っていく。その後ろ姿を、透俐は為す術なく見送った。あんなことを言われたら、追いかけたくても追いかけられない。

（くそ。二人で頑張ろうって言ったそばからこれ……いや！）

腐っている場合か。捜索が手伝えないなら、別のことをしていればいい。

とりあえず、偽セドリックについて分かっていることを手帳にメモしてみよう。書き連ねていけば何か分かるかもしれない。と、ズボンのポケットから手帳を取り出し、覚えていることを書き出していると、「トーリさあん」という愛らしい呼び声が聞こえてきた。

顔を上げてみると、こちらに駆けてくるミアとテオが見えた。

「ミア、テオ。ごめん。何も言わずに飛び出したりして」

「そんなことより！　トーリさん、これ、見てください」

ミアが抱えていた分厚い書物を差し出してきた。「これは？」と尋ねつつ受け取ると、オズワルドが買ってきた荷物の中にあったものだという返事。

オズワルドは今日、バークレイの城下町へ情報収集に行くと言っていたが、その時偶然に見つけたのだろうか何の気なしにページを開く。透俐は息を呑んだ。

開いたページに、「和国魔法　俳句編」と、明朝体で印字されている。

「魔法……しかも、俳句って」

呟《つぶや》くと、仔猫たちは目を輝かせた。

「や、やっぱり！　というか、魔法書、本当にあったんだ」

「な、なんて書いてあるんですか？」

いよいよ鼻息を荒くしてせっついてくるので、透俐はページをぱらぱらめくった。

「えっと、そうだな。例えば『雷魔法。強力。標的を見据えて唱えるべし』……あ。嘘だろ。呪文が本当に俳句になってる」

「雷魔法！　すごい！」

「トーリさん、唱えてみてください」

「俺が？　……うん」

言い淀む。なにせ、自分には魔法を使うための魔力がない。魔力があるか測定できる魔法石が反応しなかったのだから間違いない。とはいえ、ものは試しだ。かなり恥ずかしいが。

一応、そのあたりに生えている木を見定めて唱えてみた。

「え、えっと、か……『雷に　小屋は焼かれて　瓜《うり》の花』！」

だが、透俐の掛け声が虚《むな》しくかき消えていくばかりで何も起こらない。

しんとした静寂に、強烈な羞恥心が襲ってきて眩暈がした。

唯一《ゆいいつ》の救いは、仔猫たちが白けず、「あれ。どうして？」と本気で首を傾げていることだろう。とはいえ、羞恥心と同じくらい、がっかりもしていた。

もし万が一、何かの間違いで魔法が使えたら、どれだけよかったろう。

魔法が使えたら、この世界に留まることを皆に許してもらえるだろうし、クライドの右手も治してやれたかもしれなくて……と、唇を噛んでいると、

「うーん……あ。そうだ。トーリさん。今度はそのお帽子を取って唱えてみてください」

ミアがそう提案してきた。

「そのお帽子を被っている間は、トーリさんはメキアス語を話しています。だから、お帽子を取って、トーリさんの世界の言葉で呪文を唱えれば、もしかしたら」

確かに一理ある。またあの恥ずかしい思いをするのかと思うと気が萎《な》えかけたが、こうなったら試せるだけ試してやる。

透俐は魔法石帽を脱ぎ、木に視線を定めて、再び呪文を口にした。

「『雷に　小屋は焼かれて　瓜の花』……っ」

唱えた瞬間、透俐は飛び上がった。

突如、あたりを真っ白に塗り潰すほどの閃光《せんこう》と、地鳴りがするほどの爆音とともに、特大の雷が目の前の木に落ちた。

落雷した木は、高さ数メートルはある高木であったにもかかわらず、一瞬にして消し炭となり、木が生えていた地面は深く抉れている。

（まさか……これ、俺がやったのか？）

信じられなかった。だから、もっと近づいてそのさまを見ようとしたのだが、足を踏み出そうとした途端、体がぐらりと揺れ、視界が翳った。

「○▲×＊□！」

テオの叫び声が聞こえた気がした。しかし、それはどんどん遠のいて、最後には何も聞こえず、何も見えなくなってしまった。

次に目を覚ました時、こちらを覗き込むクライドの顔が間近にあったものだから、透俐は面食らった。

「クライド？　どうかした……っ」

起き上がろうとすると、腕を強く引かれて抱き竦められる。それと同時に、足のあたりにも何かが飛びついてきた。

涙で顔がぐちゃぐちゃに濡れた仔猫たちだ。さらによく見ると、胸を撫で下ろしているオズワルドの姿もある。

「○×◆▲＊□！」

皆で何やらしきりに叫ぶ。だが、魔法石帽を被っていないため、何を言っているのか分からない。

「クライド、落ち着け。ほら、帽子」

何とかクライドの腕を逃れ、頭を指差してみせると、クライドは我に返ったように尻尾をぴんっと立て、慌ててベッドサイドテーブルの上に置かれていた魔法石帽を手に取り、透俐の頭に被せてきた。

「君って人は！　どれだけ僕を心配させたら気が済むんだっ」

盛大に怒鳴られたので、透俐は思い切り首を捻《ひね》った。

「は？　心配って」

「君は、この二日間昏睡状態だったんだ。医者に診せたら、もう二度と起きないかもしれないとまで言われて」

「はあっ？　なんでそんなことになった……」

「えっぐ……ぼ、ぼくたちが、悪いんですぅ」

驚愕する透俐に、仔猫たちがしゃくり上げながら答える。

「ぼくたちが何にも考えないで、魔法が見たいってせがんだから、トーリさんがこんなことに……わあああ」

「それって、魔法を使ったせいでこんなことになったってことか？　まさか」

「それは、この魔法の用法をきちんと熟読しての発言かい？」

「え？　いや、その……っ」

「では今、確認したまえ」

目を三角にしたクライドに魔法書を突き出される。

渋々受け取って冒頭を何ページか走り読んでみると、

『この本に書かれている魔法は、術者に魔力がない場合、術者の体力を代用して発動してくれる仕様になっているので、魔力に乏《とぼ》しい駆け出し魔法使いでも大魔法が使えちゃいます！　ただし、魔力と体力以上の魔法量を使うと死んでしまうので、自分の魔力、体力を足した全体数値をきちんと確認の上ご使用ください』

そんなことが書いてあるではないか。

慌ててページをめくり、使った雷魔法のページを開いてみると、「魔法消費量四十」と書かれていた。

「そうか。これで死にかけたってことは、俺の体力の数値は四十一か二ってところか」

ページをめくりながら感心したように頷いていると、またクライドに抱き寄せられた。

「全く、死にかけて言うことがそれか。君って人はどこまで……」

「ああ！」

クライドに抱き締められても依然としてページをめくっていた透俐は声を上げた。

「クライド！　見てくれ。ここに『魔力の増やし方』って書いてある」

「……は？　増やし方って……っ」

「これによると、魔法を使えば使うほど体が魔法に馴染んでいって、魔力を貯《た》めていける器になるそうだ。つまり、練習を積めば俺も魔法使いに……皆が認める守護神になれるかもしれない」

「ええ！　本当ですか、トーリさん」

息を呑むクライドに代わり、それまで泣いていた仔猫たちが勢いよく顔を上げて尋ねてくるので、透俐は大きく頷いた。

「ちょっと見ただけでも、すごい魔法がたくさん書いてある。これが使えるようになれば、皆俺を守護神だって認めてくれる……」

「ミア、テオ」

興奮気味に話す透俐の声を遮り、クライドは目を輝かせている仔猫たちに声をかけた。

「少々、席を外してくれ。トーリ君とオズワルドの三人で話がしたい」

「えー？　どうして」

「ミア、テオ」

今度はオズワルドが仔猫たちの名を呼んだ。地を這うような低音と、ぎょろっと見開かれた赤目に、仔猫たちは全身総毛立ち、転がらんばかりの勢いで部屋を出て行った。それを見届けると、クライドはこちらに向き直ってきた。いつになく真剣な面持《おもも》ちだ。

「トーリ君。僕はまず、見通しの甘さを君に謝らなければならない」

「見通しの、甘さ……？」

「僕は、『敵』に完全に出し抜かれていた」

「……っ」

敵？　透俐が首を傾げると、クライドは顔を俯《うつむ》けてしまった。それからしばしの逡巡《しゅんじゅん》の末、思い切ったように顔を上げて、こう言った。

「エヴァンだ」

「……え」

思ってもみなかった名前に、透俐は硬い声を漏らした。

「エヴァン……そんな。エヴァンは死んだって」

「死んだと、思っていた。しっかり、遺体を確認したからね。だが」

また、俯いてしまった。

「僕たちがエヴァンを追い詰めた時、奴は被害者の解体に使っていた隠れ家に立て籠り、火を放った。その焼け跡からは、エヴァンの死体と、欠損の激しい被害者たちの死体、そして、セドリックの持ち物が出てきた」

この状況から、クライドはこう結論づけた。

エヴァンが獣人たちを攫うのは素材採取だけが目的であり、焼け跡からセドリックの持ち物が見つかっても、遺体が欠片も見つからないのは、体を全部使われてしまったからだと。

「成りすましも、魔導師なんだから被害者に変身する魔法を使っているのだと、安易に片づけていた。だが、今回のことではっきりと分かった。あの男は変身していたのではなく、相手の体を乗っ取っていたんだ」

「体を、乗っ取る……？　魔法って、そんなことまでできるのか」

驚愕する透俐に、クライドは眉間に皺を寄せて首を左右に振った。

「魔法でもそんなことはできない。だが、『契約』ならできる」

「契約」とは、当事者間同意の許《もと》で行われる交換行為のことで、合意の上ならば、本来禁忌とされることでも交換条件にしてしまえる。

「エヴァンは被害者にその契約を持ちかけ、対価として自身の体を差し出すよう要求する。相手がそれに同意し、契約を結んでしまえば、相手の魂は体から追い出される。そこへ自分の魂を入れれば体を乗っ取ることができるというわけだ」

「そんな。どうして自分の体を差し出せと言われて同意するんだ。そんなの、どう考えたって可笑しい……」

「簡単だよ。例えば、『君の体をくれれば、君の家族には一切危害は加えない』そう言えば、家族思いの人物は大体落ちる」

事もなげにクライドは言った。それから深い溜息を吐いて、遠くに視線を投げた。

「エヴァンはそうやって、体から体へと魂で渡り歩いている。僕たちがエヴァンの死体だと思ったそれは、ただの抜け殻に過ぎなくて……これで、本来『類稀なる力を宿した崇高な存在』しか呼ばない召喚石が、なぜエヴァンみたいな邪悪な存在を呼び出してしまったのかも説明がつく。あの体の本来の持ち主がそういう人物だったから、エヴァンは呼ばれたんだ」

「じゃあ、俺が会ったのは、セドリックさんに変身したエヴァンじゃなくて」

「セドリックの体を乗っ取ったエヴァンだ」

全身総毛立った。

クライドの右手を本人の目の前で切り刻んでおきながら、クライドが労しいと目に涙を浮かべてみせたエヴァンを思い返すだけでも怒りを覚えるというのに、あの体は被害者から奪った体なのかと思ったら吐き気がする。しかし、その嫌悪感は、

「完全な、僕の失態だ」

これがあのクライドの声かと耳を疑うほど、重く沈んだ声で掻き消えた。

(こいつが、こんな声、出すなんて……)

無理もない。大勢の犠牲者を出し、自身の大事な右手を失ってもなお出し抜かれた挙げ句、今回は透俐が自殺に追い込まれるところだった。

これほどショックで、屈辱的なことはない。

クライドのプライドは今、これ以上ないほどにズタズタに引き裂かれている。

そう思ったら、透俐の胸は激しく痛んだ。

そんなに自分を責めないでくれ。そう言おうとしたが、それよりも早く、

「だが、今は悔いている場合じゃない。エヴァンが生きていて、君に目をつけた」

自分に言い聞かせるように、奮い立たせるように、クライドは言った。

その姿を見て、透俐は動かしかけた口を、すんでのところで閉じた。

この男は今、傷ついた自分の心を無理矢理押し込めてでも前を向き、エヴァンと対峙《たいじ》しようとしている。

その覚悟を見ると、何も言えなくなった。クライドの横顔が、ちょっと触れただけでも壊れてしまいそうなほどに張り詰めていたから、なおさら。と、思った時だ。

「エヴァンの興味は、素材集めから魔法へと移った。その証拠に、その魔法書をここに置いていった」

続けられたその言葉に、透俐は抱えていた魔法書に目を落とした。

「この魔法書、オズワルドさんが持って帰ってきたんじゃ」

無言で首を振るオズワルドに、血の気が引いた。

「それからね。魔法書と一緒に、奴はこれも置いていった」

クライドはテーブルの上に、奇妙な石を置いた。赤と黒の蛇が絡《から》み合っているような禍々《まがまが》しい模様に、人間の耳のような形をした、何とも不気味な石だ。

「エヴァンがよく作っていた『魔聴石《まちょうせき》』と呼ばれる魔道具だ。これを部屋に忍ばせておけば、その部屋の音や会話を遠くにいながら盗み聞きすることができる。これが、家中いたるところにあった。……大丈夫。もう取り外してある」

「盗聴器みたいなもんか。でも、どうしてそんなものまで」

「おそらく、君の魔法書についての講義を聴くためだ」

クライドは人差し指を立てた左手を唇に押し当て、眉間に皺を寄せた。

「被害者の中に学者がいたから、この魔法書はそこで入手したものだろう。だが、肝心の字が読めない。そこで君の存在を知り、翻訳してもらうことを思いついた」

なるほど、それならつじつまが合う。しかし、それなら透俐を攫って翻訳させるのが一番手っ取り早いのでは？　そう訊き返すと、逆にこう訊き返された。

「君は敵のために勉強するのと、僕たちのために勉強するの、どっちがやる気が出る？」

確かに、エヴァンから魔法書の翻訳を強要されたら、自分は「クライドの右手を奪った奴の言うことなど聞くもんか！」と断固抵抗する。

だが、クライドたちの元でなら、クライドたちのため、自分のためにとこの書物を読み解こうと必死になる。たとえ――。

「たとえ、この魔法書がエヴァンからのもので、後で利用されるかもしれないと思っても……いや、逆に、君はより精進するだろう。この魔法を完璧《かんぺき》にものにして、エヴァン退治に役立ててみせると。君は、そういう男だ」

「……っ」

「エヴァンもそう見極めたから、この魔法書を君に託した。おまけに、君にやる気を出させるために、あんな茶番を仕掛けて、僕と君とを引き結ばせた」

全身に悪寒が走った。透俐のやる気を引き出すために、あんな嘘を吐き、自分とクライドが結ばれるよう仕向けただと？

あの嘘を吐かれた時も、クライドと結ばれた時も、自分やクライドがどんな気持ちだったか……人の心を何だと思ってる！

腸《はらわた》が煮えくり返る。だが、張り詰めたクライドの表情を見ると、怒りよりも焦燥が込み上げてきた。

「クライド」と、たまらず名前を呼ぶ。

心優しく、責任感が強いゆえに、一人で何でも抱え込んでしまうこの男のこと、エヴァンのことは自分一人で何とかすると言い出すかもしれない。

クライドの目から見て自分がどれほど頼りなく映るか分かってはいる。それでも、エヴァンに対抗できる力を得るチャンスがあるならやってみたいし、少しでも、クライドの助けになりたい！　と、自分の思いの丈を訴えようとした時。

「君の今の考えも感情も、全てエヴァンの思惑通りというわけだ。だが……僕も、君は魔法を習得しておくべきだと思う」

続けられた言葉にはっとした。

「旦那様」

それまで黙って聞いていたオズワルドが口を開いた。

「魔法書でございますが、いっそ燃やしてしまうのはいかがでしょう」

「！　オズワルドさん、それは」

「強大な力は、持っているだけでも人を不幸にするものです。そのようなものを透俐様に負わせることはありませんし、エヴァンもこの魔法を永久に使えなくなります」

透俐を無視までしてそう進言するオズワルドに、鼻の奥がつんと痛んだ。

非常に価値のある古代の書物を燃やしてでも、透俐を危険な目に遭わせたくない。そこまで思ってもらえるのは、とてもありがたいことだ。

「なるほど。一理ある。だが、魔法書が一つとは限らないし、魔法書を燃やした時、奴がどう動くか読めないのも怖い。奴がどんな魔法を使えるのか全て把握できているわけではないのだから、余計にね」

「……っ」

「トーリ君がこの魔法書を読み解けば、エヴァンに対抗する力が手に入るし、魔法にはどういう種類のものがあるのか、ある程度の予測ができる。それに」

ここで、クライドは言葉を切った。そして、透俐に向かってにっこりと微笑みかけ、

「トーリ君は、やると言ったらやる男だよ」

静かに、だが、はっきりと言い切った。

本来なら、とてつもなく嬉しい言葉。しかし今は、ちっとも嬉しくなかった。

「やるだろう？」

「……ああ。やるよ」

微笑みかけてくるエメラルドグリーンの瞳に、どうしようもなく暗い影が落ちていたから。

──旦那様は平気で嘘を吐きます。

先日オズワルドに言われた言葉が、重く脳裏に響いた。

その日から、自分たちもぜひ参加させてくれと駄々を捏《こ》ねてくる仔猫たちをオズワルドに任せ、透俐はクライドとともに魔法書の勉強を始めた。

知っているのは平仮名程度で、絵本しか読んだことがないクライドに内容を音読し、読んでいる箇所を指し示す。

そうやって、まずは魔法の使い方、注意点を徹底的に読み解いていく。

「この魔法がどれだけ危険なものか、しっかり分かっておかないとね」

不用意に呪文を唱えて死にかけた前科があるだけに、頷かざるを得なかった。

二日もかけてじっくり使い方を読み解いた後、魔力も体力も使わない消費量ゼロの、超簡単魔法を使ってみることになったのだが──。

「よし、トーリ君。まずはこの『花の色を変える魔法』を試してみよう」

「分かった。じゃあ……『紫陽花《あじさい》や　昨日の誠　今日の嘘、赤』！」

魔法石帽を脱いで、クライドがあらかじめ用意してくれていた白い、クレマチスに似た花に呪文を唱えた。すると、白い花びらがみるみると赤色に変わっていった。

もう一度、今度は末尾に「青」と付け足し唱えてみる。ちゃんと青色に変わった。

「上手くいったね。では、今度は本を閉じて唱えてみてくれ」

クライドは書物に書かれていないことについても検証し始めた。本を閉じた状態や本を持っていない状態、またはクライドが唱えてみた場合など、どんな条件なら魔法を繰り出せるか考えつく限り、念入りに。

「この本は上級者向けで、基礎的なことは申し訳程度にしか書いていないようだからね。きちんと検証しておかないと」

そう言って、検証に三日もかけたが、クライドはそれでも満足しない。

「では、結果をまとめると、ここに書かれている魔法は、魔法書を持った状態で呪文を唱えれば誰でも魔法が使うことができる。おまけに、呪文の発音が不明瞭《ふめいりょう》でも発動すると。……トーリ君、これは非常に危険なことだ」

「……そうだな」

「そこでだ。エヴァンに偽の情報を流そうと思う。例えば、魔法書を持っていなくても魔法が使えるだとか、君以外ではこの魔法は使えないといった嘘をね。そうしておけば、いざという時役に立つ」

「エヴァンはきっと、遠くから僕たちを監視している。大魔法の実験はどうしても外じゃないとできないからね。その時に、魔法書をコートの下に隠しておいたり、外では君しか魔法を使わないようにしておく……そうだ。エヴァンに披露する魔法の種類も考えておこう」

いつものように人差し指を立てた左手を唇に当て、次々と策を講じていくクライドに、透俐は内心感嘆の息を吐いた。

魔法書を読み解くだけではなく、そんなことまで考え、手を打っておくなんて。

やはりこの男はすごい。つくづくそう思った。

それに引き換え、自分はクライドの頭の回転の速さにただ圧倒されることしかできない。

肝心の魔法のほうも……対エヴァンに使えそうな魔法はどれも消費量が五十以上のものばかりで、四十ほどしかない透俐には使えないものばかり。

クライドの右手を治す魔法も、この魔法書には載っておらず。

改めて、自分の無能ぶりを思い知らされて気持ちが沈む。

そして、相変わらず涼しげな笑みを浮かべていても、暗い影が落ちたままのエメラルドグリーンの瞳を見ると焦る。

ここ数日は、夜ベッドを抜け出し、窓際で遠くを見つめるようにもなった。

このままでは、やはり無能な透俐を巻き込むわけにはいかないと、一人でエヴァンの元へ行ってしまうのでは？　不安でしかたない。

俺を置いて行かないでくれ。何度、その言葉を叫んでしがみつこうと思ったことか。けれど、歯を食いしばって耐えた。

クライドは、エヴァンに傷つけられた心から無理矢理目を背けてでも、エヴァンに立ち向かおうと必死になっている。

だったら、自分も弱音など吐かずに頑張らないと。少しでもクライドの役に立てる存在になること。それがクライドのためにできる、今の自分の全てだ。

そう信じて、クライドの辛い胸の内にはあえて触れず、不安な心もひた隠し、必死に魔法書に向かい続けた。

そんな矢先、透俐はある魔法を見つけ、目を輝かせた。

それは、「反魂魔法《はんごん》」と呼ばれるもので、体から抜け出た魂を元の体に戻すという。

これは使える！　そう思った透俐は、喜び勇んでクライドの元へ駆けた。

「これを使えば、セドリックさんみたいに、体を取られた人たちを助けることができるんじゃないか？　別の魂が入っている場合は、びっくりさせて茫然《ぼうぜん》自失になったところで呪文を唱えないと駄目だけど、魔法消費量も三十だから、今の俺でも使える……？」

嬉々《きき》として説明していた透俐は、目をぱちくりさせた。透俐が指し示す紙面を食い入るように見つめるクライドの顔が、ひどく強張っている。

訝《いぶか》しげに名前を呼ぶと、クライドははっとしたように尻尾を勢いよく上向かせる。

「……ああ、すまない。こんな魔法があるのかと、ちょっと驚いて。ただ」

そこまで言って、クライドは口を閉じた。それから少し考え込む素振りを見せた後、

「この魔法は、使えると思わないほうがいい」

重々しい声でそう言うので、透俐は目を見開いた。

「どうしてだ。セドリックさんを助けられるかもしれないのに」

「助けられる。そう思ったら、犠牲者の体に乗り移ったエヴァンを一切攻撃できなくなってしまう」

「！　それは……」

「トーリ君」

固まる透俐の肩を摑み、クライドが語勢を強める。

「この魔法のことは忘れるんだ。そして、誰にも言うな。特に、兄さんにだけは絶対に言うな。見た目はあんなだが、馬鹿みたいに情に脆《もろ》いんだ。まだ助けられるかもしれないと思ったら冷静な判断ができなくなって、家来たちともども、エヴァンに嬲《なぶ》り殺されてしまう」

「クライド……」

「奴に体を取られた者は死んだ。もう助けられない。そう思いたまえ。いいね」

そう言い切る凍《い》てついた瞳に、透俐は慄然《りつぜん》とした。

言い分は、理解できる。たった一人の人質を気遣うあまり、大勢の心優しい獣人たちが殺される。そんなことはあってはならない。

犠牲は最小限に抑えるべき。理屈は分かる。だが、それでも……。

「お前、どうしたんだ」

透俐は思わず、クライドの顔を覗き込んだ。

「いつものお前なら、この魔法をどう使えば、体を取られた人を助けられるか考えて考えて、考え抜くはずだ。それなのに、ろくに考えもしないで、さっさと見切りをつけるなんて……こんな投げやりなこと、俺が知っているお前なら絶対にしない」

クライドの顔が、目に見えて引きつった。

「ろくに考えもしないで」という言い草に腹を立てたのだろうか。だが、言わずにはいられなかった。

「なあ。この魔法のこと、もう少し考えてみないか？　じゃないと、仮にエヴァンを倒せたとしても、お前はきっと後悔する。もしかしたら、セドリックさんを救えたかもしれなかったのにって。お前はそれだけ、優しい奴だ。だから……っ」

突如、クライドが勢いよく立ち上がった。

そのまま透俐に背を向け、動かない。長くふさふさした尻尾だけが落ち着きなく揺れ……

いや。尻尾の風切り音に混じって、かすかだが乱れた息遣いが聞こえる。

よく見れば、肩が上下に揺れている。そのさまを見て、透俐は胸が詰まった。

透俐に指摘されるまで、クライド自身、らしくない言動をしているという自覚がなかったのだろう。だから、こんなに動揺している。

それだけ、クライドは精神的に追い詰められている。

しかし、深く息を吐いて、こちらに振り返ったその顔には、いつもの涼しげな笑みが貼りついていた。その笑みを見た瞬間、戦慄《せんりつ》した。

——ありがとう。透俐がいると、心強いわ。

泣いている母を「こんなこと何でもないよ」と言って慰めた後、いつも向けてくれた母のそれと、綺麗に重なって見えたから。

あの頃、自分は母を大事にできていると本気で思っていた。

母のために何もかも諦めて、自分を殺して、ひたすら治療費を稼ぎ、弱音も吐かず、優しい言葉だけをひたすら口にする。それが正しいことだと信じていた。

だが、結果どうなった？　母は幸せになったか？

「そうだね。ごめん。確かに僕らしくなかった」

いつもの軽やかな調子でクライドは言った。

「この魔法の使い方、考えてみるよ。だから……少々失礼するよ。調べたいことができた」

口早に言って踵を返す。遠ざかっていく、すっと伸ばされた広い背。その光景にたまらなくなった透俐はとっさに立ち上がり、クライドの背に飛びついた。

「トーリ君？　どうかした……」

「頼む。辛いなら辛いって、言ってくれ」

そう言った途端、クライドの体がびくりと震えて強張った。それでも透俐は離さず、しがみつく手に力を込めた。

「ごめん。分かってるんだ。お前はエヴァンに立ち向かうために、自分の気持ちに蓋《ふた》をして頑張ってるって。でも、こんなに無理してるお前、見てられないっ」

「トー、リ……」

「なあ。本当は辛くて、不安でしかたないんだろう？　大好きな絵が描けなくなったこと。あんな奴に右手を取られたこと。出し抜かれたこと。それから……今度こそ、ちゃんとあいつに勝てるのか。また出し抜かれて、大事な人を解剖されるんじゃないかってこと」

言えば言うほど、クライドの体は透俐の言葉を拒むように硬くなっていく。それでも、透俐は口を動かし続ける。

こうすることが正解かは分からない。それでも、このまま何も言わなければ、クライドを母のように不幸にしてしまう。それだけはやるせないほどに確信できた。

だからとにかく、自分の思いの丈をぶつける。あんな後悔はもう二度としたくない。

「頼む。弱音を吐いたって、俺はお前を嫌いになんてならないし、格好悪いとも思わない。むしろ、嬉しいって思う。それだけお前が、俺に心を開いてくれたってことだから」

「……」

「俺はそれだけ、お前のこと好きだよ？　お前と一緒なら何も怖くないし、何だってできる。だから、俺の前でだけは無理しないで、悩んでることがあるなら言って……んんっ？」

いきなり向き直り、顎を取られたかと思うと、唇に噛みつかれた。

「クラ、イ……ん、ぅ……まっ…て……ぁ」

制止する。キスで誤魔化《ごまか》そうとしているのだと思ったのだ。しかし、

「トーリ……トーリ君。僕のこと、好きかい……？　こんな、情けない僕でも、君は…っ」

縋《すが》りつくように抱き締め、キスの合間、切なげな声でそんなことを訊いてくるので、すぐさま抱き締め返した。

「ん、ぅ……好き……好きだ、クライド。強気なお前は、格好良くて好き……ん。弱気なお前は、抱き締めたくなるくらい、好き……ぁ、んん」

何度も訊いてくるクライドに全身で応えながら、何度も言ってやる。

どんなお前でもたまらなく好きだと、クライドが分かってくれるまで何度も、何度でも。

次に気がついた時、透俐は全裸でベッドに寝かされていた。

夕日が滲む寝室の天井を見上げ、ぼんやりとこれまでのことを思い返す。

……そうだ。確か自分は、クライドに求められるまま体を開いて、そのままベッドに雪崩《なだ》れ込んで……と、そこまで考えて、透俐は慌てて飛び起きた。クライドが自分を置いて、エヴァンの元へ行ってしまったと思ったのだ。

「いるよ」

上体を起こすなり声がかかった。顔を向けると、机に向かい、何か書かれた紙を手に取り見つめる、ズボンとシャツだけを着たクライドの姿があった。

「何、してるんだ」

「君の要望に応えて、『反魂魔法』を使った作戦を考えてる」

「え。……ああ。そうだったな。考えてくれてありがとう」

「それから、これ」

よかった。ちゃんといてくれた。と、そばにあったシャツを着つつ胸を撫で下ろしていると、一枚の紙を差し出された。

受け取ってみると、そこには男の寝顔が描かれていた。

歪な線を丹念に重ねて形作られた、端正なその顔は――。

「これ、俺か……?」

掠れた声で尋ねると、クライドの顔に淡い笑みが浮く。

「……分かるのかい？」

「何言ってる。分かるも何もそっくり……いや、そっくりは言い過ぎだな。俺はこんなに綺麗な顔してない」

「君は綺麗だよ」

自分の認識以上にずっと男前に描かれている似顔絵に赤くなった透俐の頬に、長く形のよい指が触れてきた。

「君の美しさは、こんなものじゃない。この世の誰よりも、君は綺麗だよ」

精巧なギリシャ彫刻よりも綺麗に整った顔に、蕩けそうなほど優しい笑みを浮かべ、そんな言葉を囁いてくる。おかげで、顔がいよいよ熱くなった。

「お前はまた、そういうこと……」

「僕の絵も、本当はこんなものじゃないんだ」

「……」

「こんなものじゃ、なかったんだ……っ」

呻くようにそう呟いた途端、綺麗な顔が苦しげに歪んだ。いつもの笑みを形作ろうと口元を動かすが上手くいかないようで、表情はますます歪になっていくばかり。

そんな自分が相当嫌なのか、大きな耳が縮こまるようにぺたんと下がっていく。そのさまが見ていられず、透俐はクライドの後頭部に手を回し、その額を自身の首筋に押しつけた。

これで、表情を気にしなくても大丈夫だよ。その意を込めて、ぽんぽんと頭を軽く叩いてやると、クライドはもごもごと礼のような言葉を呟いた。

それから大きく息を吐いて、ぽつりぽつりと話し始めた。

「君の指摘どおり、僕は今、苦しくて、情けなくてしかたない」

「……うん」

「右手を犠牲にしたからこそ、あのエヴァンを倒すことができたんじゃないか。そう……必死で、自分に言い聞かせてきたのに、あいつは生きていて、ずっと僕をせせら嗤《わら》っていたんだ。しかも、今度は君に目をつけている。考えるだけで、気が変になりそうだ」

肩越しに見える尻尾が、わなわなと震え始めた。

「金輪際《こんりんざい》君に関わらせたくない。今度こそ、あいつの息の根を止めてやりたい。だが、どうしても……あいつに勝てる気がしない。どんなに考えを巡らせても出し抜かれて、僕は負けてしまう。そんな未来しか見えない……っ」

その言葉に、透俐は内心驚愕した。

弱気になっていると感じてはいた。だが、勝てる未来が見えないと断じてしまうほどに厳しい状況にあるとは思ってもいなかった。

自分よりずっと頭のいいクライドがそう思うのなら、エヴァンに勝てる見込みは一切ないということか？　絶望が広がり始めるが、それでも黙って聴き続ける。クライドの本音なら、自分は全部受け止めると決めた。だから、最後まで聴く。そう思った時だ。

「僕一人じゃ、どうやっても無理だ。でも、君とならl」

続けて言われたその言葉に、はっとした。

「俺と、なら……？　……頼む、クライド。言ってくれ」

それきり黙り込んでしまったクライドの二の腕を掴み、せがんだ。

どうしても、その続きが聴きたい。クライドがどう考えても勝てないと慄《おのの》く強敵でも、透俐の力があればと言うのなら、自分はどんなことでもする。やってみせる。

クライドが一言、言ってくれさえすれば！

クライドは長らく黙ったままだった。だがふと、意を決するように大きく息を吸った。

「トーリ君。僕を、助けてくれ……っ！」

聞きたくてたまらなかったその言葉を口にした瞬間、クライドが息を呑んだ。それと同時に、それまで強張っていたクライドの体から一気に力が抜け、こちらにもたれかかってきた。

「……クライド？　どうした。クライド……っ」

糸の切れた操り人形のように動かないクライドを不審に思い、掴んだ二の腕を揺すっていると、突然弾かれたようにクライドが顔を上げた。

「すまない。少々、意識が飛んでしまってね」

満面の笑みを浮かべてそんなことを言うクライドに、透俐は「え」と声を上げた。

「意識が飛んだって、笑顔で言ってる場合か。大丈夫か。どこか具合が悪い……？」

言いかけ、透俐は瞬《まばた》きした。

どこかから、カタカタと妙な音がする。何の気なしに顔を向けてみると、机の上に飾られていた狼獣人の置物が倒れていて……と、そこまで認識したところで、顎を取られ、強引に顔を向けさせられた。

「僕がこうして目の前にいるのに、よそ見なんてひどいなあ」

「あ。悪い。ちょっと、物音がしたから気になって……んっ」

「本当に、酷い人だ。僕はずっと、君のことばかりを考えているのに」

透俐の口内に舌をねじ込み、ねっとりと舐め上げてくる。それだけで、背筋に甘い痺れが走り、透俐は喉をひくつかせた。

「ク、ライド……？　な、に……いきなり……ぁ、あ」

いきなり下肢を握り込まれ、擦られる。思わぬ愛撫に跳ねる体を抱き込まれ、そのままベッドに押し倒されてしまった。

「クラ、イド……まっ…て……ん、ぅ。なん、で……さっき、したのに……は、ぁ」

懸命に股を閉じて逃げを打ったが、クライドの手は無遠慮に下肢に押し入ってきて、さらに擦ってくる。

「君となら何度でもしたい。それに、君のココ、もうこんなじゃないか」

「それ、は……お前が、触るか…ら……ああっ。ゃ…だ……そ、れっ……んんぅ！」

すでに蜜を流し始めた先端を親指の腹でぐりぐりと擦られて、たまらず声を上げると、再び唇に噛みつかれ、強く吸われた。

執拗に口内を攻められる。唾液を飲む行為はおろか、呼吸さえ許さないと言わんばかりの激しさと深さに意識が霞《かす》み、体から力が抜ける。

それをいいことに、クライドは透俐の股を割り開き、いよいよ擦り上げてくる。

その上、今まで一度も触られたことがない股の奥を膝で突き上げられたものだから、

「んんぅ……ああっ」

クライドの口内で嬌声《きょうせい》を上げ、透俐は射精した。

鼻にかかった吐息を漏らし涙を一筋零していると、クライドは顔を上げ、喉の奥で笑った。

「こんなに生真面目《きまじめ》で、お堅い顔をしておいて、君の体は淫《みだ》らでいやらしいね」

「ぁ……そ、んな意地の悪いこと、言う、な……っ！」

恥ずかしさも忘れて睨みつけた透俐は、大きく目を見開いた。

「僕は本当のことを言っているだけさ。この手で擦られても達《い》けるんだから」

クライドがそう嗤《わら》って、白濁に汚れた黒革の手袋を嵌めた右手を突き出してきたから。

「……今、触ってたの、右手で、なのか？」

掠れた声で尋ねると、クライドは「そうだよ」とあっさり頷いた。

「もしかして、気がつかなかったのかい？　光栄だな。そんなに悦《よろこ》んでもらえて」

得意げに笑うクライドを呆然と見上げつつ、透俐は先ほどクライドと抱き合った時のことを思い返した。

透俐の体をくまなく愛撫していたクライド。しかし、その時も決して、右手では触ってこようとしなかった。

――どうして、僕じゃない奴に君を触らせなきゃならない！

そう言って真剣に怒っていたクライド。それなのに、今は平気で義手で愛撫してくる。「悦んでもらえて光栄だ」と得意げに笑う。どう考えても変だ。

（どうして、いきなり……）

――あの男は変身しているのではなくて、相手の体を乗っ取っていたんだ。

「……っ」

――体から体へと魂で渡り歩いている。

不意に蘇ったクライドの言葉に、全身の血の気が引く。

（こいつ、クライドじゃなくて……いや。まさか、そんな）

にわかには信じられなかった。けれど、一度芽生えた疑惑はどうしても消えてくれない。

さらには、乱れた息遣いの合間にかすかに聞こえてくる、カタカタカタカタという音。

「……ご、めん、クライド。俺、お前が初めてだから、何も分からなくて……今まで抱いてきた奴らの中で一番、つまんないいんじゃないか？」

気がつくと、そんな言葉を投げかけていた。頼む。「何言ってるんだ。僕も君が初めてと言ったじゃないか」と笑ってくれと念じながら。それなのに。

「はは。何を言うかと思えば。君が良過ぎて、今まで抱いてきた連中のことなんか忘れたよ」

返ってきたのは、決定的な言葉。

（ち、がう。こいつ、クライドじゃない……！）

目の前が、真っ暗になった。その刹那《せつな》。

「なあんだ。もうバレちまったのか」

先ほどまでの、優しく品のあるそれとはかけ離れた、粗野で冷たい声が落ちてきた。

恐る恐る、見上げてみる。そこには、愛しくてやまない男が、拗ねた子どものような不貞《ふて》腐《くさ》れた表情を浮かべていたのだが、

「つまんねえなあ。突っ込んでアンアン言わせてるとこで『僕はクライドじゃなくて、エヴァンだよ？　抱いてくれるなら誰でもいい淫乱トーリ君』ってバラしてやったら、最高に笑えたのにさあ」

吐き捨てられた言葉に愕然《がくぜん》とした。

クライドが、エヴァンに体を乗っ取られてしまった。

――トーリ君。僕を、助けてくれ……っ！

クライドの血を吐くような声音が脳裏に蘇る。

クライドは藁《わら》にも縋《すが》る思いで助けを求めてきたのに、自分は助けるどころか、クライドが消されてしまったことにも気づかず、エヴァンに体を許してしまった。

クライドに対して、これほどの裏切りがあるだろうか。

――抱いてくれるなら誰でもいい淫乱トーリ君。

改めてその言葉を思い返し、心が抉《えぐ》られる。

罪悪感と自己嫌悪で気が変になりそうだ。しかし、それよりも心を占めるのは、体から追い出されてしまったクライドの魂《たましい》の行方。

どこへ行ってしまったのか。まさか、もうエヴァンに殺されてしまったのか？

だったら、自分は……自分は……っ！

じわじわと広がっていく絶望で指一本動かすことができない透俐を、クライドの体を乗っ取ったエヴァンはしげしげと見つめてきたが、ふと上品で綺麗な顔を台無しにするような、下卑た笑みを浮かべた。

「まあ、いいか。これはこれで面白そうだ。なあ？　クライド」

エヴァンがそう言って、ある方向に顔を向ける。透俐の目に、光が戻る。

（クライド、生きてるのかっ）

急いでエヴァンの視線の先に目を向ける。

その先にあったのは、テーブルの上に転がる狼獣人の置物。

カタカタと小刻みに動き続けていて……まさか、あの置物の中にクライドの魂が？

困惑していると、エヴァンはその置物を摘《つま》み上げ、透俐にかざしてこう言った。

「『ヤア。ボク、オバカデ無能ナクライド。コレカラ、愛シノ淫乱トーリ君が犯サレルトコロヲ、楽シク見学シヨウト思イマス』……ぷっ」

気持ちの悪い裏声でそう言った途端、エヴァンは噴き出し、置物を床に叩きつけた。

「ああっ！」と、声を上げそうになったが、口を右手で鷲摑《わしづか》まれ、ベッドに押さえつけられてしまった。それでも、慌てて視線を置物へと向ける。

大きな音はしたが、置物は壊れてはいなかった。そのことに安堵《あんど》したのもつかの間、置物がひとりでに浮き上がった。

「ハハハ。恋人が犯されるとこを楽しく見学とか、変態かよ。二人そろってマジやべえ」

ケタケタ嗤いながら、左手を振るう。左手が左右に揺れるごとに、置物がひとりでに浮いては床に叩きつけられる。

置物は叩きつけられるごとに、右耳、左腕とどんどん欠けていって……このままでは完全に壊れてしまう！

「んんんん！　ぐう！」

やめてくれ。クライドにひどいことしないでくれっ。

声にならない声で叫ぶと、左手の動きが止まった。

左手がこちらに手招きすると、置物がこちらに向かって飛んできた。その姿は見るも無残なもので透俐が息を詰めていると、浮いていた置物がぽとりと落下した。

その先にあったのは、ごみ箱だった。

「ごみはちゃんとごみ箱に捨てなきゃなあ。俺ってばホントいい子……うん？　ああ」

上機嫌に言っていたエヴァンはますます口角をつり上げて、あるものを浮かび上がらせた。

クライドが左手で描いた、透俐のスケッチだ。

「こんなとこにもごみがあったわ。てか、アハハ！　何だよ、このへったくそな落書き。赤ん坊でももっとマシなの描くんじゃね？　これで画家とかマジでウケるわ。ごみはごみしか描けねえってか？　アハハハ」

嗤いながら、スケッチをぐちゃぐちゃに握りつぶして、ごみ箱の中の置物に叩きつけ、「ナイスシュート」とますます嗤う。その一連の言動に、透俐はただただ愕然とした。

（な、んだ、こいつ……なんだ、この生き物……）

どこまでも残酷で、どこまでも吐き気がするほど気持ち悪い。そう思っていたら、エヴァンは再び置物を浮かび上がらせ、左手でそれを掴むと、うっとり目を細めた。

「ああ、またいい色になった。やっぱ思ったとおり、この素材良過ぎる。三カ月、我慢して熟成させた甲斐《かい》があったわあ。はは。この根暗不細工犯してみせたら、この魂の品質、どれだけ上がるんだろう？　やべえ、勃起してきた」

恍惚《こうこつ》の笑みを浮かべ、置物をねっとりと舐め上げる。そのあまりにも異常な言動に、透俐は戦慄した。

獣人の体の部位が、魔法のいい素材になると聞かされてはいたが、まさか魂まで素材になるとは。しかも、どうやら……魂は精神的に傷つければ傷つけるほど品質が上がるらしい。どうかしている。品質とやらを上げるためだけに、こんな酷いことをするなんて。

（許さない。お前なんかの好きにさせてたまるか！）

「んんんーっ！　うんんんんーっ！」

腹の底から大声を上げ、手足を滅茶苦茶に動かして死に物狂いで暴れた。足が、ベッドそばに立てかけてあった下肢装具を思いきり蹴《け》飛ばす。

蹴り飛ばされた下肢装具が、大きな音を立てて床に叩きつけられた。

エヴァンが舌打ちして、置物を机に戻すと、義手で透俐の頭を殴ってきた。魔法石帽を被っているとはいえ、硬い木でできた義手で殴られた衝撃はすさまじく、意識が軽く飛んだ。

「人が素材愛《め》でてるとこ邪魔すんじゃねえよ。その汚《きたね》え右足斬り落としてやろうか。この淫乱根暗……」

『トーリ様』

ノック音とともに、外からオズワルドの声が聞こえてきた。

『先ほど大きな音がいたしましたが、何かございましたか』

オズワルドさん、助けて！　そう叫ぼうとしたが、口を締め上げられて声にならない。

「何でもない、オズワルド。ただ下肢装具が倒れただけだ」

エヴァンも何食わぬ顔で応える。駄目だ。これでは気づいてもらえない……。

『トーリ様、返事をしてください。トーリ様』

オズワルドはエヴァンの返事には答えない。なぜか、トーリにのみ返事を求めてくる。

「オズワルド、聞こえなかったのか。大丈夫だと言っている……」

『失礼』

エヴァンの言葉を遮り、オズワルドが部屋の中に入ってきた。

そして、透俐たちの姿を見るなり瞠目した。固まるオズワルドに、エヴァンは苦笑した。

「ほら。だから何でもないと言ったんだ。分かったら出て行け。僕らは取り込み中……っ」

エヴァンが透俐から飛びのいた。オズワルドが、エヴァンの顔面めがけて包丁を投げつけたのだ。

「お前、ご主人様に向かって何を」

「旦那様は、トーリ様にそのような無体は、死んでもしないんだよ。エヴァン」

エヴァンが息を詰めると、オズワルドの赤目がギラリと光った。

「『旦那様の仇《かたき》』っ。三枚に下ろしてくれる！」

両手に包丁を握り締め、オズワルドがエヴァンに突進する。

何の躊躇いもないオズワルドに、透俐は置物を守るために抱き締めつつ叫んだ。

「オズワルドさん、待ってください！　クライドは、クライドはまだ」

「トーリ様、旦那様は死んだのです。もう二度と戻って来ない！」

透俐の必死の制止にもオズワルドは耳を傾けない。反魂魔法の存在を知らないオズワルドは、体を乗っ取られた時点でもうクライドを救うことはできないと思い込んでいる。

それに対し、エヴァンは何やら呪文のようなものを唱え始めたが、魔法を打ってくる気配はない。体を乗っ取ったばかりだから、魔法を自由に使うことができないのか。

エヴァンを倒すなら、これ以上の好機はないかもしれない。だが、握り締めた置物からは温もりを感じる。クライドはまだ生きている。だったら……！

駆け寄って止めようとした。だが、下肢装具をつけていない右足は言うことを聞かず、起き上がることもできない。

（まずい。このままじゃ……っ）

ままならない体に唇を噛んだ時、エヴァンに包丁を振り落とそうとするオズワルドに、二つの小さな影が飛びついた。ミアとテオだ。

「オズワルドさん、やめて」

「どうして、クライドさまにひどいことするのっ」

二人の悲鳴に、オズワルドの動きが一瞬止まる。それと、エヴァンの体が光り始めたのはほぼ同時だった。

オズワルドは慌てて包丁を振り落としたが、時すでに遅く、目を刺すような閃光が走り、エヴァンの姿は跡形もなく消え去ってしまった。

「ああ……」

オズワルドが悲痛な声を漏らして、その場に崩れ落ちた。そのさまに、何も知らない仔猫たちはおろおろとするばかり。

「え、え？　オズワルドさん、どうしたんですか？　それに、クライドさま、なんで消えて」

「わ！　トーリさん、どうしてお洋服着てないんですかっ？　風邪《かぜ》引いちゃいます」

シャツ一枚を申し訳程度に羽織っただけの、あられもない格好の透俐に仰天した仔猫たちが駆け寄って来て、シーツで体を包んでくれたが、透俐には目に入らなかった。

「……逃げ、られた。失敗は、絶対許されなかったのに」

床に両手を突いたまま、虚《うつ》ろな目で呟き続けるオズワルドに、透俐は近づいた。

「オズワルドさんは、全部知っていたんですか」

顔を覗き込み、おずおずと尋ねた。

オズワルドはやっぱり黙っていたが、しばらくしてゆっくりと首を左右に振った。

「私も、ほとんど何も知りません。ただ『その時が来たら即刻殺せ。魂と体が馴染んでいない間が絶好の機会だ』。そう、命じられていただけです」

「……っ」

「え、え。ころ、せって……どうして」

物騒極まりない言葉に、近寄ってきた仔猫たちが抱き合って身を震わせる。それでも、オズワルドは顔を上げないまま、譫言《うわごと》のように続ける。

「私は失敗した。失敗して、しまった……」

「いえ！」

透俐はがっくりと落ちたオズワルドの肩を掴んだ。

「これで、よかったんです。だって、ほら。クライドはここにいるんです」

握り締めていた置物を差し出してみせると、オズワルドたちは目を丸くした。

「え。これが、クライドさま……？」

不思議そうに覗き込んでくる仔猫たちに、透俐は頷いて置物をかざして見せる。

「そうだよ。正確に言うと、この置物の中にクライドの魂が入っているんだ。まだ大丈夫。この魂を体に戻してやれば、クライドは助かる。その魔法を見つけたんだ。だから」

「無理です」

にべもなく言って、オズワルドは重く頭《こうべ》を垂れた。

「トーリ様、もう無理なのです。エヴァンに体を乗っ取られた者は救えない。救えると、思ってはいけない。無駄な犠牲者を増やすだけ。旦那様はもう死んだものと思って、あの体を殺すしかない。旦那様はそう望んで……」

「嫌だっ」

置物を抱き締めて、透俐は首を振った。

「俺は、絶対諦めない。クライドはまだ生きているし、救う方法がある。それに、体を乗っ取られる直前、クライドは俺に言ったんです。『僕一人では駄目でも君とならら』って。その証拠に、ほら。こんなものも書いていたし」

透俐は置物を握っていないもう片方の手に握っていた紙数枚を、オズワルドに差し出した。

クライドが反魂魔法を使った作戦を考えていると言って眺めていた紙だ。

タイプライターで書かれた文字がびっしりと並ぶその紙を受け取ったオズワルドは、それを見るなり息を詰めた。

「トーリ様は、この内容をご存じなのですか？」

「それは……まだ、読んではいないですけど、何か」

「『第一段階。僕の体を、エヴァンに乗っ取らせる』」

「……っ！」

「冒頭いきなり、そう書いてあります」

震える声でそう言うオズワルドに、透俐も息を詰める。

（確かに、反魂魔法を使う作戦を考えてくれとは言ったけど、自分の体をあえて乗っ取らせるなんて、何を考えてるんだ、クライド）

意図が全く分からない。それでも、先を読み進めてもらうと、さらにとんでもないことばかりが書かれていて——。

「本当に、そんなことが書いてあったんですか」

訊き返すと、オズワルドが引きつった顔で頷く。

「はい。ただ……もし、旦那様がこれを本気で書いたのなら、多少の齟齬《そご》はありますが、『計画通り』です」

「そう、ですね……恐ろしく、計画通りだ」

透俐はぎこちなく頷き、眉を寄せた。

クライドが目論《もくろ》んだとおり、エヴァンはクライドの体を乗っ取り、クライドの魂はこちら側にある。第一段階はクリアだ。問題は、ここから。

「ここからは、トーリ様次第です。いかがいたしますか」

気づかわしげに、オズワルドが訊いてきた。透俐には荷が重すぎると思っているのだろう。

透俐自身もそう思う。「こんなこと」、到底できるとは思えない。それでも……と、透俐は紙片を手に取った。エヴァン撃退の作戦書と一緒に置かれていた、ダグラスへの手紙だ。

仔猫たちに頼んで、魔法書を持ってきてもらう。確か、翻訳魔法があったはず。

「えっと……あった。『秋風や　眼中のもの　皆俳句』」

帽子を脱いで、呪文を唱えながら紙面を撫でると、タイプライターで打ち込まれた文字が日本語へと変形していく。数分間だけ、文字を日本語にしてくれる消費量ゼロの魔法だ。

先ほどオズワルドに読んでもらったが、もう一度自分の目で読みたかった。

『兄さん、僕たちほど仲の悪い兄弟はいないね。趣味も価値観も絶望的に合わない。会話も成立しないし、相手のやることなすこと気に入らない。むしろ、相手のためにとやった行為ほど腹が立つのだから救いようがない。兄さんを助けるため、エヴァンに体を差し出す契約を結んでしまった僕に兄さんが激怒し、そんな僕を救おうとするあまり、召喚したトーリ君に無体を働いた上に殺そうとした兄さんに僕が憤怒したように』

そこには、これまでの経緯が書かれていた。

エヴァンに捕らえられてしまったダグラスを救うため、クライドはエヴァンに体を渡す契約を結んだこと。その場で体を差し出しては人質を換えるだけなので、先に右手を渡すという条件で、体全部を差し出すのは六カ月後に引き伸ばさせたこと。

（そういう、ことだったのか……）

なぜ、クライドがエヴァンに体を取られてしまったのか不思議だったが、ダグラスのためだったのなら納得できた。

とはいえこの時点で、クライドはエヴァンに体を差し出す気などさらさらなかったろう。六カ月もあればエヴァンを退治できる。エヴァンが死ねば契約は解除されるはずだと。

しかし、エヴァンを殺しても……実際殺せていなかったわけだが……契約が継続している証である、右手首の痣《あざ》は消えず。

ここで、クライドは己の目論見《もくろみ》違いを痛感し、この契約は解除できない。自分はもう死ぬしかないと諦めてしまった。だが、ダグラスや父王たちはどうしても諦めることができず、どんな手段を使ってでもクライドを救いたいと奔走。

多大な迷惑をかけ、誰かを犠牲にしてまで助かりたくはないと思うクライドにしてみれば、その行為は苦痛でしかなく、両者の対立は決定的なものとなってしまった。それでも。

『もう顔も見たくない。勝手に死んでしまえと散々罵《ののし》り合って喧嘩別れしたのに、父上から、契約相手が死んでいるなら契約解除をしてくれるという守護神を他国で見つけたと報せを受けた直後、兄さんは僕を城に呼び出して「よかった」と声を上げて泣いてくれましたね。それなのに、帰宅してすぐ、契約相手のエヴァンが生きていたという電報を兄さんに打たなければならなかったことが、今でも申し訳なくてしかたない』

ダグラスの気持ちを慮《おもんぱか》ることしか書かれていないが、この時のクライドの気持ちを考えると胸が引き裂かれるように痛んだ。

ダグラスがクライドを呼び出し、契約を解除できると報せた日。それは、クライドが透俐に「好きだ、ずっと一緒にいてほしい」と思いの丈をぶつけてきた日だ。

あの時は、透俐に去られそうになった焦りから、打ち明けてくれたのだと思ったが、本当は、自分の命が助かると分かったから、今までずっと言えなかった気持ちを口にしたのだ。

それまでは、透俐と目一杯楽しい思い出を作って、透俐を無事に元の世界に戻した後、一人寂しく死ぬ気だった。

――一緒にいられるこの三カ月間、楽しい思い出だけを詰め込もうと思った。

あの言葉に込められた本当の意味を今更理解し、身震いした。

――トーリ君。僕は今、最高に浮かれているんだよ。君という人を手に入れることができた僕なら、何でもやれる。守護神様になるくらい訳ないって程にね。

自分の命が長らえ、透俐の心も手に入れたと思ったあの時、クライドの目には明るい、無限の未来が広がっていたことだろう。

それなのに、次の瞬間知らされたのは、エヴァンは生きているという事実。

これほど残酷なことがあるだろうか。

それでも、エヴァンにこれ以上大事な人たちを傷つけさせるものかと己を鼓舞し、辛い胸の内を懸命にひた隠しにして……っ。

目頭が熱くなってぼろぼろになった置物を撫でた。

「頑張ったな、クライド」

できる限り、優しく撫でる。

「皆のために、たった一人で、耐えて耐えて……本当にここまで、よく頑張った」

胸の内では、色んな言葉が渦巻いていた。

苦しみに気づいてやれなくてごめん。甘えてばかりでごめん。頼りなくてごめん。

でも……こうなる前に話してほしかった。

そんな言葉が喉元まで出かかったが、懸命に噛み殺す。なにせ……と、再びクライドの手紙に目を向ける。

『僕は兄さんには死んでも頼りたくなかったし、弱みも見せたくなかった。エヴァンを殺しても契約は無効にならないことなんて想定内だ。放っておいてくれと嘯《うそぶ》いた。もう、完全に諦めていたから。でも、トーリ君が魔法に目覚め、反魂魔法を見つけてくれた今、初めて心の底から頼む。

どうか、今回だけは僕の言うとおりにしてくれ。僕を信じて、トーリ君を助けてくれ。トーリ君を守ってくれ。どうか、どうか……』

あのプライドの高いクライドが、恥も外聞も捨てて懇願している。

それだけ、エヴァンの息の根を止めたくて……それだけ、透俐のことを信じている。

――僕一人じゃ、どうやっても無理だ。でも、君となら。

——トーリ君。僕を、助けてくれ……。

改めてその言葉を思い返した刹那、ざわついていた心が一瞬で凪《な》いだ。

（クライド。ここからは、二人でやろう）

胸の内でそう呟くと、透俐はオズワルドへと顔を上げた。

「これから、バークレイ城に行こうと思います」

「……バークレイ城へ？」

「はい。この作戦で必要な武器を借りなきゃいけないし、何より、クライドに成りすましたエヴァンが、バークレイ家で何かしたら大変だ。絶対に阻止しないと」

置物……クライドを抱き締め、はっきりと言った。そんな透俐に、オズワルドも何かを決心したように口を閉じ、深く頭を下げてきた。

「分かりました。ではどうぞ、このオズワルドもお供させてください。この作戦書には、事に当たる時は私を連れていけと書かれています。それに私自身、あなた様をお守りしたいのです。ですから、どうか」

「ぼ、ぼくたちも行きます」

仔猫たちも両手を挙げて宣言した。

「ぼくたちは日本語の読み方を知っているから、何かの役に立つかもしれません。だから行きます」

「それに、ぼくたちはクライドさまもトーリさんも大好きで、皆にひどいことするエヴァンが大嫌いです。絶対、お役に立ちます」

だから連れて行って。と、飛びついて懇願してくる仔猫たちに、透俐は目頭が熱くなった。

皆「お前なんかにできるわけがない」とは言わない。むしろ手伝うとまで言ってくれる。

そのことへの感謝を噛みしめつつ、透俐は深々と頭を下げた。

「ありがとう。よろしく、お願い……くっしゅん！」

「おや。まずは、お召し物をご用意いたしましょうか」

その後、透俐はオズワルドに身支度を整えてもらいながら計算した。

ここ数日鍛錬して新たに得た魔力は五。透俐の体力と合わせるとおよそ四十七。反魂魔法の三十は絶対に確保するとして――。

「前回のことを考慮して、七くらい残しておいたほうがよいのでは？」

「じゃあ、あと使えるのは十そこそこですね。何を使うか……まあ城に向かう間に考えて」

「トーリさん！」

魔法書のページをめくり思案していると、書斎に行っていた仔猫たちが駆け戻ってきた。

「今、魂のこと調べてみたんですけど、体を乗り換えることに慣れている大魔導師は、二時間もあれば新しい体を使いこなせちゃうって書いてありました！」

「っ……本当に？」

「はい。自分の本来の力も使えるし、乗っ取った体の力も使えちゃうって」

漠然と、新しい体に慣れるには一日二日かかると思っていた透俐は、慌てて時計を見る。

クライドが体を乗っ取られたのは多分五時過ぎ。そして、今は七時。

透俐は慌ててページをめくり、「瞬間移動魔法」のページを開いた。

『魔法消費量五。行きたい場所を思い浮かべて呪文を唱える。一度も行ったことがない場所へは行けない。術者の体に触れていれば何人でも同行可能』

消費量五は痛いが、予感がする。クライドを傷つけることに異様な情熱を燃やしているエヴァンはきっと、今度はダグラスを狙う。なら、迷っている暇はない。

ページを閉じ、置物をポケットに入れて、透俐は立ち上がった。

「これからバークレイ城に瞬間移動するから、俺の体に触れてくれ。そしたら、皆も一緒に飛べる」

そう言うと、オズワルドたちは目を丸くした。

「瞬間移動っ？　消費量はいかほど……」

「五です」

「それは、少々多過ぎるのでは……承知いたしました。ミア、テオ」

鋭い眼光に透俐の覚悟を感じ取ったのか、オズワルドは深く頷き、仔猫たちに声をかけた。

慌てて駆けてくる仔猫たちを待つ間、透俐は魔法書を握り締め、大きく息を吸った。

（大丈夫。俺ならやれる。クライドがやれると言っているんだ。だから、絶対やれる！）

「『分け入っても分け入っても青い山』！」

オズワルドたちが自分の体に触れていることを確かめた透俐は帽子を脱ぎ、呪文を唱えた。

瞬間、見知ったクライドの寝室が、豪華絢爛《けんらん》な大広間へと変わった。周りには、ぽかんと口を開いてこちらを凝視してくる甲冑狼たち。

たくさんの視線に、仔猫たちは「きゃっ」と声を上げ、透俐にしがみついた。

「ト、トーリさん、どうしてこんなところに」

「突然来ちゃったから、皆さん、怒ってます」

「大丈夫。ここでいいんだよ」

怯える仔猫たちの頭を撫でつつ魔法石帽を被っていると、

「あ、あいつ、召喚儀式で呼び出されたヒト型だ」

「今、突然現れたぞ。まさか魔法？　魔法が使えるのか？　あのヒト型」

甲冑狼たちが口々に言い合っているのが聞こえてきた。横で、オズワルドが小さく笑う。

「なるほど、あえてこの場所を選ばれたのは、彼らにトーリ様が魔法を使えるようになったことを知らしめるためですか」

「はい。魔法に使う力は一でも多く節約したいですから……」

「イガラシトーリ！」

突如、名前を大声で叫ばれた。この声はダグラスだと、すぐさま顔を向け、瞠目した。

ダグラスが、覚束《おぼつか》ない足取りでこちらに歩いてくる。

「今使ったのは、魔法か？　貴様、魔法が使えるようになったのか」

「はい。それで……っ」

「頼む！　クライドを助けてくれっ」

透俐の目の前に来るなり、ダグラスは跪《ひざまず》き、透俐の手を摑んで懇願してきた。

「クライドは、エヴァンに恐ろしい呪いをかけられている。それを解いてくれ。魔法なら何でもできるんだろう？　だから……っ」

よく見ると、ダグラスはげっそりと痩《や》せこけて、毛並みはぼさぼさ。クライドと同じエメラルドグリーンの瞳は充血して、相当やつれている。

クライドを助けるためにこれまで奔走してきたのだと、容易に知れた。

そんなダグラスにクライドのことを伝えるのは気が引けたが、

「クライドからの、手紙です」

みっともない声を上げて懇願するダグラスに、作戦書とダグラス宛の手紙を差し出した。

それを受け取り、読み進めていくうち、ダグラスの巨体がわなわなと震え始めた。

「これを、わざわざ……私に持ってきたということは」

「はい。クライドの体は、エヴァンに乗っ取られました」

端的に告げると、あたりは騒然となった。

「クライド様の体がエヴァンに？　そんな……それでは」

「攻めてきますっ」

動揺を露わにする甲冑狼たちに、透俐は大声で言った。

「あいつはきっと、皆さんの身も心も傷つけるために、クライドの体でここへ来る。このことを、今すぐ城中の人に伝えてください。絶対に騙されるな。気をつけろと。早くっ！」

透俐が語勢を強めると、甲冑狼たちは気圧《けお》されたように頷き、部屋を飛び出していった。

その間も、ダグラスは全身を震わせながら、弟からの手紙を読み進めた。

そして、両手を床に突いたかと思うと、がっくりと肩を落とした。

「子どもの頃からずっと、どうしようもない弟だと、思っていた」

虚ろな声でダグラスは呻くように言った。

「バークレイ家の男でありながら、平気で鍛錬をサボって、絵ばかり描いて、そのくせ……毎日必死に鍛錬を積んでいる私をあっさりと追い越して、強くなっていくっ」

「……っ」

「一族の誰よりも武人として才があるのに、絵描きになりたいだなんてどうかしてる。間違っている。だから、あいつの話を聞かず、遊んでもやらず、あいつの好きな絵を否定し続けて……間違いを正してやらねばと思ったんだ。結果、弱みは一切見せず、何もかも自分一人で抱え込むような奴になってしまって」

その言葉で、なぜクライドはほんの些細《ささい》な弱みを見せることも嫌ってひた隠すのか合点《がてん》がいった。弱みを見せれば、「ほら、やっぱりお前は間違っている」と全否定されてしまう。だから、自分は決して間違ってはいないと胸を張り、一人で全て解決するよりなかった。

「エヴァンを殺しても契約が解除されないと分かった時でさえ、澄まし顔で『放っておいてくれ』と突き放して……そんなあいつが今、こんなにも私に頼んでいる。貴様ならできると信じて、貴様を助けたい一心で、貴様が……あの『トーリくん』だから」

「あの……？」

透俐が目を瞬《しばた》かせると、ダグラスは懐を探り、古びた紙の束を差し出してきた。

真ん中に大きく引き裂かれた跡があるが、綺麗に補修されているその紙の束の一枚目に描かれていたのは、見覚えのある愛らしい絵。

「あいつが初めて描いた絵本だ。バークレイ家の男がそんなものを作るなと破り捨てたらひどく泣いて」

「ええ。ひどい」

思わずといったようにミアが言うと、ダグラスの尻尾が縮こまった。

「さ、さすがに悪いと思って、こうして何とか直したが、結局渡せずじまいで」

受け取った紙の束をめくっていく。

字はメキアス語なので所々しか分からなかったが、絵だけでも十分内容を理解できた。

ずっと独りぼっちで寂しかったクライド少年が、魔法石の力で透俐と出逢い、友だちになったこと。二人で行った数々の冒険。雨の日にした初めてのキス。

そして最後、また独りぼっちに戻ったクライド少年。

「話中、相手の名前は『ともだち』だが、最後に走り書きでこう書かれていた。『会えなくても、寂しくても、ずっとずっと忘れない。ぼくの大好きな友だち、トーリくん』」

「……っ」

「この絵本があったから、クライドから貴様の名前を聞いて、貴様が殺せなくなった。貴様を殺さないと新しい守護神様が呼べない、クライドが死ぬと分かっていても」

目頭が熱くなった。クライドがこんなものを描いてくれていたこともそうだが、

(なあ、クライド。聞こえたか。お前の絵がダグラスさんの心を動かした。お前は、ダグラスさんの心に響く絵を描いたんだ)

すごいな。よかったな。と、心の中で語りかけていると、

「それに、あの召喚儀式の時、私をはじめ参加者全員が、心の底からこう願った。『どうか、どうか、クライドを救う守護神よ、来たれ』と」

ぎこちなく、ダグラスがそう付け足すものだから、透俐ははっとした。

「それは、返そう。それは貴様への本だ」

「……はい。ありがとう、ございます」

動揺しつつも礼を言って、懐にしまっていると、ダグラスは深く息を吐き、立ち上がった。

「皆、急ぎ『魂滅銃《こんめつじゅう》』を装備しろ。華奢なこいつには携帯用を。急げ！」

ダグラスのその言葉に、甲冑狼数名が頷き慌てて出て行った。それから少しもしないうちにそれぞれ大量の銃を抱えて戻ってきた。

それはリボルバー式の銃だったのだが、両手で抱えなければならないほど大きく、銃口も異様に大きくて、さながらバズーカのようだ。

重量もかなりありそうだ。果たしてきちんと扱えるのかと不安に思ったが、透俐に差し出された携帯用は一般的なサイズのリボルバー。これなら大丈夫そうだ。

「これが、作戦書に書かれていた魂滅銃だ。六連射式で、読んで字のごとく、この銃に撃たれれば、その体に宿る魂ごと相手を殺すことができる」

『魂で体から体に移動するのなら、体だけ殺しても意味がない。あいつの魂そのものを消滅させる。そのためには必ず、バークレイ家で保管されている魂滅銃で撃たなければならない』

クライドは作戦書にそう書いていている。確かにそのとおりではあるが、

「魂ごとってことは」

「肉体も破壊するということだ。つまり、クライドの体を乗っ取っているエヴァンをこの銃で撃てば、エヴァンの魂を破壊できるが、クライドの肉体も死ぬ」

「え、え……クライドさまも、死んじゃうの？」

透俐にしがみついて不安げな声を漏らす仔猫たちに、ダグラスは深く頷いた。

「ああ、そういう銃だ。それでも、使う覚悟はあるか」

銃を突き出し、睨みつけてくる。透俐は怯《ひる》まない。もう覚悟は決めている。

「俺が失敗したら、この銃で俺ごとあいつをハチの巣にしてください。その覚悟でやります」

「……っ」

「使い方、教えてください」

突き出された銃を手に取り、頼んだ。ダグラスは面食らったような風情を見せたが、それでも使い方を教えてくれた。

その様子を、透俐の足にしがみつく仔猫たちが今にも泣き出しそうな顔で見上げてくる。透俐がこの銃でクライドの体を打ち抜くさまを想像して恐怖し、悲しんでいるのだろうか。

これは……もう、限界だろう。

「すみません。できれば、この子たちを安全なところに保護してくれませんか」

説明後、借りたホルスターを腰につけ、銃をしまった透俐はダグラスにそう頼んだ。途端、仔猫たちは「ええっ」と声を上げ、丸めていた尻尾をぴんっと立てた。

「トーリさん、どうしてですか。お手伝いさせてくれるって言ったのに」

「ミア、テオ」

抗議の声を上げる仔猫たちを、オズワルドは諌《いさ》めるように呼ぶ。

「お前たちを連れてきたのは、家にお前たちだけを置いておくのが心配だったからだ。お前たちに何かを手伝わせようとしたからではない」

「オズワルドさん……」

確かにそのとおりだが、もっと他に言いようが……と、宥めようとしたが、オズワルドは止めない。

「さあ、トーリ様の言うとおりにするんだ。それも、立派なお役目だ」

言い聞かせるように言う。いつもなら、従順な二人は聞き分けるのだが、今の二人は言うことを聞かない。「嫌です」と叫んで、透俐に飛びついた。

「ぼくたちもトーリさんと一緒にエヴァンと戦うんです。クライドさまを助けるんです！」

「ちゃんとお役に立ちます。だから……きゃあっ」

ミアと一緒に訴えていたテオが悲鳴を上げた。突如、爆音が鳴り響いたかと思うと、立派な扉が吹き飛んだ。扉と一緒に壁に叩きつけられたのは、二人の甲冑狼。

二人が着ている甲冑は、ボコボコに凹《へこ》んでいる。その悲惨な姿に全員が絶句していると、扉が吹き飛んだ入り口から、スリーピースの黒スーツをスマートに着こなした紳士が、優雅

な足取りで入ってきた。その歩き方も、

「ひどいなあ。そんな可愛い仔猫たちを仲間外れにするなんて、可哀想じゃないか」

品のある朗々とした口調も、涼しげな笑みも、透俐のよく知る、クライド・ラドルファス・バークレイそのもの。ミアも思わず「クライド、さま？」と呟いたが、すぐに「ひっ」と悲鳴を上げた。

その男の右手が、ぐったりとして動かない甲冑狼の首根っこを摑んで引きずっていたから。

「うん？　仔猫ちゃん、『これ』が気に入ったのかい？　じゃあ君にあげよう。そら！」

男……クライドの体を乗っ取ったエヴァンが、ミアめがけて引きずっていた甲冑狼の体を投げつけてきた。

とっさのことに透俐たちが動けずにいると、ダグラスが前に飛び出し、投げ飛ばされた甲冑狼の体を抱き留めた。

「大丈夫かっ。しっかりしろ……誰か！　早く医務室へ運べ」

抱き留めた獣人の状態を確かめ、ダグラスが叫ぶ。よかった。死んではいないようだと仔猫たちを抱き締めつつほっとしていると、「ちっ」と露骨な舌打ちが聞こえてきた。

「せっかく、セドリックの魂で作っといた瞬間移動の魔法で飛んで来たってのに」

その言葉に、その場にいた全員が息を吞み、透俐は唇を嚙んだ。

透俐が会ったセドリックは健康体そのものだったから、魂が無事ならまだ助けられるかもしれないと思ったが、もう手遅れだったか。

「このくっつけた右手を見せて、『兄さん、見てくれ。君のせいで失った右手が元に戻ったんだあ』って、感動の茶番劇やって、言うこと聞かせようと思えば、またお前かよ。くそがっ。心底ムカつく根暗不細工だな」

露骨に顔を顰《しか》め、乱暴な口調で吐き捨ててくる。そのさまに、仔猫たちはぼろぼろ涙を零し始めた。中身は別人と分かっていても、大好きなご主人様が醜悪に顔を歪ませ、これまた大好きな透俐を口汚く罵《ののし》るさまにショックを受けたのだろう。

透俐だって胸がズキズキ痛んだが、今はそんなことより、

「右手……その右手」

ひらひらと軽やかに揺れる右手に透俐が声を震わせると、エヴァンはにたぁっと口角をつり上げた。

「ああこれ？　捨てるわけないじゃん。この体は手に入れたらしばらく使うつもりだったし」

「でも、クライドは……右手は、目の前で切り刻まれたって」

「あーそれは別の手。画家が、自分の右手を目の前で切り刻まれたらどんな顔するか、知りたくってさ。ハハ！　傑作だったんだぜ？　最高に情けねえ顔してんのに、『いつか必ず仕留めてやる』だなんて強がり抜かしてさ。超ウケた」

「！　お前……っ」

「しかも、自分が何をしたら体を乗っ取られるか知りもしないでさあ」

何をしたら？　そう言えば、なぜあのタイミングで体が乗っ取られてしまったのか。

「タイムリミットが六カ月。後は、特例として……あいつが心の底から、『助けてくれ』って誰かに縋った時」

「……っ！」

「そうしておけば、心の底から頼った相手が俺に嬲り殺しにされる光景を見せつけられる。助けてくれって縋った直後にだ。な？　超いいアイデアだろ？　アハハハ」

得意げに言ってケタケタ嗤う。そんなエヴァンに、透俐は全身の血液が急速に冷えていくのを感じた。もう、怒りも憎しみも何もかも、遥か彼方《かなた》に通り過ぎていた。

この男は、この世に存在していてはいけない。

殺す。どんな手段を使ってでも、必ず殺す。恐ろしく静かに淡々と、心の中で呟いた時。

「いい加減にして！」

愛らしい声が大声で叫んだ。

透俐がとっさに顔を向けたのと、仔猫たちが駆け出したのはほぼ同時だった。

それまで怯えて震えるばかりだったのに、今は全身の毛を逆立て、四本足でエヴァンめがけて突っ込んでいく。透俐が二人の名を叫んだが止まらない。

オズワルドも駆け出し、二人を止めようとしたが、その手がかろうじて摑めたのはミアの首根っこだけで……。

「バカバカ！　もうクライドさまをいじめるなっ。その体返して」

エヴァンに体当たりしたテオが、肉球でポカポカとエヴァンの脚を叩き続ける。

「テオ！　駄目だ、戻っておいで……っ」

息が止まる。エヴァンが、テオの喉元を無造作に鷲掴んだ。

「うん？　ご主人様と遊びたいのか？　いいぞ。そら、高い高ーい」

「ぐっ……かはっ」

「テオ！」

喉元を鷲掴まれて振り回される弟に、オズワルドの腕の中にいたミアが悲鳴を上げた。ダグラスや甲冑狼たちが「やめろ」と叫んで剣を抜く。魂滅銃を装備していた甲冑狼たちもエヴァンに銃口を向ける。

エヴァンがぴたりと動きを止めた。

「『兄さん』」

先ほどまでの粗野な口調とは打って変わった、穏やかな口調でそう呼びかけた途端、ダグラスは雷に打たれたように全身を震わせた。

「全部、兄さんが悪いんじゃないか。僕は慎重に事を進めるべきだって言ったのに、怒りに我を忘れてエヴァンに突撃した挙げ句、人質になって。そんな、馬鹿で能無しの兄さんを救うために体まで差し出した、可愛い弟の僕を殺すの？　はは、最低だ。最低だねえ、兄さん」

クライドの口調で「兄さん」と呼びながら、穏やかに詰《なじ》る。

完全にダグラスの動きが止まってしまう。当然だ。こんなことを言われて斬りかかれる兄がどこにいる。勿論、この兄弟を長年見守ってきただろう甲冑狼たちも動くことができず。

とんでもなく下劣な行為。それでも、透俐は唇を引き結び、必死に考えた。

魔法を使うか。だが、エヴァンの前でみだりに魔法を使ってよいものか……。

「おや、来ないのかい？　だったら見ていればいい。この子がボールみたいに跳ねるのを」

「やめて！」

ミアがまた悲鳴を上げた。

「テオに、僕の弟にひどいことしないで。殺さないで」

泣きながら訴えるミアに、エヴァンは小首を傾げた。

「えー？　でも、こいつ生かしておいて、なんかいいことあんの？　何もない……」

「テ、テオはとっても役に立ちます！　日本語だって読めるんだから」

ミアは懸命に言い返した。その言葉に、透俐は勿論エヴァンの顔色が変わった。

「ニホン語が、読めるだって？」

「そ、そうです。魔法書の字だって読めます。あなたは読めないのに。すごいでしょ……」

「ミアッ」

まくし立てるミアをオズワルドが咎めるように抱き竦めるが、遅かった。

「そうだねえ。ニホン語が読めるのはすごいことだ。でも、残念だなあ。俺今、魔法書を持ってないんだよなあ。誰かさんが返してくれないせいで……ああ」

そこにあったか。と、エメラルドグリーンの瞳が、ぎろりとこちらを向いた。

「ねえ、それ。返してくんない？」

左手を差し出してくるエヴァンに何も言えずにいると、エヴァンの顔が露骨にねじれる。

「返せって言ってんだよ。それ、俺のなんだけど？」

「……返したら、テオを離してくれるのか」

一応訊いてみた。するとすぐさま「はあ？」という嘲《あざけ》りが返ってきた。

「お前馬鹿なの？　魔法書返ってきても、字が読めるこいつがいなきゃ意味ねえじゃん」

「テオと交換だ。それなら……テオッ」

「十秒以内に返せ。じゃなきゃ、このネコの首を握りつぶす。十、九……」

テオの喉元を締め上げながら、問答無用で数を数え始める。

目が本気だ。これはもう、迷っている暇はない。

透俐は魔法書を急いで床に置き、甲冑狼たちの「待てっ」という叫び声も聞かず、エヴァンに向かって滑らせた。

床を勢いよく滑っていった魔法書は、エヴァンの足元で止まった。それを見るなり、エヴァンは声を上げて嗤い、テオの喉を締め上げるのをやめた。

ほっと息を吐く。よかった。これでひとまず、テオは殺されずに済んだ。それに……と、テオを見遣ると目が合った。

ケホケホと息を吐きながらも、潤《うる》んだ瞳で問いかけてくる。

「トーリさん。ぼくたち、お役に立ったでしょう?」と。その問いに透俐は唇を噛み締めた。

『第二段階。エヴァンにわざと魔法書を奪われる』

作戦書のその文言を読んだ仔猫たちは、わざとエヴァンに囚われることを思いついた。そうすれば、怪しまれることなく、魔法書をエヴァンの手元に戻せると思って。

怖がりな二人がこんなにも危ないことをするなんて。その胸の内を想うと、胸が締めつけられたが、透俐の神経はますます研ぎ澄まされていった。

(ありがとう。ここからは、俺とクライドでやるよ)

視線だけでそう応えている間も、エヴァンは魔法書を拾い上げ、上機嫌に嗤い続ける。

「アハハ! ホント、ここにいる奴全員、無能な馬鹿ばっか。勝手に墓穴掘って、足を引っ張り合って。救いようがねえ。こんな奴らのために、必死こいてたクライドが一番ダッセーけど。アハハハ……」

「一番ダサいのはお前だ」

「ハハハ……あ? 今、何か言った」

「お前が一番ダサいって言ったんだよ、このごみくずが」

最高に嫌味たらしく言い捨ててやると、エヴァンの顔から笑みが消えた。

「それ、本気で言ってんの？　だったら……」

「お前もそう思ってるんだろう？　だから、自分の本当の体を捨てたんだ。こんな、人より劣ったところばかりのごみくずいらねえよって」

「……っ」

小さく息を呑むエヴァンに、透俐は一歩前に足を踏み出す。

「自分にないものを持った体になれば、自分じゃない誰かになれば、立派になれる。幸せになれる。そう思ったんだろう？　……分かるよ。俺も、何度もそう思った。こんな体じゃなきゃ、こんな自分じゃなきゃ、こんなことにはなってない。きっと幸せになれたはずだって」

「……はっ。勝手に仲間認定してんじゃねえよ。ごみくずはお前だけだよ。ばーか……」

「けど今は、そうは思わない。だって、誰かの体じゃ、喜びも、『好きだ』って言葉も、何一つ受け取れない」

そうだ。もしも、エヴァンのように別の体を乗っ取って、クライドに「綺麗な足だ」と言われ、右足に口づけられて、嬉しいと思えたか？

「君はこの世で一番綺麗だよ」「愛している」という言葉も、蕩けるような愛撫も、素直に受け取ることができたか？　いや……きっと、できなかった。それどころか、クライドが好きなのは今の体。本当の俺に対してじゃないと傷ついたに違いない。

それは恋愛以外でも同じこと。何かを成したとしても、それを成したのは他人の力。自分じゃないと虚しくなるだけ。

「魂は、生まれついた体じゃなきゃ変われない。幸せになれない。だから、お前はもう変われない。未来永劫《えいごう》、自分にさえも見限られた、不幸なごみくずのままだ」

「……！」

「お前はそれを知っている。だからそうやって、必死に人を貶《おとし》めて馬鹿にする。お前らのほうがごみくずだ。俺のほうがまだマシだって……はは。ダセー。どうしようもなくダセー」

「ぷっ！　ハハハハハ」

容赦なく吐き捨てると、エヴァンが噴き出した。

「あー腹痛え。ここまでの馬鹿見たことねえよ、ハハハ」

ひとしきり嗤う。そして、ふと嗤うのをやめると、持っていた魔法書をゆらゆらと振ってみせながら、血走った目をこちらに向けてきた。

「この魔法ってさあ。魔法書を持った状態で呪文を唱えれば誰でも魔法が使うことができるんだろ？　おまけに、呪文の発音が不明瞭でも発動する」

「……っ」

「ハハ！　なんで知ってるかって？　知ってるよお。お前らん家《ち》に仕掛けておいた魔聴具でバッチリ聞いたから……そう。クライドは全部探し出せたってドヤッてたけど、三つほど残っていたんだよ。それで、全部聞いちゃった。この魔法の性能も、お前らが勉強した呪文の発音も、お前らが俺に嘘の情報を流そうとしていることも全部」

「そんな……」と、オズワルドが声を漏らすと、エヴァンはまたケタケタ嗤い出した。

「『エヴァンはきっと偽情報を信じてるはずだし、まだ読み方も知らない。その隙にどうにかしよう』とでも思ってた？　ねえ今どんな気持ち？　どっちが救いようのない馬鹿？」

その問いに透俐は答えなかった。ただそっと、ポケットに手を入れ、中に入れていたクライドの置物を握り締める。

「何も言えない？　可哀想に。ショックで口が回らなくなったんだな。じゃあ、俺が代わりに唱えてやるよ。で、死ねよ」

「……」

「もうお前の顔、見るのも嫌だわ。自分を助けてくれると思った魔法で死ね」

置物を握る手に力を籠《こ》める。

「『カミナリニ　コヤハヤカレテ　ウリノハナ』！」

エヴァンが大声で呪文を唱える。透俐が最初に唱えた雷魔法だ。

次の瞬間には透俐に特大の雷が落ち、透俐の体は消し炭にされる、はずだった。

「……え」

エヴァンはひどく間の抜けた声を漏らした。

呪文を唱えても、声が虚しく響くばかりで、何も起こらなかったから。

それと同時に、透俐は帽子を脱ぎ捨て、地面を蹴った。

頭の中に響くのは、かつてのクライドとの会話。

――魔聴具は全て撤去したと話したが、実は三つばかりわざと残してある。

――！　どうして……。

――エヴァンに偽の情報を信じ込ませるためさ。僕らが、魔聴具の存在に気づかない体《てい》で魔法の勉強をし、その中に偽の情報を混ぜて流せば、奴は絶対に信じる。

エヴァンが先ほど言った魔法の性能は全て、クライドが流した嘘だ。

本当は、魔法書を手にしていなくても魔法が使える。しかも、ちゃんとした日本語で発音しなければ駄目なのか、透俐でなければ発動しない。だから。

『第三段階。トーリ君に対し、呪文を唱えさせる。偽の情報を信じ込んでいるエヴァンは、魔法が発動しないことに必ず面食らい、茫然自失になる。その隙を突いて……』

「『稲の秋　命拾うて　戻りけり』！」

置物をエヴァンに思い切り投げつけ、反魂魔法を叫んだ。

瞬間、置物が発光したかと思うと、置物から山吹色の火の玉が飛び出し、エヴァンの……

クライドの体の中に、ズドンと鈍い音を立てて飛び込んでいった。

「？　○▲、□＊……ぐっ！」

きょとんとしていたエヴァンが、魔法書を取り零した手で胸を押さえて苦しみ出した。体に戻ったクライドの魂が、エヴァンの魂に攻撃し始めたのだ。

それを見て取り、透俐はそのまま駆け寄ると、首根っこを掴まれたまま振り回されるテオを奪い取った。

「テオ、テオ。大丈夫か。怪我は……っ」

エヴァンから距離を置いたところで話しかけると、テオが勢いよく抱きついてきた。

「×▲○◆＊×□！」

大声を上げて泣きじゃくる。言葉が分からない。そう言えば、帽子を脱いだのだったと思っていると、頭に何か被さってきた。振り返ると、透俐の頭に帽子を被せるオズワルドの姿があった。

「トーリ様！　テオも、お怪我は」

「テオ、テオ。大丈夫……っ」

「わあああ！　兄さあん、こ、わかった……怖かったよおお」

透俐からミアに飛びつき、泣きじゃくる。そんなテオに、ミアの目からも涙が零れ出て、わんわん泣き出した。そんな二人を、透俐は抱き締めた。

「ごめん。怖い思いをさせて。でも、ありがとう。お前たちのおかげで上手くいった…っ」

爆音が轟《とどろ》く。弾かれたように顔を上げると、壁に大きな穴が開いていた。

「ぐぎ……がはっ。くそ、くそ！　クライド、また俺の邪魔しやがって……こうなったら、殺してやるっ。お前の大事な獣人全員、目の前で殺してやる！」

苦しみながらも掌から火の玉を出し、所かまわず乱射する。ただ、クライドが邪魔をしているのか、誰にも当たることはなく、どれも明後日《あさって》の方向に飛んでいく。

それでも、火の玉の威力はすさまじく、石の壁でも簡単に吹っ飛ばしてしまう。このままでは死人が出る。けれど、甲冑狼たちは持っている魂滅銃を構えはするものの、撃つことはできない。今撃てば、クライドの体どころか魂まで消滅させてしまうのだから当然だ。

「オズワルドさん、仔猫たちを連れて避難してください。あの火の玉が当たったら大変だ」

「承知しました。しかし、トーリ様は」

その問いには答えず駆け出す。そして、藻搔《もが》きながらも火の玉を乱発するクライドの体に飛びついた。

クライドの体がバランスを崩し、尻餅を突く。エヴァンが呻き声を上げ、鬼の形相で睨みつけてきたが、透俐は怯まない。「クライド、そんな奴に負けるなっ。頑張れ」と叫んでしがみつく。こんなことをしてクライドの助けになるのか分からなかったが、こうせずにはいられなかった。

「ああくそっ、お前まで！　どこまでもうっとうし……ぐっ！」

エヴァンが呻き声を漏らした。顔を上げてみると真横に、こちらに迫る大きな右拳と、その手首を掴む左手が見えた。

透俐を殴りつけようとしたエヴァンをクライドが止めてくれた。そう解釈していると、固く握られていた右拳がゆっくりと開き、こちらに向かって伸びてきた。

震える指先が透俐の頬に触れ、愛おしげに撫でる。その所作に、透俐は目頭が熱くなった。

「本当は、右手でも触りたいって、言ってたもんな」

ようやく、触れたなあ？　顔を覗き込んでそう笑いかけてやると、こちらを睨みつけるばかりの憎悪に満ちた瞳に、柔らかな光が灯《とも》った。クライドだ。こちらの声が届いている。そう確信した透俐はさらに呼びかける。

「クライド。そいつ、体から追い出せそうにないか？」

「は、はは。何言ってる。追い出せるわけないだろう。この体は、もう俺のもの……」

「……そうか。うん、いいよ。そんな顔するな。お前は頑張った。よく、頑張ったよ」

優しくそう言って、透俐は上体を起こした。そして、クライドの体に馬乗りになった状態で、ホルスターから魂滅銃を抜き、撃鉄を起こした。

エヴァンの目が信じられないものを見るように大きく見開かれる。

「お前、何やってる。分かってるのか？　その銃で撃ったら、俺の魂だけじゃなくて、クライドの魂も消滅するんだぞっ。それなのに……！」

「ああ。分かってるよ、クライド。分かってる」

何とも情けない悲鳴を上げるエヴァンなど気にも留めず、外さないよう銃口を胸に押しつけて、透俐はにっこりと笑う。

「お前を独りぼっちになんかしやしない。お前を撃ったら、俺もすぐ自分を撃って追いかける。ずっと一緒にいよう。そしたら、怖いことも悲しいことも何もない。楽しいだけだ」

指を引き金に添える。

「お、おい……おい、お前っ。何訳の分かんねえこと言ってる。クライド！　お前もこいつを止めろよっ。二人揃って頭可笑しいんじゃ……」

「うん。俺も嬉しいよ。これで俺はお前だけのものだし、お前は……俺だけのものだっ」

引き金を引いた。

撃鉄が戻る。刹那、目の前に閃光が走り、クライドの体から灰色の火の玉……エヴァンの魂が勢いよく飛び出した。

『アハハ。誰がお前らなんかと心中するかよ、ばあか。二人で勝手に死ね……』

宙高く舞い上がり、けたたましく嗤っていたエヴァンの声が途切れる。

見下ろした先に、魂滅銃で胸を撃ち抜かれ、絶命したクライドはいなかった。いたのは、エヴァンに魂滅銃の銃口を向けるクライド。

『第四段階。弾を一発抜いた状態で僕に発砲してくれ。できれば、銃口を僕の胸に押しつけてくれるとなおいい。引き金を引いたら、奴は必ず怖気《おじけ》づいて逃げ出す。そこを』

「さっきのは空砲だよ」

『アア？　ア、ア……』

「言っただろう。いつか必ず、仕留めてやると」

にこやかにそう微笑んで、クライドは引き金を引いた。

それを合図に、銃を構えていた甲冑狼たちも一斉に発砲した。

集中射撃されたエヴァンの魂に逃げ場はなく、数発の弾が被弾し、破裂音……いや、断末魔とともに、木っ端みじんに砕け散った。

その光景をその場にいた全員が食い入るように見つめた。ただ一人、透俐だけが別のものを見つめていた。組み敷いた目の前の男だけを、ただただ。

「消えてなくなれ。跡形もなく」

砕け散るエヴァンの魂を見上げるエメラルドグリーンの瞳が、そう吐き捨てて細まる。

その声は何とも冷ややかで一瞬ドキリとしたが、

「それにしても、素晴らしい演技だった。君、本気で役者を目指したらどうだい」

次に聞こえてきたのは、聴き馴染んだ明朗な声音が口ずさむ軽口。
二、三度瞬きしていると、エメラルドグリーンの瞳がこちらを向いた。
この、蕩けるように優しく甘い眼差しは……！

「ク、クライ……？」

切なげにその名を呼びかけ、透俐はまた瞬きした。柔らかな笑みを浮かべていたクライドの顔が突如引きつった。

それと同時に、視界が翳った……かと思うと、涙で顔がぐしゃぐしゃに濡れた仔猫たち……と、ダグラスがこちらめがけて飛び込んできた。

透俐が声を上げる前に、突っ込んできた仔猫たちはクライドに飛びつき、ダグラスは透俐ごとクライドを抱き締めてきた。

「クライドさまあ。よかったですう。もしあのままだったら、ぼく、ぼく……あああああ」

「グライドぉオオオ！　お前という奴は、お前という奴は！　わあああああ！」

号泣しながらぎゅうぎゅう抱き締めてくる。気持ちは分からないこともないが、

「君たち！　喜んでくれるのはとても嬉しい。だが、もう少し冷静に……っ」

今度はクライドが息を呑む。

「クライドさまあああああ！」

「ようございました。本当に、本当にようございました」

「バークレイ家万歳！　筋肉に栄光あれ！」

そばにいた甲冑狼たちも号泣しながらわらわらと集まって来て、透俐とクライド、仔猫たちを抱えたダグラスを胴上げし始めて……もう、なんというか滅茶苦茶だ。

だが、それでも皆笑っている。甲冑がボコボコになるほどエヴァンにやられた甲冑狼たちも、立ち上がれないまでも胴上げされる透俐たちを見上げて笑っている。

クライドだけでなく、皆助かった。一人も、死なせずに済んだ。

(よかった。本当に、よかった……っ)

クライドにしがみつく腕に力を籠め、噛み締めるように思った。でも。

その後、透俐たちはダグラスから、宿敵エヴァンの打倒とクライド生還を祝うための祝賀会に招待された。

「我が一族全力の宴だ。演目は、筋肉ダンス。筋肉演舞。筋肉楽器。筋肉賛美歌。それから」

目を輝かせて、暑苦しくも空恐ろしいことを言ってきたが、クライドは丁重に断った。

「お気持ちは大変ありがたいのですが、僕たちはご遠慮させてください。見てのとおり、トーリ君も仔猫たちも疲弊しきっています。僕も……魂が戻ったばかりなのか、あまり気分が良くなくて」

胴上げされ過ぎてぐったりした透俐と仔猫たちを指し示しつつ、自身の胸を押さえて耳を下げる。

その言葉のおかげで透俐たちは宴に参加することを免れ、ダグラスが急ぎ用意してくれた客室でそれぞれ休むこととなった。

そのことはとてもありがたかったが、通された部屋で一人、透俐は悶々《もんもん》とした。

クライドの体調が気にかかる。看病したい。というか、一緒にいたい。けれど。

（……ごめん、クライド。看病してやりたいけど、でもっ）

枕を抱き締め、顔を埋《うず》めていると、ノック音が聞こえてきたのでどきりとした。

誰だろう。と、考えるより早く、「トーリ君」と聞きたくてたまらなかった声がドア越しに聞こえてきたものだから、慌てて飛び起きた。

転がらんばかりの勢いでドアへと駆け寄り、開くと、ヒト型姿のクライドが立っていた。

「クライド。お、お前、出歩いて大丈夫なのか。体のほうは」

「体調が悪いなんて嘘だ」

「！　嘘って、お前……」

透俐が目を見開くと、クライドの耳が下がる。

「心配をさせてすまなかった。でも」

言葉が途切れる。しかし、こちらを見つめてくる瞳は雄弁に、一刻も早く透俐と二人きりになりたかったという胸の内を訴えてきた。

その想いを汲《く》み取った刹那、透俐はクライドに飛びついていた。

力の限りしがみつき、その名を呼ぶと、息が詰まるほどきつく抱き締め返され、「トーリ君」

と愛おしげに名を呼ばれる。それだけで、全身が歓喜で震えた。

クライドの魂は傍らにあったから、ずっと一緒だったと言えば一緒だった。

けれど、それでは到底足りなかった。

あの宝石のように美しい瞳に見つめられたい。蕩けるように優しい微笑みが見たい。ひんやりとした耳触りのいい低音で、狂おしげに名を呼び、愛を囁いてほしい。長く、逞《たくま》しい腕でこの身をきつく抱き締めてほしくて……ああ。

エヴァンに乗っ取られているとは分かっていても、醜悪な笑みでその綺麗な顔を歪め、下卑た罵詈雑言《ばりぞうごん》を吐き散らかしていたぶってくるクライドを見れば見るほどに強く思った。

でも、この程度では全然足りない。

もっとほしい。何もかも忘れるくらい、身も心もクライドでいっぱいにしたい。

この男は今ちゃんとここにいるのだと、自分が愛してやまない、そして自分を愛してくれるあのクライドなのだと、細胞の一つ一つにまで感じたいが……。

――抱いてくれるなら誰でもいい淫乱トーリ君。

エヴァンが吐き捨てたその言葉が脳裏に蘇り、身を強張らせた……その時。「トーリ君」と、クライドが改まったように名を呼んできたかと思うと、

「僕に成りすまして君を抱くエヴァンを見た時、僕は発狂するかと思った」

そう言ってきたものだから、心臓が止まりそうになった。

「あんな奴に、君を好きにされるのもそうだが、あいつを受け入れる君を見るのが、耐え難い激痛だった。相手は僕の体なんだから分かるわけがないと、頭では分かっていても、どうしても……僕以外と、そんなことしないでくれ。僕に気づいてくれ。僕はここにいると叫んで、叫んで……無駄だと分かっていても、叫ばずにはいられなくて」

心が切り刻まれるような心地がした。

やはりクライドは、エヴァンに体を許して、射精してしまったことを怒って——。

「そしたら、君は……すぐに、気づいてくれた」

罪悪感と自己嫌悪に震える透俐の耳に届いた、その言葉。

「あいつが僕の偽者だと見抜いてくれた。十三年ぶりに再会した時は、気づいてくれなかったのに、今回は、分かってくれた」

「……っ」

思わぬ言葉に息を詰めると、クライドが身を離し、顔を覗き込んできた。

その顔に、怒りや侮蔑の色は一切ない。ただただ、嬉しそうな笑みが湛えられている。

「それだけじゃない。君は僕を信じてエヴァンに立ち向かい、僕を助けてくれた。その上、今はこうして、前と変わらず僕に触れてくれる。この体は君にたくさん醜い姿を見せて、ひどいことをしたというのに」

「ク、ライド……っ」

「分かるかい？　今の僕は君に対して、感謝と尊敬と、愛おしさしかないよ。君が僕に対して、そんな顔をするほど、罪悪感を抱く必要なんて一欠片だってない」

きっぱりと言い切ってくれたその言葉に、胸がぎゅっと詰まった。

ずっと、クライドに悪いと思っていた。

知らなかったとはいえ、自分はクライドが見ている目の前で、クライドが最も忌み嫌う男に体を許してしまった。こんなひどい裏切りはない。

それなのに、クライドは怒るどころか、透俐に対して、感謝と尊敬と、愛おしさしかないと言う。本来なら、ありがた過ぎて涙が出る言葉。でも。

「……ごめん、クライド」

消え入りそうな声で謝り、余計に縮こまる透俐にクライドが首を傾げる。

「うん？　どうして謝るんだい」

「だ、だって、俺は今……お前と、き……気絶するまでやりたいって思ってる！」

「……！」

思い切って口にした途端、クライドが大きく息を呑むので、透俐はますます俯いた。

やっぱり、呆れられた。

本当は死ぬまで黙っていたいが、それでも……本当は言いたくなかっただろうことまで正直に話して、尊敬している。愛おしいと言ってくれたクライドに嘘などつけない。

「ご、ごめん。大変なことがあったばかりなのに……いっぱいお前がほしいとか、あいつが触った感触なんか、綺麗さっぱり忘れさせてほしい、だなんて。これじゃ、エヴァンに淫乱とか言われても、しかたない……んんっ？」

突如、顎を取られて上向かされ、唇に嚙みつかれて、透俐は目を瞠った。

「……はあ。エヴァンめ。君にこんな忌々しい呪いをかけて。死んでも憎たらしい奴だ」

「っ……あ、呆れたり、しないのか？」

信じられず、震える声で訊き返すと、唇を軽く啄《ついば》まれて、

「僕は今、君の中に入りたくてたまらない」

そんな言葉とともに、ズボン越しに臀《でん》部《ぶ》の谷間をなぞられて、腰が跳ねた。

「そう言ったら、君は僕を軽蔑するかい」

「あ、あ……ク、ライド……ん」

「ねえ。僕も、君と同じ気持ちだよ？　僕も君がほしい。君の身も心も僕でいっぱいにして、僕の身も心も君でいっぱいにしたい。だから、僕を想ってくれるなら、好きなだけ、僕を求めてくれ」

濡れた瞳を悩ましげに歪め、切々と訴えてくる。その言葉と眼差しに、雷に打たれたような衝撃が全身に走った。

透俐の中の常識とエヴァンに言われた数々の揶揄《やゆ》が、木っ端みじんに砕け散る。代わりに、

身の内に血飛沫《ちしぶき》のように噴き出す、クライドへの想い。

「あ、あ……ク…ライド……クライド！　好きだ。誰でもよくない。お前じゃなきゃ嫌だ。お前だけ……んんっ」

自分からも口づけながら懸命に訴えると、きつく抱き締められ、熱い舌が口内に侵入してきた。

「……分かってる。ありがとう……ありがとう、トーリ君。僕も、君だけが好きだよ」

唇を触れ合わせ、歯列を舐め、舌を搦めて、透俐の舌を執拗に愛でながら、熱に浮かされたように囁く。

その舌使いと囁きは、簡単に透俐の脳髄と痩身を甘く焼いた。

自力では立っていられなくなるほど体が弛緩し、腰が砕ける。そんな透俐の体を、クライドは軽々と横抱きに抱え上げた。

ベッドへと向かう間も惜しくて、夢中で口づけ合う。

ベッドに寝かされてからは、キスがより一層濃厚になった。唾液を呑み込む隙さえ許されないほど熱烈な口づけに眩暈がする。しかし、クライドの掌が体を這い回り始めたところで、透俐は目を見開いた。愛撫の感触が、いつもと違う。

一瞬戸惑ったが、胸と同時に下肢に触れられたところでようやく気がつく。

（……そうだ。クライドの右手、無事に戻ってきたんだ！）

これでもう、不自由な思いをすることはない。大好きな絵も描ける。

透俐の服を、自分で脱がせることができる。義手がうっかり透俐の体に触れてしまわぬよう、気をやる必要もない。両手が使えるようになったから、

「ぁ、あ……っ。そんな、格好……ゃ、あ」

愛撫はより大胆で、濃厚になった。

乳首や下肢を一緒に攻められたり、大きく足を開いた恥ずかしい格好を取らされたり。今までの行為とはまるで違う。それに。

「ん、んぅ……そ、その、触り、方……あ」

「うん？　気に入ってくれたのかい」

「ゃ……だ、め。そ、んなふうに、触る……ぁあっ」

さすがは利き手と言うべきか。クライドの右手は左手の何倍も緻密で、雄弁だった。

透俐の性感帯を的確に探り当て、どう弄《いじ》れば透俐の快感を引き出せるかすぐに理解し、精密に動く。その指先に翻弄されるばかりだったが、透俐はふと切なくなった。

この右手が、クライドにとってどれほど重要なものであったかを、全身で感じたから。

右手が戻って本当によかったと、心の底から思った時、

「！　ク、ライド……そ、こ……んんっ」

透俐は思わず声を上げた。透俐の先走りで濡らした指を、これまで誰にも触られたことが

ない秘部へと這わされたから。

今まで感じたことがない感覚に腰が怯む。だが、すかさず乳首を口に含まれ、陰茎に指を絡められたものだから、その感触はあっさり快感に溶けた。

「ぁ…そ、れっ……んんっ」

乳首を音を立てて吸われるとともに、蜜をだらしなく垂らす亀頭を爪で弄られて身悶《みもだ》えている隙に、クライドの指が内部に挿入《はい》ってきた。

異物感に身が竦むが、舐められ過ぎて赤く熟れた乳首を噛まれてしまうと、痺れるような快感が身を焼く。

その間に、クライドの指は奥へ奥へと潜り込み、強張った内部をほぐしていく。

敏感で柔らかな肉をなぞり、襞《ひだ》をめくり、いいところは押し、引っ掻いてくる。

その動きに、固く拒んでいた蕾《つぼみ》もクライドの指に馴染んできた。それとともに、これまで感じたことのない悦楽がさざ波のように襲ってきた。

まるで、体の奥底を作り変えられていくような錯覚を覚えるほど、強烈な刺激。

一体自分はどうなってしまうのか。言い知れぬ恐怖に襲われる。けれど。

「クラ…イド……キス、してくれ……ん、ぅ。お前の顔、見せて……ぁ、んんっ」

願いが聞き入れられ、キスされたことで再びクライドの顔が見えた途端、その恐怖は一気に薄らいだ。

（……大丈夫だ。怖いことなんて、何もない）

クライドが一緒なのだ。だから、どこへ連れて行かれたって、どうなったって、きっと大丈夫。そう、心の底から思えた。だから。

「！　いっ…あああぁ」

もう達かせてと泣いて頼むくらいほぐされたのに、クライドの猛《たけ》ったペニスをねじり込まれて、身を裂かれるような激痛が走った時、

「苦しい、かい？　我慢できないなら……っ」

引こうとするクライドに、透俐は懸命に手を伸ばした。

「ク、ライド……繋いで」

「っ……トーリ君？」

「お前が、手……繋いで、くれたら、俺……何でも、へっちゃら、だから……あ」

クライドの手が差し伸べた手を握ってきた。

すぐさまその手を握り返し、指を搦めてその感触を味わう。すると、思ったとおり、痛みが遠のくほどに心が安らいでいって……ああ。

やっぱり、この手を握ると安心する。昔からそう――。

「！　あああっ」

クライドが再び、腰を押し進めてきた。

痛みがさらに増す。それでも、透俐の心は悦楽を感じていた。

いまだかつてないほど生々しく感じる、透俐を求めてくるクライドの感触。

「ああ……トーリ、トーリ君っ。君は、僕のものだ。誰にも渡さない。……離さない。もう二度と……絶対、離さないっ」

切なげな心の叫び。

幸せだった。この男にこんなにも愛されて、求められて。

「クラ、イド……クライド。俺も、だ……ぁ。誰にも、渡さない。お前のこと、離さない……いよう。ずっと、ずっと一緒にいよ……ああっ」

左手で貪欲に腰を突き上げてくるクライドの右手を握り、右手でクライドの体を懸命に抱き締め、透俐も熱に浮かされたように囁く。

そうだ。自分たちはもう、決して離れない。ずっと、いつまでも一緒にいる。そして。

声が嗄《か》れ、腰が抜けるほど抱き合った後、透俐はクライドに絵を強請った。

クライドは快く引き受けると、右手にペンを取り、流れるようなペンさばきでさらさらと、一人の人物を描き上げた。

ころころとした、温かみのある可愛らしいタッチで描かれた、魔法書を手に胸を張る透俐

の絵。

「可愛い」

目を輝かせて呟くと、クライドの尻尾が嬉しそうにふるふると震えた。

「気に入ってくれたかい？」

「うん。お前らしくて、俺すごく好きだよ」

素直に思ったままを告げると、上機嫌に揺れていた尻尾がピンッと立った。

「……僕らしい？」

「ああ。お前の心そのままじゃないか。温かくて、柔らかくて、優しくて、綺麗で……すごく好きだ」

もう一度「好きだ」を繰り返す透俐に、クライドは耳の中を赤くしつつも苦笑した。

「そんなふうに言ってくれるのは君だけだよ。僕が絵を描くと言ったら皆、風景画や抽象画といったお堅いものをイメージするのに」

「うん？　確かに、こんな絵本の挿絵みたいな感じは想像してなかったけど、見たらしっくりきたというか」

絵をしげしげと見つめて言うと、クライドの口角がつり上がった。

「みたいじゃない。そうなんだ。僕は絵本作家だからね」

「！　絵本作家……じゃあ、作家っていうのは」

「ふふん。半分は本当だったってことさ。まあ、僕が絵も文も担当した本は、『トーリ君シリーズ』だけだけどね」

トーリ君シリーズ？　透俐が首を捻ると、クライドは腰かけていたベッドから立ち上がり、本棚に歩いていき、いくつか本を引き抜いて戻ってきた。

絵本だった。その表紙にはどれも、小さい頃の透俐とクライドが描かれていたものだから、透俐は目を見開いた。

「これ……これって……！」

「僕はあまり、想像力のない男なのでね。実体験しか話に書けないんだ。ちなみにこの前、第四巻の重版が決まったほどのベストセラーだよ」

そう言えば、数時間前ダグラスは差し出してきた手作り絵本を「クライドが最初に描いた絵本」と言っていた。

それに以前、テオが「トーリさんがクライドさまを笑顔にできるのは、トーリさんが『トーリくん』だから？」なんて、不思議な言い回しをしていて……あれらは、こういうことだったのか！

まさか異世界で、自分が主役の絵本が重版されるほどの人気作になっていただなんて。というか、どこまで詳しく書かれているのだろう？

気になって、早速一冊日本語変換の呪文を唱えて読んでみたのだが、ちょっと目を走らせただけで、「トーリ君はとびきりかわいい」「トーリ君のほほえみはどんな天使のそれより愛くるしい」だの書かれていて、顔から火を噴きそうになった。

「な、なんで、こんなもの、出版しちゃったんだ」

そして、どうしてベストセラーになってしまうのか。思わず頭を抱えると、クライドは驚いたように目を丸くした。

「まさか、僕の本が気に入らないって言うのかい？」

「あ、当たり前だ！　お、俺宛のラブレターを世間に公表なんかしやがって。こ、こんなにすごいの、俺だけのものにしたかった……んんっ！」

顔を真っ赤にして抗議すると、唇に噛みつかれ、思い切り舌を強く吸われた。

「ぷはっ。君は、本当に可愛いな。それと、相変わらず謙虚だ。この程度の内容ですごいだなんて」

「はあ……はあ……え？　この、程度？」

強烈なキスに息を乱しつつ目を瞬かせる透俐を自身の膝上に抱き上げ、クライドは澄まし顔で頷いた。

「これは子ども向けの絵本。ちゃんとそういうふうに書いてる」

「そ、そう……か？　でも」

思い切り首を捻ると、クライドは苦笑した。

「納得いかないのかい？　じゃあ今度、君専用の絵本を作るよ。僕の、君への想いを赤裸々に綴《つづ》った、君だけに捧げる絵本を」

膝上に座る透俐を抱き締め、耳元でそう囁いてくるものだから肩が跳ねた。

「そ、それって、あの……」

「恥ずかしいから、誰にも見せないでくれよ？」

「え。それは……う、うん。分かった。絶対、誰にも見せない。その……楽しみに、してる」

消え入りそうな声で答えると、こめかみに口づけられる。その箇所が火傷《やけど》したかと思った。

全く、この男には敵《かな》わない。でも……やっぱり、この絵本の内容は恥ずかし過ぎる。

(子どもの頃の出来事でさえこれだったら、今を書いたらどう……待てよ！)

「な、なあ。まさか、今回のことは本になんてしないよな？」

恐る恐る尋ねると、クライドは首を傾げた。

「うん？　そうだなあ……」

「やめとけ。子どもが泣くぞ」

口早に言った。その慌てぶりを、クライドは可笑しそうに笑う。

「そうだね。子どもには読ませられないな。でもまあ、新たな客層を取り込むということで」

書く気満々ではないか。

勘弁してくれ。恥ずかしい。と、抗議しようとしたが、

「というのは冗談で、エヴァン事件はきちんと世間に公表しておかなければならない。もう二度とエヴァンのような悪党を呼ばないための研究を、他国と連携していかなければならないし、他にも、君をこの国に受け入れるに至った経緯の説明など、諸々《もろもろ》あるからね」

真面目な顔でそう言われてしまっては何も言えない。ただ、

（これは……誰よりも先に読んで検閲しないと！）

密かに、透俐は固く心に誓った。だが、ふと。

「ちなみに、タイトルとか考えてるのか？」

「タイトル？　そうだな。それはまだだが……」

「『新米守護神トーリ君　最初の事件』とか？」

さらりと言ってやった。途端、クライドは弾かれたように顔を上げ、こちらを見た。

「新米、守護神……」

「ああ。でも、あんまりいいタイトルじゃないな。もっと格好いいのが」

「……君、本当に守護神になる気かい」

先ほどまでとは打って変わった低い声で尋ねられたので、今度は透俐が苦笑した。

「お前が、俺を守護神にしたくないって思ってるのは知ってる。俺を危険な目に遭わせたくないってのもあるけど、何より……お前のそばにいたいがために、守護神になるのは駄目だって思うんだろう？」

「それは……」

「うん。お前は間違ってない」

言い淀むクライドに、透俐は頷いてみせる。

「俺は今まで、守護神になることをこの世界に留まるための手段としか思ってなかった。後は、新しい守護神として俺に期待してくれている人たちにがっかりされたくないとか、そういう、自分のことばっかり」

「トーリ君……」

「けどな、今回のことでよく分かった。俺は、この世界が好きだって」

クライドのことは誰よりも愛しているが、それとは違う意味で、この世界の人たちが好きだ。仔猫たち、オズワルド、ダグラスたち、それに下肢装具のメンテナンスをしてくれる道具屋の店主、いつもおまけしてくれる市場のおばさん……数えていったらキリがない。

「その人たちの顔がな、お前の体を乗っ取って暴れるエヴァンを見た時に浮かんだんだ。それで思った。こいつから皆を守りたい。絶対傷つけられたくないって。それで、あいつを倒せた時、皆の無事な姿を見て、心の底からよかったと思った」

黙ったままでいるクライドの右手を、透俐は強く握った。

「こんなの、お前の愛国心に比べたら子ども騙しみたいなものだと、分かってはいる。それでも……俺はこの世界、この国の人たちが好きだ。皆が笑って暮らせる力になれるなら喜んでしたい。だからな？　その……守護神には、俺とお前の二人でなろう！」

思い切ってそう言った。途端、クライドの目が大きく見開かれるものだから、透俐は叱られたように肩を竦めた。

「ごめん。一人でやる度胸もないくせに、偉そうなこと言って。というか、正直に言うと、一人じゃなれる気がしないんだ。歴代の守護神は皆、すごい人たちばかりで、ただの人間の俺がそんな人たちに肩を並べられるとはとても。でも」

クライドの手を握る手に力を籠める。

「お前となら……いや、俺たち二人なら、誰にも負けないいい守護神になれる。そう、馬鹿みたいに思えるんだよ。だから……っ」

突然手を引かれ、強く抱き締められた。

「クライド？　あの」

「実を言うとね。あの作戦書、没にしようと思っていたんだ」

「……え？」

意外な言葉に声を漏らすと、クライドは困ったように笑った。

「確かに、我ながらいい作戦だとは思うよ？　でも、所詮《しょせん》は机上の空論だ。こんなの上手くいきっこない。そう思った。それなのに、君は成功させてしまった。僕が立てた作戦なら絶対成功すると信じて」

抱き締めてくる腕に力が籠る。

「僕を信じてくれて、この国を好きになってくれてありがとう。君がいてくれれば……君となら、僕は何だってやれるし、どこまでも行ける。だから」

二人で、最高の守護神になろう。

ひどく浮き立った声音でそう囁かれて、透俐の胸は燃えるように熱くなった。

これまで、自分にできることといったら、「諦めること」しかないと思っていた。

父が死んだこと。母がいつも家にいないこと。家が貧しいこと。足のこと。それらのことを馬鹿にされ、疎《うと》まれること。

泣いても怒ってもどうにもならないし、すればするほど大事な人を傷つける。

そんな自分にできることと言ったら、何もかもを受け入れて、諦めること。そんなことしかできない。そう思っていた。

辛くて、苦しくて……こんな奴、消えてなくなってしまえばいいのにと思うほどに、自分の体も心も何もかもが嫌いだった。

でも、今は違う。

クライドに愛されて、クライドが差し伸べてくれる手を握れば、自分はどこへでも行ける。どこまでだって駆け上がって行ける。

明日が来るのが待ち遠しい。楽しい。わくわくする。心の底からそう思える。

それはきっと、他の誰でもない、自分自身の心と体で、ここまで来たから。

だから、これからもこの体と、自分の意志を貫いて生きていく。今度は胸を張って。

「さて。明日は、何をしようか？　トーリ君」

愛おしげに抱き締めてくれるクライドの温もりを全身に感じながら、透俐は思った。

キスの魔法よりも、強力で甘やかな

『……ということで、今日もトーリ君とあそびました。とってもたのしかったです。

そして、ぼくは今日かくしんしました。トーリ君はぜったい、まほう使いさんです！

トーリ君はまほう石がつれてきた友だちだし、何より、トーリ君といると、ふしぎなことばかりおこるのです。

トーリ君がぼくがかいた絵を見て、「わあ」と声を上げながらはくしゅすると、それまで、まあまあ上手くかけたかな？　と思うくらいだった絵が、とんでもない名画に変わります。見なれた花畑も河原も、トーリ君といっしょだと初めてきた場所に変わり、食べなれたオズワルドのクッキーが、トーリ君と食べると、いつもの何十倍もおいしくなって――。

こんなこと、かがく的に考えてありえません。

絵を見せること。はくしゅされること。いっしょにどこかへお出かけして、おかしを食べること。

そんなことは、父上がよういしてくれた友だちと、何回もやりました。

でも、その子たちといくらあそんでもちっとも楽しくないし、いっしょにいるのに、どうしてだかさびしくなるばかりでかなしかった。

それなのに、トーリ君はちがいます。たのしいばっかりです。

やってることはあの子たちと同じなのに。しかも、トーリ君はよその世界の子で、姿かたちもちがって、おしゃべりもできない。分かったのは、自分のことを一生けんめい指差して

「トーリ、トーリ」というから、お名前はトーリ君なんだろうなってことだけなのに。

きっと、トーリ君が話しているよく分からない言葉は呪文で、ぼくに、たのしい気持ちになるまほうや、おかしがおいしくなるまほうをかけているんです。

脳みそまできん肉の兄さんには分からなくても、ぼくには分かります！　えへん！

とはいえ、かってにまほうをかけるなんてひどいと思います。

でも、トーリ君がぼくにかけるまほうは全部、ぼくがうれしい、たのしい気持ちになれるいいまほうだけだし、ぼくが手をのばしたら、かならずにぎって、どこへでもついてきてくれるし、ぼくが笑うと、うれしそうに笑ってくれる笑顔がすごくかわいいから、ゆるしてあげようと思います！　○月×日の日記、おしまい』

拙《つたな》い子どもの文字で書かれた文章はそこで終わり、最後に絵が添えられていた。杖《つえ》を片手に魔法を繰り出す、三角帽子姿の透俐《とうり》少年の絵が。

そのページに長い指を這《は》わせ、クライド・ラドルファス・バークレイは眉間《みけん》に皺《しわ》を寄せた。

これは、クライドが六歳の時に書いた絵日記だ。今描いている絵の資料を本棚で探していたら、本と本の間に挟まっているのを偶然見つけたのだ。

懐かしいな。と、何の気なしにページをめくってみたのだが、なんと小生意気で癪《しゃく》に障る文章だ。しかも、「筋肉バカの兄には分からないが自分には分かる。トーリは魔法使い！」などと自信満々に書き殴った上に、「えへん！」とまで恥ずかしげもなく書き添えて。

——本を読んだくらいでいい気になるな。お前はまだ何も知らない、生意気で可愛くないただの子どもだ！

当時、ダグラスが何度もそう言って諫《いさ》めてきたが、自分はそのたびに「煩《うるさ》い。脳みそ筋肉バカ兄貴。こうしてくれる！」と、ダグラスを落とし穴に嵌《は》めてやるばかりで、全く聞く耳を持たず。

今となれば……非常に癪ではあるが、全面的にダグラスが正しかったと認めざるをえない。若気の至りとは恐ろしいものだ。

それでも、当時の自分は、兄どころかこの世の誰よりも頭がよく、何でも知っている上に、透俐が魔法使いだと本気で思っていた。

透俐は魔法石が呼び出した人物であること。話している言葉が全然分からないせいか、何やら呪文のように聞こえたこと。

そして、何より……一緒にいるだけで楽しいと思えたのは、透俐が初めてだったから、これはきっと魔法をかけられたに違いない！　なんて。

恋どころか、友情さえ知らなかった子どもは、そんなふうにしか考えられなかった。

さらには、こんなにいい気持ちになれるなら、いくらでも魔法をかけてくれていいだなんて……全く。我ながらなんと子どもで、浅はかだったことか。

（魔法にかけられるとはどういう意味か、考えもしないで……あ）

目を見開く。ふと見遣《みや》った窓の外に広がる景色が雨に濡《ぬ》れている。

いつの間に降り出したのだろう。というか、雨を見るのは久しぶりだ。

まだまだ冬の季節は続くと思っていたが、春はもうすぐのようだ。

春になれば、雪で閉ざされていた道は開け、透俐と色んな場所へ行けて、色んなことができるようになる。

そして……自分たちはこの冬の間、さらに魔法書を読み込み、透俐は魔法の鍛錬に励んできた。その努力が、春にどう花開くのか。

そのことを考えると胸躍《おど》ることしきりだが、この絵日記を読んだ直後に雨を見ると、その思考も掻《か》き消えてしまう。

「……」

しばし雨を見遣った後、クライドは手に持っていた絵日記を本棚に戻し、窓を開けた。

雨のしっとりとした匂《にお》いが鼻腔《びこう》を打ち、ひんやりと湿った空気が頬を撫《な》でる。

試しに、右手を伸ばしてみる。

掌《てのひら》に覚える、刺すように冷たい雨の感触に両の目を細める。

十三年前のあの日の雨も、こんなふうに冷たかった。

頭にしか毛がない透俐はひどく寒がって、小さな体をふるふると震わせていた。

何とか温めてやりたくて、狼型に変化して寄り添ってやると、透俐はすぐさま抱きついてきた。

クライドに抱きつく腕にきゅっと力を込め、気持ちよさそうにクライドの毛に頬ずりする透俐の笑顔が、あまりにも可愛かったものだから、思わずキスをすると、透俐がお返しとばかりに――。

そこまで考えたところで、クライドは窓を閉め、踵《きびす》を返した。

透俐が守護神として初めて事件を解決した壮大な物語に添える、大事な挿絵を描いている途中ではあるが、無性に透俐が恋しくなってしまった。

挿絵の仕事を終えて部屋を訪ねると、嬉《うれ》しそうに浮かべる笑顔が見たい。

あのほっそりとした痩身を抱き締めると、みるみる赤くなっていく頬が見たい。

そんな衝動に突き動かされ、足早に歩を進める間も、クライドの脳裏にはあの雨の日の情景が浮かび続ける。

透俐にキスをされたあの時、クライドの世界は一変した。

雨に濡れる景色。雨の匂い。雨音。心地よい透俐の温もり。

五感で感じる全てがこれまで以上に光り輝き、どれもこれも夢のように美しく色づいて。

本当に、すごい衝撃だった。そして、あの時も……いや、あの時こそ、クライドは透俐が魔法使いなのだと心の底から思った。

こんなに強烈な魔法、きっと一生解けない。それから、こうも思った。

自分はとても素敵な魔法をかけてもらった。こんなに世界が綺麗《きれい》に見える魔法をかけてもらえたのなら、これから毎日ずっと幸せだと……馬鹿みたいに。

次の日、透俐はいつもの場所に来なかった。

次の日も、その次の日も、ずっとずっと透俐は来なくて、しまいには、透俐をクライドに引き合わせてくれた魔法石が砕け散り、二度と逢《あ》えなくなってしまった。

その頃には、あんなにも輝いていた美しい世界は、見る影もなく色褪《いろあ》せてしまった。

何をしても楽しくない。食べ物も美味《おい》しくない。その上、胸のあたりがずっと、しくしく、ずきずき痛み続ける。

なぜこうなるのか。そう考えた時、どうしても、あのキスのせいとしか思えなかった。

かけられた瞬間あれほどの衝撃が走った魔法だ。これくらいの副作用があって当然だと。

そう結論づけたクライドは、透俐を心の底から憎んだ。

自分は、透俐にひどいことをしたことなんて一度だってないし、透俐のことを素敵な友だちだと信じていた。それなのに、こんな仕打ちってあるか！

ひどい。裏切り者。悪魔。大嫌い！

思いつく限りの悪口を並べ立て、恨みに恨み抜いた。

しかし、いくら恨んで、大嫌いだと思っても、夢のように楽しかったあのひとときも、透俐の笑顔も忘れることができない。

毎日毎日、ふとした瞬間思い出す。気がついたら透俐の絵を描いている。そのたびに、ボロボロになった心にほのかな灯《ひ》が灯《とも》る。

実に心地よい温もりだった。だが、そのことを実感するたび、そんなふうに思ってしまう自分が理解できなくて、心はますます悲鳴を上げる。

地獄のような日々だった。

それでも無性に、透俐の絵を描かずにはいられなくて、毎日描いて描いて、描き続けて、ある日。ふとそれらを見返した時、あることに気がついた。

どの絵の透俐も笑っていた。しかも、その笑顔のどれもが、クライドが密かに「可愛いなあ」「もっと浮かべてほしいなあ」と思っていたものばかり。

その笑顔を見ているうち、鼻の奥がつんと痛んで、思い知る。

自分はまだ、透俐が好きなのだ。

好きだから、逢えなくて寂しい。「あいつはひどい奴だ。大嫌い」と思うことが苦しい。こんなに辛《つら》いのに。もう二度と逢えないと分かっているのに。それでも、好きでいることをやめられない。好きで好きでたまらない。

そう思い知って初めて、クライドは心の底からこう願った。

どうか、透俐が魔法使いではありませんように。自分に魔法などかけていませんようにと。

この想いが、魔法によって作られた偽物であってほしくない。透俐が、自分が認識しているとおりの、優しくて可愛い人であってほしい。

毎日のように透俐の絵を描きながら、そう願い続けた。

エヴァン討伐のため、大事な右手を失い、六カ月後には体を取られてしまう契約を結んでいた時などは、より一層強く願った。

もう二度と描けなくても、逢えなくても、自分が大好きなあの子がこの世のどこかにいるのだと思えば、絶望で発狂してしまいそうな心を、かろうじて保つことができたから。

透俐と再会したのはそんな時だった。

再会した直後、透俐には魔力がなく、魔法使いではなかったことが分かった。

そのことには安堵《あんど》したが、枯れ枝のように痩せ細った体、自由に動かない右足。そして、疲れ切った表情が貼りついた青白い顔を見てしまうと、すぐにそれどころではなくなった。

さらには、クライドに会いに来られなくなったのは事故に遭ったせいだったこと。その事故のせいで透俐の足は壊れたこと。クライドとの現実離れした思い出のせいで、透俐は精神を患った病人扱いを受け、散々な目に遭ったことなどが次々と分かり、絶句した。

ある日突然切り捨てられた自分が、どんなに辛い思いをしているか知りもしないで！　と、一方的に恨んでいる間に、透俐はこんなにもひどい目に遭っていただなんて。

自分は、なんと独りよがりで馬鹿だったのだろう。

その上、今また、自分のせいで辛い目に遭わせ、危うく殺されるところだった。

罪悪感と自己嫌悪で圧《お》し潰されそうだった。

それなのに、透俐は「皆それぞれ事情があり、悪意があってのことではないから」と、誰一人責めなかったし、怒らなかった。

どんなに辛くても決して表には出さず、誰かに当たりもせず、それどころか、右手を失ったことで周囲とぎくしゃくしていたクライドをひたすら労《いた》わり、柔らかく笑いかけてくれた。

「大丈夫。お前は可哀想じゃない。立派な男だよ」と。

透俐が優しい心の持ち主だということは知っていたが、まさかこんなにも温かい男だとは思いもしなかった。

他にも、子どもの扱いが上手く、仔猫《こねこ》たちの質問責めにいつまでも付き合ってやる根気強さ。心無い誹謗中傷を受け続けたせいで、自己評価が低すぎる嫌いはあるが、どんなに駄目でもせめて、誰にも寄りかからず自立していたいという気高さ。誰かのためにならいくらでも勇敢になれる強さ。それから――。

言葉が通じず、ただ一緒に遊ぶだけだった当時では知ることができなかった透俐の内面は、どれも磨き上げられた宝石のように輝いていた。

忘れられなかった人は、実は自分が思うよりもずっとずっと立派で、魅力的な男だった。

勿論《もちろん》、変わらないこともある。それは、クライドが差し伸べる手は必ず握り、どこへでもついて来てくれて、楽しそうに笑ってくれること。

その笑顔を見ていると、あの頃と同じように……いや、それ以上に胸が高鳴っていくばかりで……と、そこまで考えたところで、とある部屋の前にたどり着いた。

エヴァン事件後に増築して作った透俐の部屋だ。

クライドが絵を描く時、透俐はいつも自室で魔法の勉強に励んでいる。

——お前が頑張ってる時は、俺も自分なりに頑張りたいからな。

そう言って笑う透俐を思い返し、心が高揚するのを感じつつ、ノックしようと手を上げた。

その時、目の前のドアが勢いよく開いたものだから、耳が立った。

部屋から出てきた透俐も、クライドと顔を合わせるなり、体をびくりと跳ねさせた。

驚かせてしまったかと申し訳なく思っていたが、透俐の顔がみるみる赤くなっていくものだから、今度は尻尾《しっぽ》がぴんっと立った。この反応、もしかして……！

「あ……ご、ごめん。何か、用」

「雨を見ていたら、君に逢いたくなった」

とある予感から、正直にそう言ってみせると、透俐の肩が面白いくらいに跳ねた。顔もますます赤くなる。それをしっかりと認めつつ、話を続ける。

「思い出したんだ。君と初めてキスした時のこと。そしたら、無性に君が恋しくなって」

「……お、俺も」

真摯《しんし》に訴えていると、小さく、震える声が耳に届いた。

口を閉じ、透俐を見つめる。

透俐も、口を閉じてしまった。頭から湯気が出そうなほど赤面し、俯《うつむ》くばかりで、聴こえてくるのは静かな雨音ばかり。

しかしふと、透俐は意を決するように息を吸い、噛み締めていた唇をゆっくりと開いた。

「この雨を見て、あの日の雨みたいだって思った。何となく触ってみたら、やっぱりあの日の雨みたいに冷たくて。そしたら、余計にあの日のこと思い出して、それで……んっ」

顔を俯けながらも一生懸命声を振り絞る透俐に、こちらもたまらなくなって口づける。

自分に頬ずりしてくる透俐が、あまりにも可愛すぎて思わず口づけた、あの時のように。

透俐が目を大きく見開く。だが、すぐにくしゃりと顔を歪《ゆが》めたかと思うと、クライドの首に腕を回し、引き寄せてきた。

「ク、ライド……クライド……んぅ」

クライドの唇を啄《ついば》みながら、切なげに名を呼んでくる。そんな透俐を部屋へと押し戻し、後ろ手にドアを閉める。

口づけを交わしながら奥へと進み、カウチへと雪崩《なだ》れ込んだ。

そのまま抱き合い、キスをする。

最初は唇を触れ合わせるだけの、子どもじみたキス。しかし、それではすぐに足りなくなって、徐々に濃厚なものへと変わっていく。

歯列をなぞり、口内の性感帯をまさぐり、痺《しび》れるほど舌を搦《から》めて――。

あの時交わしたそれとは、意味も質もまるで異なっているキス。それでも、透俐は一生懸命舌を動かし、応えようとしてくれて、

「ぁ……んん、ぅ。クラ、イド……クライド……は、ぁ」

たまらずといったように、可愛く喘《あえ》いでくれる。

その反応に、いよいよ胸が高鳴る。

好きな相手が自分からのキスに応え、気持ちよさそうに乱れてくれる。

こんなに幸せなことがあるだろうか？

そして、それは……きっと、あの頃もそうだったのだ。

大好きな透俐が自分と一緒にいることを心から楽しみ、屈託なく笑いかけてくれる。

それが、どうしようもなく楽しかった。嬉しくてたまらなかった。

あのキスも、自分のキスに透俐がキスで応えてくれたから……自分が透俐を想う「好き」と同じように、透俐も自分を好きでいてくれたことが分かったから、まるで魔法をかけられたと錯覚するほど幸せだった。

魔法をかけられたわけではなかったのだと、痩身を抱き締める腕に力を込めていると、透俐が口づけを解き、首筋に顔を埋《うず》めてきた。

こちらの抱擁に応えようと、抱きついてくる腕に力を込め、甘えるように額《ひたい》を擦《こす》りつけて

くる。その可愛い所作に胸を打ち震わせていたが、だんだん顔も見たくなってきて、体を離し、顔を覗《のぞ》き込んでみた。

尻尾が立つ。透俐の顔が、今にも泣き出しそうなほどに歪んでいたせいだ。

「トーリ君？　どうかした……」

「思い出したんだ。あの雨宿りの次の日から、俺はお前に、会いに行けなくなったんだって」

（あー。なるほど）

透俐のその言葉で、全部合点がいった。

人の心の痛みに敏感で、聡明《そうめい》な透俐のこと。あんなキスをした翌日から突然逢えなくなってしまったら、クライドがどんな気持ちになるか、嫌というほど正確に想像できてしまったのだろう。

その上で、クライドの「透俐にキスの魔法をかけられた」という冗談を思い返し、いなくなる直前に自分があんなキスをしたから、クライドはこの十三年余計に苦しんだのでは？　と、居たたまれなくなってしまったのではないか。

確かに、自分はこの十三年辛い思いをしたし、あんなキスの魔法さえかけられなければと何度も思った。

だが、それも今や、冗談にしてしまえるほど昔の話。それはひとえに――。

「事故に遭ったからだけど、そのことを知らなかったお前にしてみれば、俺はすごくひどい奴だ。あんなキスした次の日から来なくなるなんて。ごめん。俺……」

「ねえ、トーリ君」

透俐の強張《こわば》った頬に、クライドは手を添えた。

「僕は一つ、君に間違ったことを言ってしまった」

「間違った、こと？　それって」

「僕は、君にかけられたキスの魔法のせいで、君を忘れられなかったって話だ」

透俐が「え？」と戸惑うように声を漏らした。その頬を、優しく撫《な》でてやる。

「もし、君にキスされていなかったとしても、僕はきっと、君を忘れなかった」

「……っ」

「あの時は分からなかったが、今は分かる。僕はあのキスの前から、君が好きだった。君がありえないほど魅力的な人だったから、好きになって……忘れられなかった。あのキスのせいだけじゃなかったんだよ」

「え。あ、あ……」

「間違ったことを言って、すまなかったね。そして、ありがとう。十三年間好きでい続けて本当によかったと、心の底から想える男でいてくれて」

本心だった。

確かに、あのキスは友情を恋情に変えてしまうほど衝撃的なもので、だからずっと、あんなキスをされたから、透俐が忘れられなくなったのだと思っていた。

でも、今はあのキスがなかったとしても、自分はきっと透俐を忘れられなかったと思う。

なにせ、透俐はこんなにも魅力的な男なのだから。

ずっと好きでい続けてよかったと思わせてくれて、十三年間抱き続けた、このはち切れそうな気持ちを受け入れてくれた上に、あの恐ろしいエヴァンを討ち果たし、命までも救ってくれた。

感謝しかない。幸せだ。そして、だからこそ。

「だからね。本当に魔法使いになった君に一つ、頼みたいことがある」

「……頼み？」

「もしも、キスの魔法が存在して、使えるようになったとしても、僕には絶対、使わないでほしい」

「……っ」

驚いたように目を見開く透俐に、にっこりと笑ってみせる。

「僕は本物の心で君を愛して、君を幸せにしたい。他のもの……たとえ、君がかける魔法であっても捻《ね》じ曲げて、君への愛を偽物にしたくないんだよ。だから……っ」

話の途中なのに、透俐が力いっぱい抱きついてきた。

「ありが、と……ありがとう、クライド。……かけない。お前には絶対、魔法をかけたりしない。俺がこの世で一番好きで、大事なのは、本当のお前だから」

顔を首筋に押しつけ、くぐもった声で訴えてくる。

その切なげな声音に、胸が打ち震える。

愛《いと》しい男から、本当のお前が一番好きで、大事だと言ってもらえる。とても幸せなことだ。

でも、幸せにされっぱなしで満足してはいけない。

今度は、自分が透俐を幸せにする番だ。

透俐が嬉しそうに笑うだけで、自分は透俐が感じる幸せの何十倍も幸せになってしまうので、結局自分が幸せになっていくばかりではあるが、それでも……とりあえず、透俐を歴代守護神の中で最も偉大で、最高に幸せな守護神にする。それを目下の目標に頑張っていこう。

(大丈夫。それくらい訳ないさ)

もしかしたらこれは透俐がかけた魔法のせいでは？　と、疑念を抱いていたこれまでとは違い、今この胸に抱く熱い想いが本物の愛だと分かっていて、

「クライド、大好きだ。俺も、ありのままの自分で頑張るからな！」

透俐も自分を心から愛してくれているのだと知っている。

だから、大丈夫。怖いものなんて何もない。楽しいばっかりだ。

そう思いながら、嬉し涙を零《こぼ》している可愛い想い人の眦《まなじり》に、クライドは心を込めて口づけた。

あとがき

はじめまして、こんにちは。雨月夜道と申します。このたびは、拙作「キスの魔法で狼王子と恋始めます」をお手に取っていただき、ありがとうございます。

今回出されたお題は「異世界もの」でした。そして、異世界ものと言えば、異世界に行ったことで主人公に付与される超絶パワー。

どんな力がいいか色々考えたのですが、「元の世界では誰でも当たり前にできることでもいいんですよ」という編集様のお言葉を受け、思い切って日本語にしてみました。

思い切りが良過ぎた気もしないでもないですが（苦笑）、透俐の人柄に合っていたと思うので、今はこれでよかったと思っています。

才気漲る第二王子と足が不自由な不遇の青年。一見正反対の二人ですが、実は、好奇心と正義感に溢れる熱い心と、好きな相手とならどんな無茶でもやっちゃう無謀さを持った似た者同士。

「明日は二人で何しようか？」と語らいながら毎夜幸せな床に就く二人は、これからも、透俐の俳句魔法とクライドの知恵を駆使して、守護神としてメキアス国を守ったり発展させたり、なんで古代文字が日本語なのかという謎に挑戦したりと、思うがままに世界を駆け回っていくことでしょう。

そんな今作にイラストをつけてくださった金ひかる先生。今作でも非常にご面倒をおかけしました。

Hシーンだろうが何だろうが常にうさ耳帽子を被ってる透俐に、三段階変身するだけでは飽き足らず、体の中身まで変わっちゃうクライド。描くのが大変な甲冑着た狼兄さんに、包丁振り回すヒステリーウサギ男など、ややこしくて七めんどいキャラたちは勿論のこと、さかさま池など滅茶苦茶な注文ばかりしてしまいましたが、どのキャラも場面も、とても魅力的かつ、愛らしく描いてくださいました。

金先生、今回も本当にありがとうございました！

編集様も、今回は慣れない洋風ファンタジーだったこともあり、かなりの難産でしたが、色々アイデアを出してくださった上に、根気強くお付き合いいただいてありがとうございました。いつも一緒に頭を痛めてくれる友人たちも、何度も読んで忌憚のない意見をビシバシくれて感謝感謝です！

最後に、ここまで読んでくださった皆さま、ありがとうございました。

魔法の靴と唯一無二の相棒を手に入れ、元気よく駆け回る冒険大好きコンビの恋愛冒険譚を、少しでも楽しんでいただけますと幸いです。

それでは、またお目にかかれることを祈って。

雨月夜道

✦初出　キスの魔法で狼王子と恋始めます……………書き下ろし
　　　　キスの魔法よりも、強力で甘やかな…………書き下ろし

雨月夜道先生、金ひかる先生へのお便り、本作品に関するご意見、ご感想などは
〒151-0051 東京都渋谷区千駄ヶ谷 4-9-7
幻冬舎コミックス　ルチル文庫「キスの魔法で狼王子と恋始めます」係まで。

幻冬舎ルチル文庫

キスの魔法で狼王子と恋始めます

2021年10月20日　第1刷発行

✦著者　雨月 夜道　うげつ やどう

✦発行人　石原正康

✦発行元　株式会社 幻冬舎コミックス
〒151-0051 東京都渋谷区千駄ヶ谷 4-9-7
電話 03(5411)6431［編集］

✦発売元　株式会社 幻冬舎
〒151-0051 東京都渋谷区千駄ヶ谷 4-9-7
電話 03(5411)6222［営業］
振替 00120-8-767643

✦印刷・製本所　中央精版印刷株式会社

✦検印廃止

ISBN978-4-344-84941-9　C0193　Printed in Japan